U0010626

晨星出版

特別感謝凱特・卡里

粉紅眼—白色老公貓，粉紅色眼睛

葉青—毛色黑白相間的公貓，琥珀色眼睛

奶草—薑黃色與黑色的帶斑母貓

（小貓）

三葉草—薑黃色與白色相間的小母貓

薊花—薑黃色小公貓

河波的陣營

首領—**河波**—銀色長毛公貓

戰士（公貓，以及沒有年幼子女的母貓）

斑皮—體型纖細的玳瑁色母貓，金色眼睛

碎冰—灰白相間公貓，綠色眼睛

夜兒—黑色母貓

露珠—毛髮髒亂，滿身疥癬的公貓

高影的陣營

首領—**高影**—毛髮豐厚的黑色母貓，綠色眼睛

陣營成員

清天的營地

首領—清天—淺灰色公貓，藍色眼睛

戰士（公貓，以及沒有年幼子女的母貓）

星花—綠色眼睛的金色虎斑母貓

橡毛—栗棕色母貓

荊棘—毛髮豐厚的短毛灰色母貓，淡藍色眼睛

麻雀毛—玳瑁色母貓，琥珀色眼睛

快水—灰白色母貓

蕁麻—灰色公貓

白樺—薑黃色公貓

赤楊—棕白相間的灰色母貓

花開—玳瑁色與白色相間的母貓

雷霆的營地

首領—**雷霆**—橘色公貓，有很大的白色腳掌

戰士（公貓，以及沒有年幼子女的母貓）

閃電尾—黑色公貓

梟眼—灰色公貓，琥珀色眼睛

雲點—黑色長毛公貓，耳朵、胸口和腳掌是白色

曉鯉—灰白色母貓

蘆葦—銀色虎斑公貓

（小貓）

塵鼻—灰色虎斑小公貓

蛾飛—白色母貓，綠色眼睛

惡棍貓

斜疤—骯髒的棕色虎斑公貓，胸前斜畫過一道白色傷疤

蕨葉—毛髮烏黑的母貓

戰士（公貓，以及沒有年幼子女的母貓）

礫心—暗灰色虎斑公貓，胸前有白色記號

陽影—黑色公貓，琥珀色眼睛

鋸峰—體型嬌小的灰色虎斑公貓，藍色眼睛

冬青—毛髮聳如刺蝟的母貓

鼠耳—體型很大的虎斑公貓，但耳朵非比尋常的小

泥掌—淺棕色公貓，黑色腳掌

（小貓）

暴皮—灰色公貓，藍色眼睛

露鼻—棕色虎斑小母貓，有白色的鼻頭和尾尖

鷹羽—棕色小公貓

風奔的陣營

首領—**風奔**—毛髮粗硬的棕色母貓，黃色眼睛

戰士（公貓，以及沒有年幼子女的母貓）

金雀毛—體型很瘦的灰色虎斑公貓

灰板岩—毛髮豐厚的灰色母貓，少了一隻耳尖

灰翅—暗灰色公貓，金色眼睛

斑毛—金棕色公貓，覆著一層帶著斑紋的豐厚毛髮，琥珀色眼睛

獵場
高影營地
轟雷路
雷霆營地
清天營地

新狩
高岩
轟雷路
四喬木
風奔營地
瀑布
河波營地
河流

高岩山後方的一排長雲開始散去，夕陽穿過雲層把山頂照得輝煌耀眼，高岩山下的石頭卻被黑壓壓的暗影給吞噬了。灰翅坐在高地邊緣，毛髮被晚風吹拂著，他遠眺地平線一端，刺眼的陽光讓他瞇起眼睛。龜尾在灰翅身邊，發出呼嚕呼嚕的震動聲。

有龜尾依偎在身邊，讓他內心充滿愛意，「多美好的一刻，真不想離開。」他喃喃自語。

龜尾突然僵住了，她的反應讓灰翅感到十分困惑，灰翅轉過頭來與龜尾對望，難道龜尾不想跟他在一起？

龜尾那雙綠眼睛若有所思，「你的生命已經改變了。」她告訴灰翅。

「有嗎？」灰翅努力回想，猛然一驚，他想起了灰板岩。他現在的伴侶是灰板岩，不是龜尾，這是一場夢。

灰翅眨著眼睛，充滿罪惡感。他怎麼能把心愛的灰板岩給忘了？

就在灰翅滿懷憂傷的同時，龜尾貼著灰翅的臉。這一瞬間彷彿把灰翅又帶回從前，當時雷霆在第一時間把龜尾的死訊告訴他，說祂在兩腳獸地盤被怪獸殺害了。

「我還是很想念祢。」灰翅沙啞地喵聲說。

「我也很想你，」龜尾緩緩從灰翅身邊離開。「但我很高興灰板岩現在跟你在一起，你不應該孑然一身的。」

「祢真的不介意嗎?」他又談戀愛了,難道龜尾不會不開心?

「看到你快樂我就感到安慰了。」風吹拂過龜尾玳瑁色的毛髮,像一波波漣漪。「我非常的愛你。我活著的時候,你給過我許多快樂;你還幫我扶養小貓,我永遠感激你照顧他們。」祂眼裡閃過一絲悲傷,「離開我的孩子比起離開你更加不容易啊。」

感受到祂的悲傷,灰翅也心如刀割。雖然灰翅沒有自己的孩子,但礫心、麻雀毛和梟眼都像是他親生的一樣。即使孩子們早已離開高地,搬到松樹林與橡木林生活,他還是非常想念他們。對於孩子們能夠忠於本心選擇屬於自己的路,灰翅為此以他們為榮。

龜尾繼續說:「你一直扮演父親的角色,」祂眼裡閃著光芒,「對雷霆來說是這樣,對我的孩子們也是如此,甚至對任何需要安慰與指引的貓也都一樣。沒有其他貓像你一樣這般受到愛戴。灰翅,大家永遠都會記得你的。」龜尾停頓了一下,眼中閃現光芒,「即使將來你……」

貓頭鷹的尖叫劃破灰翅的夢境。灰翅抖動耳朵,從夢中驚醒。

即使將來怎麼樣?龜尾的話在心中縈繞,他不斷地在幽暗的窩裡眨著眼睛。

在灰翅身旁,灰板岩翻了個身,放鬆地熟睡著。灰翅用鼻子輕觸灰板岩的臉頰,口鼻還留有龜尾的氣味,他渾身有如陽光照耀般充滿喜悅。他很幸運,有兩個伴侶如此愛他。**沒有其他貓像你這樣受到愛戴**。一陣禿葉季的風吹來,吹動石楠樹叢,他深深地瑟縮在床鋪中取暖。

「灰翅?」灰板岩的喵聲充滿睡意,她睜開眼睛,在黑暗中眨呀眨,然後注視著灰翅，「你還好吧？」

「我很好，」灰翅說：「就是做了夢。」

「夢到什麼了？」

「夢到自己有多幸運。」他發出輕柔的呼嚕聲湊到灰板岩身上，她身上的香氣混合了對龜尾的記憶，「我們再多睡一會兒吧。」

曙光灑過枝葉天篷，雲朵終於漸漸散去。樹枝上的雪融化滴在林地上，清天在橡木林間小徑疾行，潮溼的落葉在他腳下唧唧作響。

自從星花半夜被劫持之後到現在，似乎有一世之久。

他抬頭機警地嗅著空氣，不時停下腳步回頭張望，檢查自己有沒有被跟蹤。一想到斜疤的警告，清天背脊的毛髮不禁聳立。**我們的數量遠超乎你想像的多。**就在邊境之外，惡棍貓像狐狸一樣躲在林蔭間，伺機對弱者下手。

清天發出低吼，**我可不是弱者！**但他打得過斜疤和他的黨羽嗎？他們脅持了星花，他也只能無可奈何地任他們予取予求。清天腦海裡閃過那隻骯髒公貓威脅的眼神，不由得一肚子怒火。「懦夫！」清天低聲嘶吼，想起昨夜醒來發現斜疤站在星花旁邊，兩隻惡棍貓分峙兩旁、齜牙咧嘴，星花的臉頰還被斜疤抓傷，空氣裡瀰漫血腥氣味。

當時星花一臉無助，清天顫抖著內心糾結，而快水竟然袖手旁觀！快水曾是他山上的部落同伴，現在是他陣營的夥伴，但她竟然躲在蕨叢裡觀望。要是她能出來幫忙，一定可以趕跑那些惡棍貓，此刻星花就還在他身邊，不至於被抓去當人質。

斜疤和他的黨羽把星花拖走以後，清天質問過快水。這隻高山貓的託辭是—星花和他們是同夥的，她本來就想跟斜疤走。清天氣極敗壞地往她鼻子劃過去，**蠢貨！**

他打起精神，轉身回營，覺得自己根本一直在浪費時間，他要做的應該是採取行動。斜疤說了，要各陣營首領在月半的時候到四喬木空地會面。本來斜疤就只給一天的時間，清天根本不可能在一天之內說服各陣營首領，他好不容易跟斜疤多爭取幾天的時間來跟各營首領溝通，只要各營同意把獵物分一些給惡棍貓，斜疤就會放了星花，但不只分這一次，而是要永永遠遠。清天甩甩身體，抖掉一身的寒意。禿葉季才剛開始，森林裡的獵物就少了，要說服雷霆、高影、河波和風奔把他們的獵物分出來已經夠難了，他們還會願意跟斜疤會面嗎？

他們應該會對星花心生憐憫吧。清天的母親過世時，高影和雷霆都看到星花的忠誠跟支持。就算她的父親嗜血、生性兇殘，但與她有什麼關係？星花一點也不像她父親一眼。星花過去的確做過錯事，但她現在已經不同了。**況且她還懷了我的小貓。**

清天加快腳步，在溼地上奔跑起來，他要組一支巡邏隊一一拜訪雷霆、河波、高影和風奔，說服他們跟斜疤見上一面。他們只要暫時先同意惡棍貓的條件，拖延到星花回來就好。**這樣的要求並不過分吧？**他穿過荊棘叢圍籬進入貓營。

清天一走進來，荊棘和赤楊就猛然轉過身來。蕁麻、麻雀毛繞著鋪滿落葉的空地邊緣打轉，瞇著眼睛看著清天走到空地中間。花開則躲到橡毛和白樺的背後，不安地觀望。

快水在紫杉旁邊踱步，尾巴抽動著。

清天聽到四周腳步聲和呼吸聲此起彼落，耳朵和鬍鬚紛紛抖動著，但就是誰也沒開口說話。

她已經先告訴大家了，清天盯著快水，「妳到底說了什麼？」清天質問。

快水正視著清天，眼底閃爍著憤怒。先前清天在她鼻子上抓了一把，傷口的血跡已經乾了。「我不過是實話實說。」

清天撇撇嘴。「實話就是妳懦弱到不敢為自己的同伴奮力一搏！」

「星花不是我的同伴！」快水反嗆：「她是回到她真正的夥伴身邊。」

「星花是被綁架！」清天的爪子深深插到土裡，同時環顧四周貓兒們的表情，企圖看穿他們的心思。赤楊瞇著眼，白樺歪著頭，若有所思。蕁麻眨著眼，看不出心裡在想什麼，而荊棘則窩在蕁麻身邊，不斷挪動腳步調整重心。

只有橡毛和花開正視著他。

麻雀毛坐在橡毛和花開中間，抖動尾巴，「快水說其中一隻惡棍貓是星花以前的朋友。」

「這不是事實，」清天尾巴的毛豎了起來，「斜疤以前是一眼的朋友，所以星花才會認識他，如此而已。」

快水走上前去。「另外兩個也認識一眼！他們根本都是一夥的，我敢說星花全都認識。」

赤楊眨眼看著清天。「他們的勢力有多大？」

「我不知道。」清天突然心生恐懼，想像著惡棍貓營地的景象：星花孤伶伶，被一群齷齪的貓團團包圍，「我一定要把星花救出來。」

蕁麻皺起眉頭。「可是快水說星花是自願跟他們走的。」

「她是迫不得已的！」清天反駁：「斜疤劃破了她的臉頰，星花被嚇到了！」

「那她為什麼不反擊？」快水質問。

「妳親眼見到當時的情形！」清天轉向快水：「星花寡不敵眾，又懷了身孕，她怎麼能不顧肚子裡孩子的安危？」

「沒錯！」清天感受到一線希望，終於有貓相信他了嗎？橡毛瞪大眼睛。「所以星花是在不情願的狀況下，被三隻惡棍貓帶走。」

「難道你無法阻止他們？」麻雀毛問。

「靠我自己不行！」清天被這些連珠炮般的問題，問得快招架不住。

「那他們幹嘛要抓她呢？」白樺眨眼問道。

清天調勻呼吸，「斜疤想要和各陣營首領談判，他挾持星花，要我去說服高影、風奔、雷霆和河波去見他。」

「斜疤要各陣營首領做什麼？」荊棘問。

清天支吾地說：「他要我們把獵物分給他們。」

荊棘抖動耳朵，「就跟以前一樣，」她和蕁麻互看一眼，「以前我們還是獨行貓的時候，得把獵物擺在森林邊境，那些惡棍貓開心的話，就不會入侵我們的地盤。」

蕁麻點頭附和：「我們用獵物換取和平。」

清天滿懷希望地望著他說道：「我們也可以再這麼做！我們需要和平。」

快水眼神一閃。「你覺得把獵物分一半出去，我們還撐得過禿葉季嗎？」

蕁麻甩動尾巴。「不用給到一半，」他推論說：「只要分量夠，他們開心就行了。」

荊棘嗤之以鼻。「像斜疤和一眼這樣的貓，沒有全部奪去，是不會開心的！」

絕望如石頭般壓著清天。「妳說的沒錯，」他咕噥著：「但我們只要撐到星花被放回來，在那之後惡棍貓就得自己去找吃的。」

「那他們會在哪裡狩獵呢？」白樺質問。

「我們的領土。」花開悶聲低語。

「這就是為什麼我們需要其他陣營協助的原因，」清天急切地說：「我們得先把星花救出來，其他的事情再說。」

花開轉頭注視林間。「要是他們不幫忙呢？」

「他們不能不幫忙！」清天忐忑不安，他以前和他們打鬥過，甚至與自己的親族對立，不知道雷霆、灰翅和鋸峰原諒他了嗎？「你們要幫我一起說服他們！」他充滿期盼地望著夥伴。

快水沒好氣地說：「其他首領不會為了星花賭上自己夥伴的，星花背叛過他們。」

「那是好幾個月前的事！」清天反駁道：「她選擇挺自己的父親，誰又能怪她呢？」

白樺嗤之以鼻。「她如果不是你的伴侶，你會原諒她嗎？」

「如果被抓走的是另一隻貓，你會這麼著急嗎？」荊棘跟著附和。

清天瞪著這隻灰色母貓。「換作是你們其中任何一個，我都會一樣拚命的！你們是我的夥伴！」

橡毛下了決定揚起尾巴。「我跟你一起去。」她告訴清天。

清天這才感到一陣寬慰。「謝謝妳！」

「但如果快水說的是對的呢？」白樺提出異議：「如果星花是自願跟他們走的呢？」

「就算是，她的確懷了清天的小貓，」橡毛堅定地告訴白樺：「星花的小貓是我們這陣營的，我們必須把他們救回來。」

赤楊盯著白樺，灰白色的皮毛波動著，她跟自己的弟弟使眼色。「難道你忘了，我們的媽媽過世時，夥伴們是怎麼保護我們的？」

罪惡感在清天肚子糾結著，他們的母親只是為了保護自己的窩，而他竟然殺了她。花瓣才把孩子們帶回營裡，當成自己的孩子撫養。

白樺點頭同意，目光變得柔和起來。「我們一直都有安全的窩可以棲息，又有東西吃。」他環顧其他的貓，「星花的小貓也該有這樣的待遇，他們是無辜的。」

快水瞇起眼睛。「但他們的母親能相信嗎？」

荊棘皺眉。「會不會又是她設的另一個圈套。」

「絕對不可能！」清天怒髮直豎。

「她以前幹過這樣的事，」蕁麻提醒：「她曾經引誘我們陷入一眼的埋伏。」

焦慮的耳語在貓群中傳開。

「如果這是星花自導自演的呢？」荊棘倒抽一口氣：「就是為了把各陣營的首領一網打盡。」

「他們為什麼要這麼做呢？」清天怒斥：「他們要的是獵物。」

花開驚恐地睜大眼睛。「他們一定是在策畫一場突襲！」

「你確定？」快水的尾巴甩過地面，「如果他們殺了我們所有首領，我們會變得很脆弱的。」

清天看到夥伴們各個恐懼得寒毛直豎，自己也全身僵硬起來。他抖了一下毛，「你們把自己說得好像是無助的兔子一樣，」他怒嗆：「我們的爪子難道比惡棍貓的爪子短嗎?沒有貓會送命的。」

赤楊點頭同意。「我們不是被嚇大的。」

「我們要捍衛我們所擁有的！」麻雀毛附和。

清天充滿期待地看著她。「這麼說妳願意跟我一起去說服其他的首領？」

「是的。」麻雀毛走向前。

赤楊隨即跟進。「我也去。」

就在清天對他們感激地眨眨睛時，荊棘插話：「這麼多貓都跟出去，這樣明智嗎？萬一惡棍貓趁虛而入，那貓營不是很危險嗎？」

「他們已經抓了星花，」清天告訴她：「還要怎麼樣呢？」

快水陰沉地吼著：「他們還要我們嘴裡的食物。」

清天痛苦的看著她，「那妳就有迎戰的理由了，不是嗎？」清天走向貓營入口，回頭看麻雀毛、赤楊和橡毛都緊跟在後，內心感到十分寬慰。

他穿過荊棘圍籬，取道小徑，直奔雷霆的營地。他兒子會不會比自己夥伴好溝通呢？想到這裡不禁憂心忡忡。雷霆有千萬個理由可以不幫他，清天自知不是個好父親，而且星花在決定跟他在一起之前，雷霆對星花有過愛意。就在路要往陡坡走時，他停下來調整呼吸。他們父子倆之間這麼多的糾葛，還能寄望雷霆出手相助嗎？

雷霆豎起耳朵聽著落葉上沙沙的細碎腳步聲。他停下腳步，心跳加速，用尾巴向閃電尾示警。就在閃電尾停下腳步時，雷霆蹲伏著，張開嘴。在腐葉的氣味中，參雜著老鼠的氣息。從黎明離開營地到現在，這是他們在地面上第一次聞到獵物的味道。滴著水珠的森林天蓬，傳來鳥兒在林間穿梭的沙沙聲，而林地卻一片死寂，彷彿最近的一場雪冰封了所有生命。

老鼠又有動靜了，雷霆在上坡一處蔓生的棘叢下瞥見身影。雷霆壓低身體匍匐前進，眼看著老鼠又要往棘叢深處鑽，他的肚子一緊，加快腳步縱身一躍，伸爪飛撲過去。他瞇起眼睛撲向那多刺的棘叢，爪子不偏不倚地壓在老鼠身上。老鼠在他彎曲的爪下掙扎著，雷霆得意地甩著尾巴，趨前咬斷了老鼠的脊椎，老鼠癱軟了，他再把老鼠叼在嘴邊。雷霆驕傲地咬著獵物竄出荊棘叢，絲毫不在意鼻子上的刮傷了。

閃電尾見狀發出咕嚕咕嚕的喵聲。「我還以為森林裡已經沒有老鼠了。」

雷霆把老鼠拋在他朋友腳前。「今年太早變冷了，」他看著棘叢中被凍傷枯萎的莓果，「老鼠的食物都凍壞了。」

閃電尾盯著老鼠說：「餓著肚子的獵物是撐不久的。」

雷霆焦急起來了，如果新葉季來臨之前就打不到獵物，那該怎麼辦？「也許這些獵物早就存夠了過冬的食物。」他只能樂觀以對。

閃電尾四下觀望。「但是老鼠和松鼠一定要等到雪融化了，才會再出來活動。」

「也許吧，」雷霆很不想承認這個事實，「總之，我們繼續狩獵就對了！」他是首領，應該知道該怎麼做，但是怎麼樣也不可能憑空變出獵物來。他叼起老鼠往上坡路走去，踩過盤根錯節的地面。他知道山谷頂端的石堆裡頭，可能有獵物藏身裂縫中。當他朝石堆走過去的時候，若有所思地看了一下樹梢，閃電尾緊跟在他旁邊。

晨光在光禿樹枝之間閃耀著，雷霆想起了前一天發生的事。他幫忙清天、灰翅、鋸峰、陽影及高影搬動石塊、埋葬靜雨。這隻老母貓終於安全了，伺機而動的狐狸再也不能威脅她，在飽受病痛折磨的漫長旅程之後，終於找到了平安。

他心中暗暗高興，可以擺脫悲傷，回到山谷裡來，他的夥伴們都開心地歡迎他回來。當大夥兒聽到靜雨過世的消息時，都感到十分遺憾；得知灰翅離開高影陣營回到高地時，也驚訝的議論紛紛。**希望他這次找到真正的家。**

雷霆從來沒後悔過離開清天的陣營，自立門戶。葉青、粉紅眼、梟眼、閃電尾和奶草都忠誠且勇敢，他非常感謝他們願意跟他一起建立新陣營。這是雷霆第一次感覺到有歸屬感。以前在高地的時候，灰翅的慈愛仍然無法停止他渴望那份來自他父親清天的愛與認同。然而，在清天的陣營裡面，他從來沒有被完全接納的感覺。現在他已經不再需要他們了。他現在關心的是自己貓營的需求。貓群需要他，而他也下定決心不讓他們失望。他是他們的首領。

就在他們接近石堆的時候，閃電尾的喵聲闖入他的思緒。「大夥兒應該練習爬樹。」這隻黑色公貓停下來望著大橡樹的樹頂，一隻黑鳥正在矮樹枝之間跳來跳去。

雷霆停下腳步放下老鼠。「去抓那隻鳥。」他慫恿著。

閃電尾先是繞著樹走一圈，往上一蹬、扒住長滿青苔的樹幹，接著一躍，枝葉的細屑紛紛抖落下來。那一隻黑鳥猛然扭頭，看到閃電尾不禁露出驚嚇的眼神，一聲尖叫之後，即刻跳上了更高的樹枝。

閃電尾怒吼。「為什麼最好吃的獵物有翅膀呢？」

雷霆瞥見有動靜，順著餘光往石堆望去，一隻畫眉鳥正跳著在石堆縫隙當中找東西吃。雷霆僵在那裡，畫眉鳥和他之間，豪無遮蔽，稍有動作就會被發現。他盯著畫眉鳥，爪子穩穩抓住地面。這隻畫眉鳥足夠三葉草和薊花飽餐一頓了。這兩隻小貓才四個月大，一隻鳥夠他們填飽肚子了。他邊看著鳥邊流口水，心想該怎麼靠近才不被發現，將那隻鳥一舉成擒。

他放慢呼吸，像蛇一般在林地匍匐爬行，潮溼的落葉弄溼了他腹部的毛髮，他心跳加速，目光鎖定那隻畫眉。

突然一團黑影從天而降。

雷霆倒抽一口氣，嚇得毛髮聳立。**難道是閃電尾從樹上掉下來了？**恐懼流竄雷霆全身，但在看到閃電尾緊盯著畫眉鳥的眼神之後，雷霆頓時疑慮全消，原來是閃電尾自己從樹上跳下來的。

那隻鳥展開翅膀，眼露驚懼，但是太遲了。閃電尾發出一聲勝利的嚎叫，撲將過去咬斷它的脖子。

雷霆發出呼嚕呼嚕的喵聲。「幹的好！」

閃電尾跳著走向雷霆，嘴裡叼著的畫眉鳥晃來晃去。他把鳥放在雷霆的腳前，接著甩甩前肢右腳再甩甩左腳。「哇！這裡的石頭可真硬！」他看著畫眉鳥，驕傲地抖動鬍鬚，「咱們趁熱把畫眉鳥帶回營給大家吃吧。」

雷霆玩笑的推了朋友的肩膀，「你只是想要吹噓自己怎麼抓到畫眉鳥吧。」

閃電尾朝他眨一眨眼睛。「我會說我就像隻老鷹一樣撲向這隻鳥。」說完他就用腳掌鏟起畫眉鳥，快步向山谷走去。

雷霆也咬起自己的老鼠，尾隨在後。快到貓營的時候，熟悉的氣味飄了出來，有家的感覺。雷霆超越閃電尾走下陡峭的山谷，從這懸岩跳到那個懸岩，一路下到土質鬆軟的山谷底部。緊跟在後的閃電尾開始衝向金雀花圍籬，領先衝進入口。

雷霆緊跟在後，金雀花叢劃過他的身體。當他進入營地的時候，三葉草和薊花從荊棘叢中衝出來，他們還跟他們的媽媽奶草一起睡。這兩隻貓一天天長大了，雷霆心想是不是應該抓些活的獵物回來，開始訓練他們怎麼狩獵。

閃電尾走到空地中央的時候，薊花衝到他面前停下腳步，早晨的陽光穿過谷頂的樹梢灑落在山谷中的貓營。三葉草越過她弟弟身旁，衝向雷霆，「你有抓到鼩鼱嗎？」她那雙黃眼睛充滿期待，黃白相間的毛髮沿著脊椎豎了起來。

雷霆放下老鼠說。「只有抓到這隻。」

「還有我的這隻畫眉鳥。」閃電尾點頭示意，指著自己腳邊的那隻畫眉。

薊花已經等不及了，上上下下聞著那隻鳥，興奮地抽動著尾巴。

奶草從荊棘叢裡喊道：「慢點，薊花！其他的貓肚子也餓了。」

粉紅眼從一棵傾圮樹旁的窩裡走出來，「讓小貓們先吃吧，」他嗓音低沉地喵聲說：「我可以等。」他在陽光下眨著眼睛，好像自己視力還不錯的樣子。其實他黯淡的眼睛一直都看不清楚，這幾個月來，他的視力好像又更退化了。

雷霆注意到這隻老公貓是那麼的瘦，不禁皺起眉頭。禿葉季才開始，這麼瘦可不是件好事。「把這隻老鼠吃了吧，粉紅眼。」雷霆把老鼠放到這隻白色老公貓的腳前。「薊花和三葉草可以吃那隻畫眉鳥，我會再派另一組狩獵隊出去。」

「我去。」葉青從荊棘叢裡走出來，毛亂亂的，一副剛睡醒的樣子。

梟眼從紫杉下面的窩裡鑽出來。「我也可以去嗎？」

看到同伴們都這麼熱心，雷霆開心地發出呼嚕呼嚕的喵聲。「這次該由誰領隊？」

「拜託，讓我領隊！」梟眼興奮地舉著尾巴。

雷霆瞄了葉青一眼，這隻黑白公貓比較年長，也較有經驗。葉青能理解嗎？年輕的貓需要學習的不只是跟隨而已，同時也要有領導統御的能力？

葉青開心地甩動尾巴。「這是好主意。」

雲點從蕨叢隧道裡踱步出來，這個隧道通往一處空地，空地周圍長滿了蕨類植物，他的窩就在那裡。那裡原本的蕨類已經漸漸枯萎了，但是另外一種蕨樹反倒長得很繁茂，挺拔的黃色樹葉，為貓窩提供了新的遮蔭。雲點看起來睡眼惺忪，「我聞到食物的味道，」他先看了畫眉鳥一眼，接著目光移到了粉紅眼腳邊的那隻老鼠，「你們抓到的就只有這些？」他的聲音聽起來很擔心。

雷霆抖一抖毛髮，「我相信梟眼和葉青會抓到更多的。」他一派輕鬆地回答，不想讓大夥知道他其實也很擔心，「他們馬上要出去狩獵了。」

「我跟他們一起去，」雲點告訴雷霆，「六隻眼睛可要比四隻眼睛好。」

低頭看著畫眉鳥的薊花也抬起頭說：「如果我也加入，那就有八隻眼睛了！」

葉青用鼻子碰一碰這隻小貓的頭。「你下次再去吧。」

「我們不在的時候，你可以在山谷裡找看看有沒有老鼠。」梟眼邊說邊奔向貓營入口，雲點緊跟在後。

「我昨天已經檢查過了！」薊花抱怨，「根本就沒有什麼老鼠！」

「再找找吧。」葉青丟下這句話，轉頭跟上雲點。

奶草穿越中間的空地。「我們這裡需要你，薊花。」她說道：「如果每一隻貓都出去找吃的，那誰來守護貓營？」

薊花不開心地哼了一聲：「妳這樣子說，其實根本就是在阻止我。」

三葉草走到弟弟身邊開口教訓：「當然是在阻止你，如果不讓你感覺自己很特別，你一整個早上都會鬧彆扭。」

「我從來都不會亂鬧彆扭！」薊花瞪了他姊姊一眼。

「你昨天一整個下午都在鬧彆扭，就因為媽媽不讓你下雨天出去玩。」

薊花不開心的舉起尾巴。「不過就是下雨而已，有什麼好大驚小怪的！」

雷霆走到他們兩個中間，跟奶草使了個眼色，就在這同時，他聽到梟眼領著隊友爬上山谷，有小碎石落下來的聲音。「等大家都有東西吃，我就和奶草一起帶你去森林裡頭看看。」雷霆跟薊花保證。

奶草看著雷霆，露出感激的眼神。

薊花激動到不行，興奮地問：「就像真正的狩獵隊一樣嗎？」

「那我也可以去嗎？」三葉草也興奮地問。

「那當然。」雷霆以溫暖的眼神看著她。

閃電尾叼起畫眉鳥，放到空地邊緣傾圮樹幹旁的一處陽光照得到的地面上。「快過來吃吧，」他喊小貓們過來，「我跟你們說，我是怎麼抓到這隻鳥的。」

薊花和三葉草朝他跑過去。

奶草看了看那棵倒掉的樹，接著再看粉紅眼的窩。那鋪在窩裡的蕨葉，因為最近的一場雨而變得溼答答，「我是不是應該幫粉紅眼把床重新鋪過？」她看了雷霆一眼。

就在雷霆點頭的時候，正吃著老鼠的粉紅眼，猛然抬起頭說：「我自己會鋪床。」他咕噥著。

「我知道你會，」奶草回答：「不過不如我先開始，等你吃完後再來幫我。我先去拿一些新鮮蕨葉過來，等一下你再從那棵倒下來的樹幹上，刮下一些青苔放在陽光下晒乾。」奶草沒等他回答，就直接穿過空地。

就在她消失在荊棘叢裡時，雷霆眼角的餘光看到了閃電尾的身影，這隻黑公貓伸展前肢，飛躍過空地。

薊花和三葉草嘴裡咬著食物，睜大了眼睛，看著這隻公貓。

「那隻畫眉鳥根本沒有看到我，」閃電尾邊說邊演，「我就跟一隻貓頭鷹一樣，寂靜無聲地撲過去。」

「你可以教我怎麼爬樹嗎？」三葉草問。

「我們不是松鼠！」粉紅眼吞下最後一口老鼠肉。看到這隻老貓胃口還不錯，雷霆總算鬆了一口氣。

薊花哼了一聲，「那不表示我們不能爬樹。」

粉紅眼迅速地舔了一下前腳，然後站起來。「如果從樹上掉下來，扭傷了尾巴，不要怪我沒有事先警告你。」說完他就走向那棵倒樹旁，開始從腐爛的樹皮上面把青苔撥下來。

接著雷霆身後傳來窸窣的聲音，是奶草把蕨類植物連根拔起的聲響。

雷霆抬頭望著淡藍色的天空，往後的這幾個月，天氣將變得非常寒冷。如果獵物真的這麼稀少的話，他要怎麼維持大家的溫飽呢？他期待梟眼、雲點和葉青抓到的獵物會比他和閃電尾抓到的多。**如果沒有，那我晚一點再出去一次。**他下定決心絕對不讓自己的貓群挨餓。

絕對不嗎？他全身的毛豎了起來。這話會不會太有把握了，他頓時感到心虛。他能

做這樣的承諾嗎？這時他突然想起靜雨躺在淺淺的墳墓裡，接著思緒轉到閃電尾從樹上跳下來的場景。當時他還以為他朋友是從樹上跌下來。意外隨時都可能發生。**萬一有天我死了呢？他們沒有我，能靠自己撐下去嗎？**想到這裡雷霆打了個寒顫，像是冷水灌頂。貓群會不會就散了呢？是他把大家帶來這裡的。大家都等著他做決定。他不在了，除了奶草和小貓之外，葉青還會抓獵物給其他貓吃嗎？奶草還會擔心粉紅眼的窩是不是乾爽嗎？閃電尾還會像現在這樣說故事給三葉草和薊花聽嗎？當然這些貓都本性善良。但是沒了首領，他們還會覺得他們是生命共同體嗎？還是他們會走回頭路，又當起惡棍貓呢？又或者，他們會再度回到清天的陣營呢？

不，他們絕不能這麼做！想到這裡讓他背脊發涼。他站起來踱步。清天過去幾個月來，脾氣已經改很多了，但雷霆了解他父親，以前確實有貓死在他手上。

我不會死！雷霆告訴自己，**我不能死。這些貓們太需要我了。**就在他想推開這些讓他心煩的念頭時，山谷上方有小石頭落下來。

他抬頭望去，想看看金雀花叢外發生什麼事，難道是狩獵隊回來了？

薊花和三葉草立刻一躍而起，衝到貓營入口。

「是梟眼！」三葉草鼻子抽動著，「我聞到他的味道！」

「妳是用猜的，」薊花潑她冷水，「距離這麼遠，妳怎麼可能聞得到？」

「我的鼻子跟粉紅眼一樣靈！」她期待地看著那隻老貓。

「三葉草說得沒錯。」粉紅眼附和，他正盯著一片剛剛從樹皮上撥下來的青苔。

山谷上方的腳步聲愈來愈清楚。

雷霆擋在小貓前面來回穿梭，不管來者是誰，必定非常著急。他豎起耳朵，接著梟眼從金雀花叢隧道裡鑽出來，眼中透露出驚恐。「清天來了！」梟眼喘著氣，「他帶了一支巡邏隊過來，有橡毛、麻雀毛，赤楊也跟著一起。」

「你跟他說過話了嗎？」雷霆問。

「雲點和葉青正在跟他們講話，葉青先派我回來跟你報告。」

閃電尾湊到雷霆身邊。「到底出了什麼事？清天又來找碴了嗎？」

「他沒有必要來找碴，」粉紅眼在空地另一端眨眼睛，「又沒有什麼事情可以爭。」

「清天本來就喜歡沒事找事，」閃電尾悻悻然地說：「要不然他為什麼帶那麼多隻貓一起過來。」

雷霆耳朵抽動著，上回見到清天的時候，看不出他有什麼惡意，當時他因為靜雨的死悲痛萬分。「或許是帶了什麼消息過來。」雷霆告訴閃電尾。

「不過是要宣布什麼消息，需要帶三隻貓一起過來！」閃電尾反駁。

金雀花叢外的腳步聲，從山谷上方下來，愈靠愈近。

雷霆抬起下巴，跟閃電尾使了個眼色示警，「我們先靜觀其變吧！」他的朋友可能有些反應過度，對清天太有戒心了，「不需要引起不必要的爭端。」

接著金雀花叢一陣抖動，清天衝了出來，毛髮凌亂，眼底透露著恐懼，橡毛、赤楊以及麻雀毛緊跟在後，面色凝重。

雷霆朝父親眨一眨眼睛。「你沒事吧？」他憂慮地問。

「我需要你幫忙。」清天不安地甩動尾巴。

雷霆皺起眉頭。「為什麼呢？」

「斜疤脅持了星花，拿她當人質。」清天說明來意。

斜疤。這名字在雷霆心中響起像是遙遠的一聲鳥鳴，是不是以前聽過？但在哪裡聽過的？突然他呆住了，**蕨葉**，他和灰翅之前遇到這隻母貓的時候，她還是一隻年輕的惡棍貓。灰翅當時把這隻母貓帶去高影的陣營裡安置，為的就是要躲開斜疤的掌控。她承認受到斜疤的逼迫，來監視松樹林裡的貓，當時她很害怕的樣子。

雷霆這時突然感覺到清天的目光，他在刺探他內心的想法。

「星花有危險了！」清天急切地說。

雷霆迎向清天的目光。「我們必須救她。」

「可是我不知道她現在被關在哪裡。」清天說。

橡毛也附和：「而且也不曉得看守她的惡棍貓有幾隻。」

「斜疤說他們的數量多到我們難以想像。」麻雀毛補充說明。

雷霆看著自己的父親，難道清天沒有計劃嗎？「那你要我怎麼做？」

要跟所有的首領開會，討論要怎樣分獵物給他們那些惡棍貓。聽清天解說完斜疤的要求，雷霆瞇起眼睛。

雷霆難以置信地搖搖頭，三葉草和薊花這時走到前面。

「嗨，橡毛！」三葉草向這隻母貓眨眼睛，他們以前是同營的夥伴，「還記得我嗎？」

薊花在旁邊推了一下他姊姊，不屑地說：「我敢打賭她記不得妳了，我們現在都已經長大了。」

清天大聲斥責：「這裡沒有小貓說話的份。」他用尾巴朝他們彈了一下，同時瞪了雷霆一眼，「這些小貓是不是應該去幹活，或是去做些其他有用的事？」

雷霆對清天感到一陣不悅。即便在這樣需要外援的時候，他還是不改本色地對別的貓這樣子呼來喚去。「這是我的貓營，清天，」雷霆語氣堅定地宣示主權，「誰該做什麼，都由我說了算。」

貓營後方的蕨叢窸窣抖動，「發生什麼事了？」奶草問道，她從空地那一端跑過來，看見清天、橡毛、麻雀毛以及赤楊，眼中露出恐懼。

三葉草看著自己的母親說：「清天叫我們去幹活。」

「他認為小貓不該亂講話。」薊花憤憤不平的點頭。

奶草豎起毛髮，生氣地瞄了清天一眼，然後把小貓帶開。

金雀花叢之外又傳來腳步聲，雲點急急忙忙跑進來，葉青尾隨在後。

空氣中瀰漫著山雨欲來的感覺。雷霆強裝鎮定，走到空地中央看著清天，「我想幫你，」他說：「但是獵物本來就已經很少，我們沒辦法把打到的獵物再分出去給惡棍

貓。」

清天往前一步，生氣地抽動著尾巴，「你非幫不可！如果我們不照斜疤的話做，他會殺了星花。」

閃電尾怒吼：「要是我們同意他們的要求，這些惡棍貓就會看扁我們，然後得寸進尺！」

葉青點頭同意，「他說得有理，像這樣的惡棍貓比狐狸更壞，自己懶得去狩獵，卻樂得指使別的貓去抓來給他們吃。」

奶草湊近自己的小貓，用尾巴圍住他們，「或許我們應該分一些給他們，這樣他們就不會來找麻煩。」

粉紅眼同情地望著這隻母貓，「我知道妳是為了孩子們著想，才會擔心，可是這些惡棍貓也只是碰碰運氣，如果我們現在退讓，那他們就會步步進逼到我們無路可走為止，我們一定要盡全力保護自己的家園。」

「沒錯，就是這樣！」閃電尾厲聲說道。

雷霆不安地用腳撥弄泥土，看了閃電尾一眼，只見他眼中熊熊怒火；葉青繞著訪客兜圈子，黑白毛髮沿著脊椎豎了起來；雲點的眼睛則瞇成了一條縫。

清天迫切地望著雷霆。「你得幫我。」

為什麼要幫你？一陣苦楚從雷霆喉嚨升起。**你從來沒有幫過我！**為什麼清天對他的母親就沒有這麼關心過。如果有的話，那風暴還有那幾隻小貓，到今天可能都還活著。

雷霆推開這些想法，過去的事都過去了。清天需要幫助，不管以前他是多糟的父親，他還是有發言的權利。

話雖如此，雷霆知道現在他必須把自己的同伴擺在第一位。他望了清天一眼。「我無法答應把獵物分給惡棍貓，我們自己也缺食物。」

清天身體往前傾，鬍鬚顫抖著說：「你不必給任何獵物，只要跟斜疤碰面，應付應付假裝答應，讓他把星花放了就好。」

閃電尾怒斥：「跟惡棍貓碰面是自找麻煩。」

葉青也尾巴一甩，「我們不應該管這檔子事。」

「這與我們無關。」雲點表示贊同。

清天盯著雷霆說：「求你幫我！」沙啞的聲音中透露出絕望。

雷霆搖頭，內心充滿愧疚，「我幫不了你，我得為我的夥伴們著想，不能因為你而犧牲他們的幸福。」

清天的尾巴一掃。「你這算什麼兒子？」

看著父親眼裡的怒火，雷霆的心不斷往下沉。這種表情他以前見多了，他疲累地堅守立場，但清天仍不死心。

「為了我娶星花這件事，你到底還要恨我多久？」清天怒吼：「難道你連星花都要一起懲罰嗎？要是她肚裡的小貓死了，我絕不原諒你！」

雷霆嚥下恐懼的情緒，語氣堅定地回答：「我沒要懲罰誰。星花選擇了你，我尊重她的選擇。她現在惹上了麻煩，我是想幫忙，但我不能為了救她讓同伴們挨餓，這個難題你要自己解決。」

清天瞪著自己的兒子，露出難以置信的眼神。

橡毛靠近首領低聲說：「算了，我們走吧。」

「或許高影會幫忙。」赤楊跟他打氣。

「河波知道該怎麼做。」麻雀毛狠狠地瞪著雷霆，「河裡的魚多得是，他應該會樂意分享一些出來的。」

清天轉頭。「你說的對，其他的貓會幫忙，因為他們必須幫忙。」說完他便匆匆掉頭穿過金雀花隧道，其他的貓也跟著一起離開了。

就在雷霆聽著他們爬上山谷的腳步聲時，他意識到自己渾身發抖。他剛剛應該同意伸出援手嗎？他不確定其他的首領也會想幫清天的忙。要是他們袖手旁觀的話，那星花會有什麼事嗎？

一陣冷風吹進山谷，雷霆打了個寒顫。星花軟化了父親的心，如果星花死了，清天會有什麼反應呢？想到這裡雷霆不寒而慄。他此刻拒絕幫忙，會不會引發日後的一場大戰呢？

灰翅遠眺高地，一陣潮溼的冷風拉扯著鬍鬚。他聞一聞空氣，開始感到飢腸轆轆。但四下除了乾枯石楠叢的霉味外，就是沒有獵物的蹤影。在他下方的高地，金雀毛穿越草叢緩緩走下斜坡，從高地這裡下去就是森林了，風奔在一處石楠樹叢的邊緣聞來聞去。

就在風奔伸著脖子嗅聞的時候，斑毛衝過石楠叢。「這裡的獵物味道都是很久以前留下的了。」年輕公貓的聲音隨風傳到灰翅耳裡。

斑毛是貓營裡的新成員，有著金棕色的毛髮。以前灰板岩還是惡棍貓的時候，斑毛的媽媽和灰板岩一起打過獵。他的媽媽和弟妹們移居到別處時，斑毛沒有一起跟過去。他看慣了高地貓在石楠叢裡奔馳狩獵，也想加入他們。風奔本來沒打算收留惡棍貓的，可是灰板岩為他背書，說斑毛的媽媽心地善良而且很會狩獵。果然，斑毛很快就證明了灰板岩說得一點都沒錯。他抓到的獵物和風奔一樣多，身為首領的風奔也很快就忘了自己曾經懷疑過這隻年輕公貓。

但是就算斑毛狩獵技巧高超、鬥志旺盛，在這沒獵物的地方，也沒法無中生有。

灰翅瞇起眼睛，看到這一片空蕩蕩的斜坡，不禁沮喪了起來。雪融化了，獵物應該要從巢穴裡出來了啊？難道是今年的早雪，把新生的獵物凍死了？他不安地挪動腳步。如果真是這樣，那今年的禿葉季就會變得很漫長，大家都得餓肚子了。他看到金雀毛動也不動地定在那裡，這隻灰公貓是不是發現獵物了？他順著金雀毛的目光看過去，失望地發現原來他是在看蛾飛。

風奔和金雀毛生的那隻傻小貓又脫隊了，此刻正呆望著天空。這隻白色小母貓才五個月大，不過就跟兩個半月的小貓一樣非常容易分心。灰翅皺著眉頭看著這隻小貓，她這會兒又跑去聞草叢裡的一段枯莖桿，然後再繼續回來看雲。小貓天生就好奇，不過蛾飛早就應該要學會專心了。

「蛾飛！」金雀毛喊自己的女兒，「妳等一下再看雲！我們現在要狩獵！」

灰翅心煩地彈了彈尾巴，就算獵物從洞裡出來，早就被金雀毛那叫聲給嚇回去了。

蛾飛抱歉地低下頭來，開始沿著山邊匍匐尋找獵物。

這時灰翅後方響起一陣腳步聲，在灰板岩那一身濃密柔軟的毛靠近之前，他就聞到她的氣味了。「抓到獵物了嗎？」灰板岩喘著問，身上還帶著石楠叢窩穴的溫暖氣息。

灰翅遙望灰板岩身後的山坡低地，她一定是從貓營那裡過來。「這裡根本就沒有獵物可抓。」灰翅悶悶地回答。

「應該有獵物啊！」灰板岩抬起下巴，走向夥伴。

此時灰翅的夢境出現在他的思緒裡，**看到你快樂我很安慰**，那是龜尾講的話，想到這裡灰翅內心滿是疼惜。他很開心龜尾沒因灰板岩帶給他溫暖而心生忌妒，他再也用不著在寒冷的禿葉季夜裡形單影隻了。龜尾死了之後，祂的孩子也都去了不同陣營，他非常想念那種全家在一起的親密感；現在有灰板岩作伴，展開新生活，讓他感到很幸運。

灰翅看著灰板岩走向風奔，斑毛這時從石楠叢裡跑出來，期待地望著山坡。灰板岩走到他們身邊停下來，向首領點頭致意。

就在這兩隻母貓彼此問候時，灰翅眼角餘光瞥見有什麼東西在動。一隻兔子突然從草叢後方衝出來，用很快的速度跑過高地。這兔子離風奔和斑毛太遠了，但金雀毛早就看到兔子往上坡跑，朝蛾飛的方向衝過去。

蛾飛，快看！灰翅繃緊神經，這隻小母貓還是一直望著天空。灰翅在心裡默默希望她會轉頭，那隻兔子開始轉向，朝山坡頂上的高地洞穴尋求庇護。蛾飛還是動也不動。難道她沒有聽到兔子的腳步聲嗎？灰翅感到十分挫折，索性開始跑了起來，心想如果能夠阻斷兔子逃脫的路線，就可以把兔子逼到蛾飛的面前，這麼一來她總該看得見了吧？灰翅奮力奔跑，冷空氣也順勢鑽進他的肺裡。過去幾個月他一直感到呼吸不順暢，隨著禿葉季的到來，情形更是每下愈況。他的胸部開始感到疼痛，但他還是沒命地跑，毛髮蓬鬆，想利用自己飛奔的身影逼迫兔子改變逃脫的路線。

成功了！他燃起一線希望，兔子露出恐懼的眼神，開始朝另一個方向跑過去。

蛾飛還是站在那裡，抬頭望著天空，彷彿在作夢。

兔子已經很靠近了，這會兒她應該聽見了吧！大地似乎都因腳步聲震動起來，連風奔、斑毛和灰板岩都紛紛轉頭觀看。金雀毛也遠遠地在後面努力追趕，眼睛盯著兔子。

「蛾飛！」灰翅在兔子逃過蛾飛身邊的時候，大叫一聲。蛾飛轉過頭朝他眨眼睛，完全在狀況外，根本不曉得兔子剛剛就從她的身邊跑過，消失在爬坡的地方。

灰翅往上爬，潮溼的草地讓他滑了一下，索性停在距離蛾飛一條尾巴距離的地方。

他瞪著她，「妳到底在做什麼白日夢？」頓時感到呼吸困難、胸口疼痛。

她焦慮地對他眨眼睛。「你還好嗎？」接著立刻湊過來，聞著灰翅的口鼻，「是不是呼吸的時候又痛了？」

「我沒事。」灰翅喘著氣，難道這隻傻貓咪還不曉得自己做了什麼事？

她睜大了眼睛說：「你趕快坐下來休息。」

她說話的時候，金雀毛以迅雷不及掩耳的速度，從她身邊衝過去。他盯著那隻消失在坡地上的兔子，緊追在後，尾巴隨風流動。

蛾飛看著自己的父親，圓圓的眼睛充滿困惑。

「難道妳沒看到嗎？」灰翅氣鼓鼓的。

「看到什麼？」

灰翅一肚子火，「聞一聞！味道到處都是。」

蛾飛聽話照做，張開嘴巴，粉紅色的舌頭探出在上下排牙齒之間。「是兔子！」她倒抽一口氣，瞬間瞪大眼睛。

灰翅幾乎不敢相信自己的耳朵。「妳怎麼會沒看見呢？」

「對不起！」她開始轉頭往高地四處亂看，可是兔子早就已經消失在上坡處，金雀毛也不知道追去哪裡了。

風奔向他們跑過來。

她媽媽停下來，用責怪的眼神看著她，蛾飛不安地挪動腳步。「我剛剛在看雲，」

她喃喃地說：「有一朵雲看起來很像兔子。」

灰翅望著天空，只見雲層堆疊在一起，他很訝異蛾飛怎麼有辦法看出什麼形狀。

「如果妳剛剛看著高地，就會看到真正的兔子了。」灰翅厲聲說道。

風奔怒斥：「蛾飛！跟妳講過多少次了，狩獵的時候要專心！」

蛾飛低下頭，「對不起。」

「道歉不能當飯吃，妳的同伴還在挨餓！」風奔抖動耳朵。

「我下次會更用心。」蛾飛保證。

「妳上次也是這麼說的！」風奔繼續責備。

蛾飛滿懷歉意地看著她媽媽，灰翅不由得同情起她來。或許她天生就不是狩獵的料，可能更適合留在貓營裡做些鋪床、圍籬笆之類的事。灰翅用尾巴指著貓營的方向說，「妳回去看看蘆葦和曉鯉是否需要幫忙採集石楠樹枝？」灰翅在離開之前吩咐這兩隻貓，在貓營外再加一圈圍籬，把石楠枝條再編進金雀花圍籬裡。塵鼻也留下來幫忙，或許他應該帶塵鼻出來狩獵，讓蛾飛留在家裡。塵鼻的狩獵技巧比他姊姊高明多了。

蛾飛熱切地看著他。「讓我追蹤兔子吧，拜託！我鼻子很靈，一定可以找到牠的。」

風奔沒好氣地說：「兔子現在一定躲進窩裡面了，妳這個鼠腦袋一定也會追進去，然後在兔子洞裡面迷路，搞得我們還要勞師動眾地出去找妳。」

蛾飛被澆了冷水，感覺更畏縮了。

灰翅感到有點不捨。「或許我們可以一起去追蹤。」

這時候，金雀毛從坡地上現身，嘴裡咬著兔子。

「你抓到了！」灰翅開心地說。

靠近他們的時候金雀毛放慢腳步，把兔子放在風奔的旁邊。

蛾飛滿眼內疚。「對不起，我真是個鼠腦袋。」

「沒事的。」金雀毛一派輕鬆地說。

風奔尾巴一甩，「要不是你及時彌補蛾飛犯的錯呢？」她瞪了金雀毛一眼。

金雀毛鎮靜地回答：「她還小。」

「不小了，那隻兔子就差自己撞上去，被她絆倒。」風奔很不開心。

蛾飛不安地看著父親，再看看母親。「我保證以後不會再犯了。」

風奔哼了一聲。「如果妳爸爸繼續這樣為妳找藉口，妳就還會再犯。」

「妳對她太嚴厲了，風奔。」金雀毛不認同。

「總要有人對她嚴厲，要不然她永遠都學不會狩獵。」

灰翅轉身往下斜坡走，讓這一家子解決自己的家務事。

灰板岩走到他身邊會合。「一切都還好吧？」她瞄了風奔一眼。

灰翅持續往前走。「金雀毛抓到兔子了。」他故意講得很慢，不想讓灰板岩發現自己呼吸不順暢。

灰板岩走在他身邊。「風奔看起來不太開心。」

「她認為蛾飛應該要抓到兔子。」

「我們都有犯錯的時候。」

「我不應該把兔子趕到她那裡，」灰翅小聲地說：「我早該知道蛾飛靠不住。」

灰板岩用鼻尖輕柔地推他肩膀一下，「別為了小貓犯的錯責怪自己。」

灰翅看了灰板岩一眼，她溫暖的眼神化解了他對蛾飛的擔心，「我想她總有停止做白日夢的一天。」灰翅說。

「這是一定的，」灰板岩望著前方的低地，「我們要回營了嗎？」她的聲音帶著一絲焦慮。

灰翅突然緊張起來，難道灰板岩聽到自己氣喘的聲音？「我們應該再抓些獵物。」

「才這麼一會兒工夫，沒有我們幫忙，其他的貓應該還撐得下去，」灰板岩力爭，「而且蛾飛剛好可以趁這個機會練習狩獵。」

在他們前面，斑毛正聞著一處金雀花叢的根部。看到他們走過來，斑毛抬起頭，「這裡幾乎都聞不到什麼獵物的味道了。」

「你去上坡那邊的兔子洞看一看，」灰翅建議著，同時用鼻子指著蛾飛的方向。只見蛾飛跟在父母親後面，白色的身影在高地之間竄動，像一朵小白雲，「你不如過去教教蛾飛怎麼追蹤兔子。」

斑毛的眼睛亮了起來。「你覺得她喜歡我這麼做嗎？」

灰板岩發出呼嚕呼嚕的喵聲。「我認為她會很高興有你作伴。」

斑毛一溜煙地跑走，衝上斜坡去追那隻小母貓。

灰翅注意到灰板岩刻意引導他走向貓營入口，或許他真的應該休息一下，喘口氣，晚一點再出來狩獵。很多獵物都是在傍晚才離開巢穴，出來活動。

就在他們穿過貓營外的草坪時，一陣熟悉的味道撲鼻而來。他全身的毛豎了起來，清天和高影剛剛經過這裡。他們為什麼要來這裡呢？他加快腳步，跑進貓營。

只見他哥哥在空地上來回踱步，高影眼神陰鬱地坐在空地外圍。蘆葦和曉鯉正在圍籬旁的窩裡忙著把石楠枝條穿進金雀花樹叢，還不時緊張地瞄著到訪的客人。坐在石楠樹枝堆旁邊的塵鼻，離他們最近，豎起一身虎斑的灰毛髮，直盯著清天。

清天充滿期待地將眼光投到灰翅身上。「風奔跟你在一起嗎？我必須跟她談談。」說完走過灰翅身邊，看著貓營的入口，「蘆葦剛剛告訴我，你們一起出去狩獵了。」

「她還在高地上。」灰翅回答。

灰板岩對著清天眨眨眼。「要我去叫她回來嗎？」

「叫她回來？」清天重複灰板岩說的話，顯然心不在焉。

灰翅注意到他哥哥凌亂的毛髮，尤其是脖子那裡的毛都糾結成團了。事情不太對勁，他跟灰板岩點點頭，「去把風奔找回來。」灰板岩從灰翅的語氣中，聽出了事態緊急，便即刻衝出貓營。灰翅察覺了清天藍眼睛深隱藏的恐懼，不禁感到十分訝異，出大事了。「到底怎麼了？」

「他們把星花抓走了！」清天持續地來回踱步。

「誰抓走了星花？」灰翅心跳加速。

高影走向前。「斜疤和他的同黨。」

灰翅頓時覺得天旋地轉，**斜疤！**就是他派蕨葉去刺探高影陣營的。灰翅把蕨葉留給高影照顧，但沒有解釋原因，他不想分心擔憂她的安危。他這樣做是不智之舉嗎？把斜疤的同夥留在森林貓的陣營裡？「蕨葉現在在哪？」

「蕨葉？」高影對灰翅眨眨眼，「你離開沒多久之後，她也跟著走了。」

灰翅覺得萬分驚恐，心想，蕨葉難道一直在幫斜疤打探消息？「她有說為什麼要走嗎？」

「沒說。」高影好奇地歪著頭，「她無緣無故就消失了，我並不意外，她一直就一副安頓不下來的樣子，總是若有所思，像是擔心受怕。」

為什麼蕨葉不留在高影的陣營呢？就連在那裡，她也沒有安全感？恐懼湧上灰翅心頭，顯然斜疤遠比想像的更可怕。

清天走到灰翅和高影中間，「你們為什麼提到蕨葉？她和這件事有什麼關聯？」

「她是斜疤以前的同夥，」灰翅解釋：「我本來想幫她脫離斜疤的控制。」

高影看了灰翅一眼。「你之前為什麼沒告訴我？」

清天伸出爪子。「我不是來這裡談論蕨葉的！」他怒斥：「星花被抓走了，你們不懂嗎？」

就在清天說話的時候，風奔上氣不接下氣地衝進了貓營，灰板岩和金雀毛緊跟在後，「出了什麼事？」風奔質問。

清天急切地轉向她。「我需要妳的幫忙，」他焦急地說：「一群惡棍貓脅持了星花。」

風奔皺起眉頭一臉疑惑。「為什麼？」

「他們要我們把獵物分給他們，才把星花安全放回來。」清天焦急地望著風奔。

風奔瞇起眼睛問。「那些惡棍貓是誰？」

灰翅的耳朵不安地抖動著。「他們帶頭的叫做斜疤，是一眼的老朋友。」

風奔豎起一身毛髮。「你的意思是要我們把獵物分給他們？」

「至少先和他談一談，」清天苦苦哀求，「他要求各營首領在月半的時候和他碰面談條件。」

金雀毛向前走，抽動耳朵向風奔警示。「星花是一眼的女兒，」他提醒，「我們怎麼知道星花是不是斜疤的朋友？」

風奔尾巴顫動著。「這有可能是星花的計劃。」

「絕不可能！」清天瞪著這隻精瘦的母貓，「星花愛我，而且懷了我的小貓！她是忠於我們的。」

風奔的目光從清天移到高影身上。「妳支持清天嗎？」

高影的眼神看起來若有所思。「靜雨臨終的時候，星花在我們的營裡幫忙，我相信她有森林貓的良善，不像惡棍貓。我認為她應該已經遠離了之前一眼女兒的那種生活。」

灰翅點頭。「高影說得對，我也觀察到了，星花對清天很好又很忠心，被脅持必定非她所願，這點我很確定。」

風奔不太確定地看著灰翅。「但這也不代表我們就必須跟那些壞心腸的惡棍貓分享獵物。」

清天露出恐懼的眼神。「妳必須幫忙！」

風奔冷冷地看他一眼。「我們沒欠你什麼。」

「如果這事發生在妳身上，」清天質問：「假設他們抓走了金雀毛，我也會幫你去營救的。」

「真的嗎？」風奔不屑地說：「你除了幫自己，沒幫過別人。」

「不是這樣的，」灰翅頓時覺得該為自己的哥哥說話，「冬青的孩子失蹤的時候，是我哥哥救了他們的。」

風奔繼續盯著清天。「這是你的問題，不干我們的事。」

灰翅對風奔眨眼睛，他們當然必須幫忙營救星花。

清天張大了眼睛。「難道妳要坐視星花和我的小貓受傷害？」

風奔開始猶豫，身上毛髮一陣波動著。

灰翅感受到風奔有些動搖了。「我認為我們應該幫忙。」他小聲說。

灰板岩靠近灰翅。「這樣太冒險了。那些惡棍貓不是好惹的。」

「我們也不是省油的燈。」灰翅大聲怒吼。

金雀毛彈一下尾巴走向前。「可是我們的獵物實在是不夠。」

「我們不必分給他們，」灰翅反駁，接著看看清天，「斜疤只是要和各營首領碰面，是吧？」

清天點頭。「只要碰了面，他就會放了星花。」

「那這樣還不簡單。」灰翅慫恿。

風奔瞪了他一眼。「我們為什麼要蹚這渾水呢？」

灰翅很嚴肅地回望她一眼。「我們只是為了保護星花和她肚子裡的小貓。」

灰板岩湊近他身邊說：「可是星花和我們不是同陣營的。」

灰翅看著灰板岩琥珀色的眼睛。「如果是妳和妳肚子裡的小貓有危險，我也會去求所有我認識的貓來營救妳。」

灰板岩的眼神軟化下來。

風奔咕噥著：「小貓畢竟是無辜的。」接著點頭讓步，「那好吧，我相信你的判斷，灰翅，我們就跟惡棍貓見個面。」

清天喜出望外。「真的是太謝謝妳了！」

「很高興妳願意幫忙，風奔。」高影說完便朝貓營入口的方向走去。

「妳現在就要離開了嗎？」風奔看著她，「難道我們不用事先擬定計畫？」

「晚一點再計畫，」清天緊跟著高影，「我們得再去和河波談一談。」

「難道他還沒有同意嗎？」風奔的毛沿著脊椎豎了起來。

「還沒，」高影停下來腳步，「但是他會同意的。」

金雀毛眼神一沉。「那雷霆同意去見惡棍貓了嗎？」

清天看了灰翅一眼。「沒有，他拒絕了。」

風奔很快跟金雀毛互望了一眼。「我認為斜疤要見的是所有首領，所以，如果雷霆不去的話，那還有什麼意義？」

灰翅舉起尾巴，他了解雷霆為什麼會拒絕自己的父親，因為他父親以前拒絕過他太多次了。但是，他知道雷霆心地善良，不會真的對星花和她肚子裡小貓的危難不聞不問的，「我再去跟雷霆談一談。」

「你覺得他有可能改變心意嗎？」清天抬起下巴期待地問。

「只要有理，雷霆是聽得進去的。」灰翅要清天放心。**尤其是如果我親自去勸他。**

但是他們見了斜疤又該怎麼做呢？

清天眼裡充滿感激。「謝謝你。」

「咱們走吧！」高影催促著，說完便走出貓營。

當清天尾隨高影沒入金雀花叢時，灰翅心中有閃現一個念頭。**對，就是這個辦法！**

風奔對灰翅皺著眉頭說：「你真的認為跟惡棍貓們碰面，答應把食物分給他們，這樣是好辦法？」

灰翅抖動鬍鬚。「我們只答應要碰面，可從沒說過要分食物給他們。」

風奔睜大了眼睛。「但是被我們拒絕了以後，他們會怎麼做……」

灰翅打斷她的話。「他們拿我們一點辦法也沒有，」他接著說：「我有個計劃。」

第四章

清天背上的毛髮波動著，他頭頂上方的半圓月在漆黑的天空中閃耀。落葉季還沒掉完的葉子，此時紛紛落下在身邊盤旋，刺骨的寒風在森林裡肆虐。他豎起耳朵，細察有沒有獵物走動或是貓頭鷹的叫聲。但是自從他離營以後，樹林裡就一片寂靜，好像萬物都在等著今晚的會議。

到底有誰會來呢？

眼看就快到四喬木空地了，清天加快腳步。

高影答應要來，風奔也是。他知道河波一向信守諾言，這個河貓首領可能已經在大橡樹底下等他了，但是雷霆呢？灰翅成功說服他了嗎？

恐懼在清天血液中流竄著。好幾個失眠的夜晚讓他筋疲力盡，如今恐懼是支撐他的唯一力量。他急著想見到星花。一想到星花此刻正在四喬木空地那裡，被斜疤脅持著等待援救，便不自覺加快腳步。星花會沒事嗎？那些惡棍貓對她還好嗎？他試圖讓自己不去想星花在他們手中會遭受怎麼樣的虐待。

萬一星花不在四喬木呢？要是斜疤今晚沒有出現呢？**這可能是一個陰謀**。不能再這樣子胡思亂想下去了，清天拚命想要擺脫這些日以繼夜糾纏他的負面想法。如果這是他們的調虎離山之計怎麼辦？趁著各首領來開會時攻打貓營。

清天瞇起眼睛，他離營之前已經作好布署，吩咐夥伴們要做好萬全準備，大家提高警覺、各司其職。蕁麻和荊棘負責看守貓營入口。白樺和赤楊負責在森林裡偵查，提防入侵者。麻雀毛和花開在貓營空地旁邊的橡木樹上守衛，橡毛和快水則埋伏在樹底下的陰影處。如果有惡棍貓入侵，必定會遭受到頑強的抵抗，他衷心希望其他首領也有提防措施。

「清天？」

他靠近四喬木空地的時候，樹叢間傳來呼喚的聲音，清天心跳加速、停下腳步。那聲音再次響起，「是你嗎？」

清天聽出了那是高影的聲音，確認氣味之後，清天加快腳步向前跑，這熟悉的味道讓他心中的憂慮頓時減輕不少。

高影從幽暗中走出來，漆黑的毛色幾乎跟影子一樣，「河波在空地的另一頭等我們。」接著她領著清天穿過樹叢，停在斜坡頂端。清天跟在後面，順著高影的目光往遠處低地的外圍望去，河波就在那裡，銀白色身影襯著背後的草叢特別顯眼。

高影衝下斜坡穿過蕨叢，清天也緊跟在後，鑽進樹叢，朝空地迂迴前進。草叢彼端發出沙沙聲，河波看見他們衝過來會合，銀色的毛髮在月光下波動著。

清天鑽出蕨叢走入空地，一陣寒意向他臉上襲來。冷空氣都聚集在山谷底部，他不禁覺得自己像是一條在冰水裡游泳的魚。他試圖克服恐懼，身體不自覺地熱了起來。接著快速環顧四周，心跳加速到連自己都聽見身體血液奔流的聲音。空地的另一端是一塊巨石，在月光下看起來，像是一隻巨大的爪子。往巨石之外望去，清天看見風奔朝他們走過來，不禁滿心感激。

他睜大眼睛拚命想看清楚，黑暗中是誰走在風奔後面，灰翅成功說服雷霆一同前來了嗎？

突然後方樹叢傳來沙沙聲響，清天轉頭一看，他認出兒子魁梧的肩膀。雷霆正穿過草叢走進空地，他一身橘毛在月光下發出藍光。

「雷霆！」清天喜出望外，雖然是灰翅前去求情，他才來的，清天並不想去理會那讓自己不悅的感覺。畢竟，和清天相較之下，灰翅的確更像雷霆的父親。灰翅對自己的兒子有影響力，這點他又怎麼能記仇？

高影和河波站在清天身邊，等待雷霆走過來。

「我聞到惡棍貓的氣味了。」雷霆怒吼。

「是剛剛留下來的嗎？」風奔問。

「當然是剛剛留下來的！」語氣中帶著嘲弄。

清天猛然轉身、抬頭往巨石望去。他頓時一口氣卡在喉嚨，這十多天來，他等的就是這一刻，恐懼讓他豎起全身毛髮。他聞到了惡棍貓的氣味，還有其他貓營首領身上的味道，但是還缺了什麼。

斜疤站在巨石頂端，身邊圍了六隻惡棍貓。他們在那裡觀望，月光下，跟石頭一樣一動也不動，毫無光澤的皮毛貼著瘦骨嶙峋的身體，眼露凶光。

「我早就料到你們都會來。」斜疤走到巨石的邊緣往下看，露出輕蔑的眼神。憤怒將清天的恐懼一掃而空，他咧嘴說：「你根本就沒有給我們選擇的餘地。」

斜疤嗤之以鼻，「我沒給選擇餘地的是你，清天。」接著斜疤環伺各營首領，「他們根本沒有必要來這裡，是你見不到星花跟星花肚子裡的小貓，關他們什麼事？」

清天的心一沉，「那你為什麼執意要我把他們帶過來？」

斜疤抖動鬍鬚，一副興味盎然的樣子，「我不過只是想試看看，你有沒有能耐說服他們。」

風奔憤怒地甩動尾巴，「要是他沒能說服我們呢？」

「那我就會對付星花，設法讓你們乖乖把獵物給我們。」斜疤告訴風奔。

對付星花？清天的尾巴顫動著。**斜疤這話是什麼意思？**突然，清天覺得自己無助得像隻小貓，**星花到底在哪裡呢？**他張嘴試著搜尋星花的味道，這時才驚覺，原來缺的就是星花的味道！

雷霆豎起毛髮，「你竟敢威脅我們！」

斜疤尾巴一甩，向其他惡棍貓使眼色。這些惡棍貓便開始齜牙咧嘴，向前走到巨石的邊緣，「你真的要跟我吵嗎，雷霆？」斜疤問道。

雷霆壓扁耳朵，「你憑什麼這麼有把握，認為我們會把獵物分給你？」

斜疤的目光掃過各營首領，「理由一樣，你們也不想看到清天失去伴侶和小貓。」

清天向前衝，齜牙咧嘴對著岩石頂部大喊，「星花到底在哪裡？」驚恐讓他思緒翻騰，內心空蕩蕩的沒個底，「星花沒事吧？」

斜疤停下腳步，灼熱地眼光盯著清天的眼睛。

清天氣瘋了。這隻惡棍貓就像在折磨獵物一樣玩弄他，為了樂趣，拖延獵物受苦的時間，「星花到底在哪裡？」清天再度追問。

有隻貓碰他，他猛然轉身，毛髮直豎。

是河波走到他的旁邊，「別讓他激怒你，」這隻銀色的公貓低聲勸說：「他想擾亂你的思緒，但你一定要保持頭腦清醒。」

清天接受了河波的安撫，呼吸漸漸緩和下來，心跳也不再那麼快，這隻銀色公貓的鎮定似乎安頓了他的心神。他穩住腳步，轉過去面對斜疤，「你答應過我，如果我把各營首領帶來，你就放了星花。」

斜疤頭一歪，「要是我現在就放了星花，你們還有什麼理由遵守今晚的協定。」

清天把爪子深深刺進冰冷的泥土裡，「除非星花安全釋回，否則我們是不會同意任何協定的。」

斜疤壓平耳朵，朝岩石的邊緣看過去，「恐怕這不是你能夠決定的，如果你要你的伴侶和小貓活著，你們就必須答應我的條件。」

清天覺得全身冰冷，說不出話來。

「你到底有什麼條件？」雷霆沉穩的聲音從背後響起。

「你們每捉到五隻獵物，就得給我們一隻，」斜疤直接把話挑明，「我的手下每天會去跟你們收取我們的份。」

風奔瞪著斜疤，「這樣我們自己會餓肚子！」

雷霆怒吼，「我們絕對不會讓自己挨餓來餵飽你們。」

斜疤瞇起眼睛，「難道你們在我們的土地上狩獵，還非得要吃到腦滿腸肥才行？」

「禿葉季哪裡還能吃成那樣，」高影怒斥：「我們自己都快吃不飽了，根本不會有多的可以分給你。」

「那不是我的問題，」斜疤反嗆：「如果你們想在我們的土地上過活，那你們打到的獵物就必須分給我們。」

「這不是你們的土地！」雷霆嘶吼。

「那也不是你們的土地，你們連問都沒問就強行占有，」斜疤怒斥：「是你們把我們逼到外圍，靠你們吃剩的過活。」

「你們惡棍貓本來就在其他貓群的外圍活動，」風奔反駁：「你們就靠這一招在過日子，打從我小的時候開始，你們就一直霸凌其他的貓，要他們抓獵物給你們吃。」

清天頓時覺得天旋地轉。他們在吵什麼土地的問題呢？今天開會的目的是為了要救星花，這些首領為什麼不趕緊想辦法？

河波冷冷地看了斜疤一眼，「那你幹嘛要留下來呢？高地、河流和森林算得了什麼。還有廣闊的新天地綿延到地平線那一頭，你為什麼不到其他地方狩獵呢？」

「只要你們乖乖送上食物，我們又何必那麼麻煩呢？」斜疤開始在巨石的邊緣走來走去，他的手下趕緊讓路，「你們狩獵的技巧不是很高明嗎？剛好給你們機會表現表現。該知道的我已經告訴你們了，記清楚，如果你們不分享獵物，星花就會死掉。」

不！清天一口氣哽在喉嚨，「如果給你十分之一呢？」他脫口而出。

斜疤的耳朵抖了一下，「這樣太不夠意思了。」

「那七分之一呢？」清天的聲音沙啞而絕望。他轉過頭來看看其他的首領，暗自希望他們會支持他，「七分之一應該不算過分，」他沙啞地繼續說道：「新葉季很快就到了，到時候獵物就會多到抓不完。」

雷霆避開他的眼神；高影抱歉地對他眨眨眼；風奔的眼睛瞇成一條縫，看不出心裡在想什麼。

河波走到巨岩旁抬頭看斜疤，「我的同伴不會把吃的分給你，讓自己餓肚子。」

清天感到非常不舒服，難道他們不在乎星花的死活嗎？他從河波的旁邊走向雷霆，「你們不能這樣！」接著以銳利的眼光看著風奔，「求妳幫忙救救星花！」這時高影往後退了幾步，清天看著她說：「妳答應過要幫我的！」

一聲低吼從斜疤的喉嚨發出，清天轉頭面對他。斜疤的手下這時環繞著他們的首領，不懷好意的來回踱步。

「給我機會說服他們。」清天哀求。

斜疤皺起眉頭，「事情已經很清楚了，你的這些朋友不在乎星花的死活。」他怒吼，「不過不用擔心，要承擔後果的不只是你一個。」斜疤伸出利爪在岩石上劃了一道，「你們不曉得你們現在的處境，我的手下數量比你們多太多了，而且個個心狠手辣，超乎想像。如果你們把獵物看得比你們的夥伴和小貓們的性命還重要的話，那就拒絕我吧。」

雷霆抬起下巴說，「你只是在虛張聲勢。」

高影對斜疤嘶吼，「我們憑什麼要相信你說的話？」

「依我們的瞭解，」風奔跟著說，「你的手下不過也就是現在你身邊的那幾個。」

「要不你們試試？」斜疤用威脅的眼神看她。

她絲毫沒有退卻，「要試就來試。」

「試就試。」雷霆跟著挺進。

「沒在怕。」高影甩一下尾巴。

「不要這樣！」清天絕望地看著河波，心想河波絕對不會讓這種事情發生，「你們還不懂嗎？他會殺死星花！」

河波睜大眼睛表示同情，「我們不能隨便任由他霸凌，」他輕聲說道，「他會得寸進尺，不把我們逼到絕境絕不會罷休。」

「所以你打算犧牲我的伴侶？」清天幾乎無法相信剛剛聽到的話，「不管星花懷有身孕？」

「好極了，」斜疤的聲音既憤怒又冷酷，「如果這是你們的選擇。」

「不！」清天抬起頭苦苦哀求，「我幫你狩獵！我抓到的全都給你，求你放了星花！」

斜疤露出睥睨的眼神，轉身消失在巨岩的後方，他的手下尾隨在後。清天呆呆站在那裡一動也不動像一塊石頭，耳邊傳來惡棍貓們穿過荊棘叢時，發出的沙沙聲。**星花！**

他心如刀割，四肢發抖，側身癱倒在地，啜泣起來。恐懼他讓完全聽不到四周朝他接近的腳步聲。

「清天。」河波溫柔的喵聲在他耳邊響起。

「是你們殺了星花和我的小貓，」清天掩面哭泣，「你們走開，別管我！」每隻貓都背叛我，連我的兒子也一樣！「我再也不想見到你們了。」

風奔的利爪朝他耳朵劃過去，「清天！」對著清天的臉噴氣教訓，「坐起來不要鬧了，你這樣看起來像是隻小貓。」

清天挨了一掌，這才抬起頭，看見風奔、河波、雷霆和高影都圍在他身邊，睜大眼睛表示關心。「你們不懂嗎？」他再度哀求，「星花就快死了！」

「你這個笨蛋，」風奔嘶吼，「你真的以為我們沒心沒肺嗎？」

雷霆低下頭用鼻子推一推清天的肩膀，「站起來。」

「這是幹什麼？」清天一臉困惑，讓雷霆扶他站起來。

高影舉起尾巴，「跟我們走你就知道。」

灰翅從幽暗的松樹林裡望出去，前方是一片沐浴在月光下的灌木林，隱約還聽得見遠方轟雷路傳來的聲音。灌木林之後的星空下，矗立著兩腳獸堆積如山垃圾場，從那裡傳來陣陣難聞的氣味，不禁讓灰翅打了個哆嗦。斜疤真的把星花藏在靠近這骯髒的地方嗎？

閃電尾湊近他身邊，這森林貓的氣味對灰翅來說似乎已經很陌生了。葉青和蘆葦緊張地跟隨在後。

灰翅到雷霆營裡討論對策的時候，葉青和閃電尾自告奮勇要加入搜救隊。而蘆葦從一開始就堅持非來不可，這讓灰翅很感動。這隻銀色公貓懂得醫術，可能幫得上忙，畢竟他們誰也無法預測星花是否安然無恙。

閃電尾皺起鼻子，「你確定是這個地方嗎？」

灰翅注視前方，「蕨葉說是在這裡沒錯。」

「蕨葉現在在哪裡？你說她會來這裡和我們會合的。」

「她必須偷溜出來，不能讓同伴看到。」灰翅提醒葉青。

「希望她快點出現，」蘆葦小聲說，「我們必須在斜疤開完會離開四喬木之前，把星花救出來。斜疤連綁架懷孕母貓這種事都幹得出來，如果他發現我們是來救她的，那他又會怎麼對付我們？」

灰翅看著逐漸升起的半圓月，不曉得他們的會議會開到什麼時候？風奔答應過要盡量拖延時間，但願有足夠的時間營救星花。灰翅回頭，焦慮地看著一片暗影，蕨葉到底來不來？或許他們應該直接開始搜尋星花，不要再等下去了！

這十多天以來灰翅都在松樹林裡追蹤蕨葉的下落，想查清楚她離開高影陣營之後，到底是去了哪裡。他一路追蹤愈走愈遠，穿過了橡木林追蹤到了河邊，就是希望能找到她。因為她和斜疤有關聯，也是他們能找到星花的唯一線索。

終於，在松樹林外追蹤到她的氣味。隨著追蹤的腳步，他開始步步為營，那氣味混雜了惡棍貓的臭味，而且愈來愈濃，濃到只聞到那味道，他停下腳步，才驚覺自己竟然找到了惡棍貓的大本營。這裡剛好是松木林和沼澤交會的坑地，巧妙的隱藏在草叢之後。他小心翼翼地繞過去，爬上旁邊的山丘。那裡的柳樹與榛樹叢生，綿延向更遠的茂密森林，是個絕佳的藏身之處，可以清楚觀察到惡棍貓的出入。灰翅找到一塊腐爛的青苔，在上頭打滾掩蓋自己的氣味，接著躲在一處茂密草叢裡靜觀其變。

等了一天一夜之後，終於看見了蕨葉的蹤影。黎明的天光照映充滿水氣的沼澤地，這時候灰翅看見了蕨葉跟著一支巡邏隊，走回惡棍貓的貓營。灰翅心中一震，不知道該怎麼樣才能吸引蕨葉的注意，不讓同行的惡棍貓發現。

還好蕨葉的嗅覺很靈敏，她走到山坡底下，鼻子不自覺抽動了起來，豎起耳朵。就在她轉身朝灰翅藏身的柳樹林望去時，灰翅心跳加速跳了起來。

「你們先走，我隨後趕上！」她對同伴說。

等其他惡棍貓走遠時，蕨葉立刻奔上斜坡衝進了榛木叢，毛髮波動著。

蕨葉猜出灰翅是為了星花而來，但她發誓說自己並不知道星花被藏在哪裡，「斜疤口風很緊，除了負責看守的貓之外，誰也不清楚星花的下落，」她繼續說：「他把星花藏在貓營外，免得被找到。」

「可是我們必須知道星花在哪。」灰翅逼問。

蕨葉這時答應幫忙找出星花下落，「但你不能再回到這裡，」蕨葉警告灰翅，「我會主動去找你，這樣對我們倆個都安全。」於是灰翅離開了，但他卻未因此覺得如釋重負，反而更加焦慮了。讓蕨葉冒這樣的險公平嗎？他試著不去胡思亂想。和蕨葉比起來，清天未出世的孩子更加危險。

就這樣過了幾天，眼見距離召開四喬木大會的日子愈來愈近，蕨葉終於出現了。黎明時分，當灰翅外出狩獵的時候，蕨葉從一處石楠叢冒出來。她眼裡充滿恐懼，「我知道星花被藏在哪裡了，」她喘著說，「不過現在不能帶你去，因為斜疤在那附近。」於是他們兩個約定在斜疤和各貓營首領開會當晚，在松樹林外碰面。

轉眼到了約定當晚，灰翅抬頭望著半圓月，怎麼還不見蕨葉的蹤影？難道她無法脫身？灰翅不安地移動腳步，在沼澤地裡蹲伏許久，渾身僵硬。

「萬一蕨葉來不了怎麼辦？」閃電尾看著他說。

「那我們就自己去找星花—」灰翅話還沒說完，就聽到後方草叢發出聲響。

他猛一轉身，同時甩尾示意大家安靜。

「灰翅？」蕨葉的聲音從樹林間傳來，聽起來戰戰兢兢。

灰翅頓時感到如釋重負，焦急地往林蔭間望去：「妳是單獨過來的嗎？」

「當然。」她從濃密的樹叢鑽出來，一身黑毛被荊棘拉扯得表情顯得有些痛苦。

葉青站起身。「還以為妳不會來。」

蕨葉看了他一眼。「我不是說過我會來嗎？」

蘆葦點頭說：「我們很高興妳安全到達。」

閃電尾興奮地眨眨眼。「星花在哪裡？」

「跟我來。」蕨葉從樹叢走出來，經過閃電尾身邊，壓低身體帶領大家穿越林地。

不久，灰翅的腳掌踩過又尖又刺的雜草，垃圾場的惡臭愈來愈濃烈。

蕨葉放慢腳步，對著前方一處濃密的蕨叢點頭示意，「星花在那裡，」她喘著氣，「由燕子和阿蛇看守著。」

閃電尾走向前聞一聞。

灰翅看到蕨葉躊躇不前，非常驚恐的樣子。

「妳最好回到自己貓營。」灰翅低聲告訴她。

蕨葉感激地望了灰翅一眼。「如果斜疤發現是我把你們帶來這裡的─」

「我知道，」灰翅用鼻子輕輕碰一下她的頭表示感激，「妳很勇敢，我們會記得妳的善良跟勇氣的。」

她朝灰翅眨眨眼睛，期盼地說：「希望你們能把星花帶走，這裡實在不是懷孕母貓應該待的地方。」說完她迅速點一下頭，匆忙離開，消失在松樹林中。

灰翅轉向閃電尾說：「準備好了嗎？」

「當然！」閃電尾抬起下巴回答。

灰翅朝葉青點一下頭問道：「你還記得應該怎麼做吧？」

葉青點頭。

灰翅嘗嘗空氣的味道，惡棍貓的氣味充滿舌頭，蕨類植物隨風搖動。他彈一下尾巴示意閃電尾和葉青前進，灰翅自已則肚子貼著地面蹲伏著，看著閃電尾和葉青逐漸靠近蕨叢，蘆葦也蹲在他旁邊。

就在他們逐步接近蕨叢時，灰翅屏息以待。葉青迅速看了他一眼，便衝到一處杜松草叢裡躲起來，閃電尾則抬起下巴走過去。

「你是誰？」閃電尾消失在蕨叢後不久，一聲怒吼傳來。

「我只是來狩獵的獨行貓。」閃電尾輕描淡寫地回答。

「要狩獵去別的地方！」第二隻貓的吼聲劃破夜空。

閃電尾哼了一聲。「這附近哪有什麼狩獵的好地方？」

接著蕨叢裡傳來另一聲威脅的怒吼。

灰翅呆住了，他看到閃電尾向後退，雙耳緊張地抖動著。那兩隻惡棍貓豎起頸毛步步逼近，一隻是琥珀色眼睛的橘色虎斑母貓，另外一隻是肩膀寬闊的灰色虎斑公貓，兩隻貓都不懷好意地甩動尾巴。

「很抱歉打擾你們，」閃電尾故意把那兩隻貓引開，「我不打擾你們了。」

就在這個時候葉青發出一聲哀號。

那兩隻惡棍貓急忙轉頭，毛髮直豎。

「發生什麼事了？」灰色公貓壓平耳朵。

「我不知道。」虎斑母貓露出憂慮的眼神。

灰色公貓齜牙咧嘴地轉向閃電尾。

母貓小心翼翼地走向葉青藏身的樹叢。

葉青又發出一聲痛苦的哀號。

「是誰？」那隻母虎斑貓緊張地問，「出了什麼事？」

「動作快！」灰翅在蘆葦的耳邊催促著。現在這兩隻惡棍貓都被引開了，這是他們的大好機會。他蹲低身體迅速爬向蕨叢。蘆葦尾隨在後，吐出的氣息讓他感覺尾巴熱熱的。不一會兒他就到了蕨叢，鑽進去之後就看見一塊小空地。

星花躺在空地邊緣，毛髮凌亂緊貼身體，瘦巴巴的身體頂著懷孕的肚皮。他們到底有沒有給她東西吃？灰翅看著星花感到很驚訝，這時星花抬起頭。

她無精打采地問：「是誰？」聲音木然。

「是我，灰翅。」他快跑到星花身邊蹲下來，「我們是來帶妳回家的。」

接著蕨叢又有聲響，蘆葦也跟了進來，「星花還好吧？」

「她看起來很虛弱。」灰翅回答。

星花困惑地看著他問道：「清天在哪裡？」

「他正忙著困住斜疤，」灰翅用鼻子推星花肩膀，想叫她站起來，「我們必須帶妳離開這裡，時間不多了。」

就在灰翅說話的同時，蕨叢外響起一聲吆喝的聲音，「如果你想打架，那我奉陪！」閃電尾的怒吼劃破天空。

「動作快！」灰翅催促。

這時從荊棘叢外傳來第二聲尖叫。**是葉青！**

聽到這聲尖叫，星花的眼睛突然亮了起來。她突然站起來警告灰翅：「外頭有兩隻貓在看守。」

「我知道，」灰翅告訴星花：「閃電尾和葉青會對付他們。」

「不，」星花睜大眼看著灰翅，「不只兩隻！」因為開會緣故，斜疤加派了守衛。

灰翅心頭一驚，問道：「多出來的守衛在哪裡？」

「他們去垃圾場捉老鼠，」星花害怕地看著蕨叢外圍的缺口，「他們會聽到外頭打架聲音的！」

「我們快走吧。」灰翅推著星花走向蕨叢。

灰翅向蘆葦點頭，要他跟在星花後頭。

接著急促的腳步從外圍傳來。

灰翅鑽出蕨叢時，星花和蘆葦開始朝松樹林的方向跑。閃電尾正在跟那隻灰色公貓搏鬥，葉青用後腿不斷踢著那隻虎斑母貓。

腳步聲愈來愈大聲，兩隻身形結實的貓從幽暗的垃圾場方向現身，其中一隻衝到星花和蘆葦面前怒吼，另一隻撲向灰翅。

說時遲那時快，灰翅側身受到貓掌攻擊，重心不穩地跌在地上，接著貓爪往他臉上劃去，然後他後腿感覺到被利齒鉗住如火燒般疼痛，那隻薑黃色的公貓咬住他。

他伸長脖子查看星花是不是已經脫身。

蘆葦跟那隻玳瑁母貓在地上糾纏打滾，星花在更前面的地方，停下腳步回頭觀望。

「快跑！」灰翅大叫。這麼一喊，那隻薑黃色公貓丟下他，迅速衝向星花。

灰翅連忙站起來追過去，胸中突然一陣刺痛，眼見著那隻公貓早他一步追上星花，他胸口的疼痛更加劇烈。星花露出憤怒的眼神，後腳撐起身體抵抗攻擊的利爪，但那隻公貓旋風般的連環襲擊，把星花打得節節敗退，倒地呻吟，懷孕的肚皮啪的撞在地上。

「妳以為逃得了嗎？」那隻薑黃色公貓向前飛撲，利爪在月光下閃閃發亮。星花眼露恐懼，試圖站起身，但是那隻公貓的爪子已經抵住了星花的脖子。

灰翅渾身寒毛直豎，「放開她！」他咬住那隻公貓的背用力甩到旁邊。

星花的脖子被劃破，痛得尖叫。

那隻公貓站起來再度撲向星花。「妳別想逃！」

灰翅見狀，如蛇一般迅速衝到他們中間。

那隻公貓於是硬生生地撞在灰翅身上，他眼露火焰般的凶光，再度伸出爪子要攻擊灰翅身後的星花，但是灰翅再一撞，他踉蹌向後倒退。

灰翅情急地回頭看了星花一眼，只見她僵立在那，滿臉是血，眼裡盡是恐懼，毛髮凌亂。

「快跑！」灰翅大聲吆喝：「我們可以拖延時間。」

星花先是看了一眼，接著便轉身往松樹林的方向跑。

蘆葦被玳瑁母貓壓制在地上，掙扎逃脫之後大聲問：「星花是不是受傷了？」

「你快跟著星花一起走！」灰翅命令，說完朝玳瑁母貓的尾巴一掌揮去。

蘆葦跑開之後，玳瑁母貓轉而攻擊灰翅，但灰翅幾乎沒看到她。這時，薑黃色的公貓已站穩腳步，撲向灰翅，把他撞倒，打算去追星花。灰翅見狀立刻伸出前爪，緊緊掐住薑黃公貓的腳不放，同時一隻爪子用力緊抓玳瑁母貓的尾巴。「閃電尾！」灰翅感到驚恐萬分，被他抓住的兩隻惡棍貓，拚命想要掙脫。

閃電尾不停地猛打灰色公貓，將他逼退。就在薑黃公貓掙脫，朝星花和蘆葦追過去時，閃電尾及時轉身。

閃電尾也追了上去。

灰翅扭轉過來，朝玳瑁貓揮掌猛擊，接著翻身站了起來。灰翅一掌壓制住玳瑁貓，另一掌朝她的鼻子劃下去。她滿眼驚恐，整個身子癱軟。

「如果我放了妳，妳也能放過星花嗎？」灰翅嘶吼。

玳瑁母貓拚命地眨眼睛，「好！」

灰翅放開玳瑁貓，往後退。她掙扎著站起來，一身毛髮凌亂，眼光瞥向其他惡棍貓。只見閃電尾將和他扭打一起的薑黃公貓壓制在地，葉青把那隻虎斑貓打趴在地上，還不斷出拳攻擊他的臉。玳瑁貓一副難以置信的表情看著灰翅。

「回去吧。」灰翅說。

她看了灰翅一眼，便轉身逃向垃圾場。

此時灰翅眼角餘光有個灰色身影，一隻灰色公貓正在樹叢間迂迴前進，朝松樹林方向奔去。

灰翅趕緊追上去，胸部緊繃到肺幾乎要尖叫起來，整個世界似乎就要遺棄他了，但是灰翅仍然繼續挺進，目光鎖定那隻灰色公貓。

灰色公貓跑到松樹林之後腳步慢了下來，蔓生的荊棘枝條讓他跌跌撞撞、舉步維艱。灰翅漸漸追趕上來，他衝進樹林，輕巧地避開荊棘。在森林裡待久了，這些荊棘是不會絆倒他的。灰色公貓繼續前進，而灰翅一路追趕。就在樹林向一塊空地展開處，灰翅向前猛撲。他伸出利爪，將灰色公貓抓住。灰色公貓尖聲哀號，差一點震破了灰翅的耳膜，但是灰翅並沒有鬆手，銳利的爪子深深刺進灰色公貓的毛皮。灰色公貓尖叫著企圖脫身，但是灰翅仍緊抓不放。

灰翅閉上雙眼，感到快要喘不過氣來，灰色公貓還在他腳下扭動掙扎。**我絕不能鬆開。**這是他此時心中唯一的念頭。

然後灰色公貓停止掙扎。

灰翅張開眼睛，腳下的惡棍貓一動也不動地躺著，像是死了的獵物。

慢慢地，灰翅放開了那隻貓。

公貓不領情地哼了一聲，然後吃力地站起來。他的毛髮波動著，不懷好意地瞪著灰翅。

「你在浪費時間，」灰翅噴著氣，「我不會讓你追上星花的。」

灰色公貓低吼一聲，垂著尾巴一跛一跛地走出松樹林。

灰翅顫抖地吸了一口氣，遠方卻傳來了閃電尾的尖叫聲。

接著又是一聲。

灰翅渾身僵硬。

這叫聲聽來極度痛苦，不是打鬥的哀號，而是深沉驚恐的長嘯。

星花！

不太對勁。

灰翅勉強跑了起來，每一步都讓他的肺感到疼痛難耐。穿出樹林之後到了轟雷路的邊緣。一隻怪獸呼嘯而過，隨之而來一股強風打在他臉上，灰翅不自覺壓平了耳朵。

怪獸聲變遠之後，灰翅又聽到另一聲呼嘯由遠而近。

前方草地上，他看到蘆葦蹲伏在一隻倒臥的貓身旁。**是星花被怪獸撞倒了嗎？**

往事歷歷在目，他想起龜尾就是被怪獸撞死的。他沒見到她的屍體，但是在腦海裡卻想像了一遍又一遍，被撞倒的龜尾就躺在陌生又遙遠的轟雷路旁。他的心臟好像要爆開一樣，但是他勉強自己繼續走向蘆葦。

「發生什麼事了？」他喵聲顫抖著，漸漸走近。

蘆葦轉頭睜大眼睛看著灰翅，眼底盡是恐懼，「小貓！小貓要出生了。」

第六章

灰翅試著讓呼吸平穩，「你確定嗎？」

「當然！」蘆葦迅速回頭看著星花。

星花側身躺著，發出低吟，腹部上下起伏著。「可是還沒足月。」星花聲音沙啞，一雙綠眼裡盡是恐懼。

這時一隻怪獸又從轟雷路呼嘯而過，灰翅抬頭看，炫目的燈光照得他看不清楚。他本能地往前撲，在怪獸經過他們身旁的時候，用身體保護星花。草地起伏如浪，一陣刺鼻的廢氣席捲而過。難聞的氣味讓灰翅感到胸口炙熱難耐，但是他忍住疼痛，用力咳了一聲，回頭張望。閃電尾和葉青把其他守衛的惡棍貓趕跑了嗎？星花被救走的消息是不是已經傳到了惡棍貓的大本營？他們還會加派更多巡邏隊過來嗎？「我們得把星花帶離這裡。」

「怎麼走？」蘆葦盯著星花看，「她動不了。」

星花肚子收縮，又是一聲哀號。

「我去求救。」灰翅顧不得自己氣喘，因為已經沒有時間了。

蘆葦抖動耳朵，看著灰翅，「我去求救，你得喘口氣。」

灰翅搖頭，「你比我更了解草藥，」他對銀色虎斑貓說：「去找東西幫她止痛。」

「在這裡？」蘆葦看一下草叢邊緣，接著看著松樹林的方向說，「我對森林的草藥不熟。」

「那就用猜的！」灰翅說完立刻動身，跳過草叢後衝入松樹林，高影的貓營離這裡最近，灰翅知道走哪條路最快。他避開荊棘跳過壕溝，在黑暗中狂奔。他覺得快要喘不過氣了，懷疑自己是不是撐得下去，那種感覺像是在水底，吸不到空氣拚命想游上岸。

我不能讓星花死掉，她肚子裡的小貓，一個也不能少！

他一定要去求救。

樹木愈來愈茂密，頭頂上方的樹枝遮住月光，灰翅從樹幹旁邊跳過，粗糙的樹皮擦過他的身體。他憑著本能奔跑，避開盤根錯節的樹根、跳過水溝、繞過荊棘叢。終於，樹木變得稀疏，已經接近貓營了。他瞇起眼睛刻意不去理會胸口劇烈的疼痛，在樹林微弱的月光下，他看到貓營陰暗的圍籬，沿著圍籬他走向貓營，肺部像是著了火一般。

「鋸峰！」他看到了灰色虎斑貓一跛一跛地穿越貓營空地。

鋸峰猛然轉身毛髮直豎，露出驚訝的眼神，「灰翅！」

「救命！」灰翅喘著，無力地趴在地上。他拚命吸氣，覺得頭暈目眩、天旋地轉。

「星花在哪裡？」鋸峰立刻跑到灰翅身邊，他知道灰翅的計劃，「你把星花救出來了嗎？你受傷了嗎？」

「小貓。」灰翅喘著氣說。

「什麼小貓？」鋸峰一頭霧水。

灰翅周遭的樹叢沙沙作響，貓營裡的貓紛紛醒過來了，許多雙眼睛在窩穴裡閃閃發亮。陽影探出頭來，鼠耳走進月光底下，冬青也趕緊走向空地。

礫心跑向灰翅問，「高影好嗎？」接著停住腳步又問：「你還好吧？」

灰翅拚命想要吸足空氣解釋，「星花肚子裡的小貓。」他沙啞地說。

「她的小貓？」礫心湊近，毛髮波動著，「小貓要出生了嗎？」

灰翅點頭說不出話來。

「來得太快了！」礫心看著鋸峰，露出恐懼的眼神。

鋸峰裝做沒聽到，他看著灰翅，「星花在哪裡？你把她從惡棍貓手中救出了？」

「救出來了，但是星花倒下了，惡棍貓……窮追不捨。」灰翅努力擠出這些話，希望鋸峰知道下一步該怎麼做。

鋸峰抬起頭喊道：「鼠耳！陽影！冬青！你們去找星花，把她帶回來這裡。」

「如果是要生小貓了，那時間就更緊迫！」在那三隻貓走出貓營的時候，礫心甩一下尾巴說：「我也去！或許我幫得上忙。」

鋸峰看了他一眼，知道這隻年輕公貓意志堅決，於是說：「好，那你也去吧。」

灰翅勉強站起來，感到呼吸比較順暢了。「我帶你們去。」他喘著氣。

「你必須休息。」礫心斷然拒絕。

「我知道她在什麼地方，」灰翅氣喘吁吁地說，星花哀號的聲音在他心裡響起，「她正在受苦，如果你們走錯路，她可能會死掉。」

鼠耳停在貓營入口，「他說得對。」

「等我們找對路，他再休息。」冬青附和。

礫心焦急地看著灰翅。「你確定沒事嗎？」

「我不能有事。」灰翅堅決而冷靜地回答，說完站起來跟上大家，故作輕鬆地隱藏自己發抖的步伐。

冬青等灰翅跟上之後，跑到他身邊頂住，低聲說：「把重心放在我身上。」

「我還行—」

「你別逞強，靠在我身上！」她語氣堅定地說。

於是他靠在冬青身上，冬青用肩膀分擔了部分重量，他頓時感到如釋重負，腳步輕盈許多。

鼠耳走出貓營之後，一馬當先看著前方一片漆黑問道：「哪一條路？」

「往前方溝渠走，」灰翅喘著說，用鼻子指著前方茂密的松葉林，「她在轟雷路旁邊。」

鼠耳朝前方奔去，礫心尾隨在後，兩隻貓的身影沒入漆黑的夜色中。

「動作快！」灰翅加快腳步，慶幸冬青也很配合。陽影這時候也靠到灰翅的另一側，兩隻貓一起把他撐起來，灰翅突然感到自己的腳步輕飄飄像在地面滑行。

「往這裡走對吧？」黑暗中礫心回頭確認方向。

「等一下，」灰翅喘氣，冬青和陽影一左一右扶著他，往礫心的方向走。月光下礫心正站在一個窟窿旁邊，本來有一棵樹長在這裡，樹倒了之後便留下一個大洞。鼠耳繞著礫心，仔細觀察森林的方位。灰翅用鼻子指著前面的方向說：「跨越過溝渠向前直走，星花在這片濃密樹林另一端。」

礫心和鼠耳立刻向前衝。

冬青和陽影緊緊扶著灰翅，灰翅覺得自己很沒用，像是隻連路都走不穩的老獾。他本來不需要這樣幫忙的，但是呼吸卻變得困難。他們跟著鼠耳和礫心一路到了溝渠邊。陽影和冬青放開了他。「你得自己跳過去。」冬青提醒他。

灰翅顫抖地深吸一口氣，意識到自己的呼吸已經順暢許多。他跳過了第一個溝渠，站穩腳步，接著下一個、再另一個，終於來到平坦的地方。從那裡他轉向一條小路，就是稍早他離開轟雷路之後，跑回貓營求救的那一條路線。

他停下腳步等冬青和陽影跟上，卻聞不到礫心或是鼠耳的氣味。「他們走錯了！」「礫心！」冬青朝樹林的方向大聲呼喊：「往這裡！」

接著地面響起一陣腳步聲，不一會兒，鼠耳從黑暗中衝出來，礫心緊跟在他旁邊。

「從這條路走。」灰翅說完便衝向之前走過的那條布滿荊棘的小徑。愈往前走森林愈茂密，接著就聞到轟雷路傳來的刺鼻臭味。他豎起耳朵，除了遠方傳來怪獸轟隆隆的聲音外，什麼也聽不到。他心中燃起一絲希望，**還好沒有打鬥的聲音**，這表示惡棍貓們還沒追上星花，但是為什麼聽不到星花哀號的聲音呢？**莫非……？**恐懼像是泥沼要將他吞噬，他不敢再想下去，奮力往樹林間奔去。

冬青緊跟在後，棘叢間的小徑愈變愈窄，灰翅聽得到夥伴們的腳步聲從冬青後方傳來。前方怪獸的呼嘯也愈來愈大聲，他穿出樹林時，怪獸眼睛發出的刺眼亮光正好照過來，讓他什麼都看不清。

他猛眨眼，一時之間受到驚嚇，等到怪獸走了片刻，驚魂甫定後，才仔細檢查路邊的情況。

蘆葦還是蹲在原來的地方，跟他離開時一樣，星花躺在他旁邊的草地上。

「她還好嗎？」灰翅趕到蘆葦身邊。星花喘得很厲害，他看到蘆葦的爪子上暗黑色的反光，驚訝地問道：「那是血嗎？」

「對，」銀色公貓的眼神透露出恐懼，「我採了一些百里香幫她安神，她現在把注意力集中在呼吸，看能不能減輕疼痛，但是我沒有辦法幫她止血。」

礫心繞過蘆葦問道：「小貓要出生了嗎？」

蘆葦回看他一眼說：「還沒有，不過希望不會拖太久，已經流太多血了。」

冬青繞過灰翅。「我們必須把她帶回貓營。」她朝陽影點點頭。

這隻黑公貓低下頭用鼻子頂一下星花的肩膀，想把星花駝在背上，星花呻吟一聲。鼠耳見狀也立刻跑到星花底下幫忙支撐，蘆葦也趕忙跑到星花的身邊，礫心則是迅速跑到另一邊，就這樣四隻貓合力抬起了星花，向森林的方向移動。

星花呻吟著，她就像一片在溪水水面上漂流的落葉，被夥伴們上上下下抬著移動。

「大家靠緊一點，」冬青發號施令：「千萬不能讓星花掉下來！」

「我們不會！」陽影咕噥著。

灰翅緊緊跟在後面，慢慢調勻呼吸穿越樹林。

他們避開壕溝繞路遠行，到達貓營圍籬的時候，灰翅聽到後方有腳步聲疾馳而來，他的心一震，回頭環伺四周暗影，難道是惡棍貓們跟過來了？

林間有眼睛閃閃發亮。

「灰翅！」傳來的是閃電尾的聲音，他走過來，一身黑毛映照著斑斕月光，葉青緊跟在後。

「那些惡棍貓們呢？」灰翅緊張地望著這兩隻貓的後方。

「被我們趕跑了。」葉青回答。

閃電尾眨眨眼看著星花被抬進了貓營，「她受傷了嗎？」

「是要生小貓了，」灰翅回答：「是早產，時候還沒到。」

葉青皺起眉頭。「清天知道嗎？」

灰翅愣住了，**清天！**他太過擔心星花，竟然完全忘記了自己的哥哥。其他首領有沒有告訴他解救星花的計劃？想到這裡，他立刻往外衝，回頭喊道：「告訴鋸峰，我找到清天就會立刻把他帶回來！」他亂了頭緒，清天會在哪裡呢？在四喬木低地？還是在前往找尋星花的路途中？

我一定要攔截到他，灰翅加快腳步。斜疤現在可能已經得知星花逃跑了，萬一這時候斜疤已經派出了巡邏隊，那該怎麼辦？清天絕對不能碰上這一群暴怒的惡棍貓。他想像著清天被逼到一棵樹，被一群惡棍貓們蜂湧而上，在那裡咧嘴抵抗。

恐懼感襲上灰翅心頭，他一邊穿過樹林，一邊盤算著從四喬木通往垃圾場最近的路線。**清天一定會選擇穿越松樹林的路線**。灰翅喘著氣迂迴前進，盡可能擴大搜索的範圍，同時豎起耳朵細聽有沒有任何腳步聲響。他的胸部愈來愈難受，但是他堅持忍耐下去。就在他到達山坡底部，通往清天和高影領土交界的地方，他聽到了交談的聲音。

「我們在知道她下落的第一時間，就應該動身去救援！」是清天在說話。

灰翅停下腳步，清天站在坡頂，風奔站在旁邊，河波、高影和雷霆緊跟在後。

「清天！」灰翅喘氣喊著。

清天睜大了眼睛，衝下了斜坡，「怎麼樣？救到星花了嗎？她平安嗎？」

「我們把她從惡棍貓手裡救出來了，」灰翅回答：「但是她要生了。」

清天毛髮直豎，「怎麼這麼快？」

「太快了！」高影連忙跑過來。

「她現在在哪裡？」清天緊接著問。

「我們把她帶回了高影的貓營，」灰翅回答：「礫心和蘆葦陪著她。」

高影皺起眉頭。「他們倆生過小貓嗎？看過小貓出生嗎？」

「冬青跟她們在一起，」灰翅要大家放心，「冬青生過小貓。」

「我也生過，」風奔急著衝下山坡，「我知道該怎麼做。」

她從灰翅身邊衝過去直奔貓營，高影緊跟在後，清天朝灰翅眨眼，也尾隨過去。

河波猶豫地站在坡頂，「太多隻貓反而會誤事，等星花和小貓們都安然無恙，請捎句話過來報平安。」

雷霆走過來。「閃電尾和葉青都還好嗎？」

灰翅點點頭。「他們幫忙把星花抬到高影的營地，現在在貓營裡面。」

雷霆甩動尾巴鬆了一口氣，「事情結束之後再請他們回家，我必須先走，要不然同伴們會擔心。」他以誠摯的眼神看著灰翅，「希望星花沒事。」

灰翅對他眨眨眼。「謝謝你今晚願意跟斜疤碰面，讓我們有更多時間解救星花。」

「你的營救計劃很棒，灰翅，」雷霆回答：「我很高興能幫得上忙。」

河波點點頭，「希望天上星辰眷顧我們，」他若有所思地說：「早產的小貓一般不容易活下來。」

灰翅心裡一驚，意味深長地望了雷霆一眼。「清天的孩子很強壯，」他低聲說：「這一次也不會有事的。」

灰翅轉身跟上清天，接近貓營時加快腳步。鑽進荊棘入口後，他環顧貓營，鼠耳和泥掌在另一端緊張地走來走去，鋸峰坐在那裡看，背脊的毛整個豎了起來。

在貓營邊緣，一處用荊棘覆蓋的窩穴下方，灰翅看到許多貓簇擁在一起，他朝那裡跑去，聞到了血的味道，心中忐忑不安。

幽暗中，他看到礫心和蘆葦、高影一起，退到後面；閃電尾不安地挪動腳步，看著風奔和冬青在星花身邊走來走去。他還聽到了星花呻吟的聲音。

清天蹲在星花身邊低聲說：「沒事，親愛的，一切都會沒事。」

灰翅慢慢靠近礫心。「你沒有什麼辦法嗎？」礫心向來有醫治的天份。

這年輕公貓搖搖頭，「她們比我更懂如何幫小貓接生，我會盡量學。」礫心聚精會神地觀察風奔用手掌撫摸著星花的肚子，看著冬青舔著星花的臉頰。「再用力推一下。」風奔輕聲說。

「妳做得非常好。」冬青跟著鼓勵。

星花的身體抽搐著好像被狐狸咬傷一般，發出一聲深長的哀號，痛苦地翻轉眼珠。

清天嚇得縮了起來，趕忙用嘴貼緊星花的臉。

「是一隻小母貓！」風奔得意的聲音在空中響起。

灰翅向前靠，看見一團毛球，溼溼滑滑的，有一半的身體還包著薄膜，伸展著四肢在地上扭來扭去。

高影小聲問：「她……她還好吧？」

「她就跟其他新生的小貓沒兩樣，」風奔開心地宣布：「只是個頭比較小。」說完很快地把小貓移到星花的臉頰旁，「把小貓舔乾淨而且要保暖。」她叮嚀著。

話還沒說完，星花早已開始伸長脖子舔起了小貓，眼裡充滿喜悅。接著又是一陣痙攣，星花又呻吟起來，冬青立刻把小貓從星花臉旁移到自己的肚子旁邊，安穩地護著。

「用力！」風奔命令。

星花呻吟著，風奔往後靠眼睛一亮，「又出來一隻。」接著星花又是一陣抽搐。

「又一隻小公貓！」風奔驕傲地大聲宣布，同時把兩隻小貓啣到星花旁邊。她用手掌來回撫摸星花的肚子，「我想這是最後一隻了，血已經止住。」礫心向前衝，「我可以摸一下嗎？」

星花無力地看著這隻年輕公貓。

「我想學習，日後有夥伴生小貓的時候可以幫忙。」礫心告訴星花。

星花發出呼嚕呼嚕的喵聲，疲憊的眼神中流露莞爾的神情，「來吧，沒關係。」她聲音含糊如釋重負。

礫心小心翼翼地摸著星花的肚子，側著頭注視遠方，一副若有所思的樣子。

這表情灰翅太熟悉了，礫心一直比同齡的孩子早熟許多，當同伴找他玩的時候，他總是凝視著遠方，彷彿迷失在另一個世界中。灰翅突然想到了蛾飛。**或許有些貓天生注定不是要狩獵或打鬥。**

「你覺得怎麼樣？」星花的聲音打斷了他的思緒，星花看著清天，懷裡揣著三隻蹭來蹭去的小貓。

「小貓很漂亮。」清天依偎在星花的脖子說。

礫心從星花身邊走開，冬青和風奔也退到高影旁邊。

灰翅看看自己的哥哥。

清天抬起頭盯著那三隻滑不溜丟的新生小貓，眼裡滿是驚奇，這種眼神是灰翅以前從未見過的。那平常散發出冰冷神情的藍眼珠，此刻卻充滿濃濃慈愛，他低頭輕舔著緊貼星花肚皮的小母貓。

灰翅緊繃心情此刻舒緩下來，呼吸也變得順暢許多。他心中渴望也能感受到清天此刻正經歷的那種愛。龜尾的孩子確實讓他感受到父愛，而他也是打從心裡愛著龜尾的孩子。但是清天眼中散發出的那份單純的喜悅讓他感到十分震撼，他多麼希望有一天自己也能有同樣的感受。

風奔挪動腳步。「這些小貓看起來很健康，就是個頭太小。」

礫心看著他的首領。「高影，他們能先在這裡住一陣子嗎？等強壯一點再走。」

高影點點頭。「當然沒問題。」

礫心朝清天眨眨眼。「你能不能讓他們留下來一陣子？這時候帶他們穿越森林可能會遇到不必要的危險。」

清天看著風奔問道：「妳怎麼看？」

「就多待上幾天吧。」風奔回答。

冬青抖著耳朵。「我從沒見過這麼小的小貓，一定要注意保暖，也必須要限制訪客探望。」

礫心焦慮地甩動尾巴，「一個月內不要讓生病的貓靠近！」

「喔，對！那可不行！」清天露出驚異的表情。

「要不了多久你就能帶他們回家了，」風奔要清天放心，「小貓長得很快。」

清天看著這兩隻母貓，眼底充滿感激，「謝謝你們幫星花安然度過這一切，」他接著看著自己的孩子，語帶哽咽地說：「還有我的孩子。」

灰翅順著清天的目光望去，對星花的堅韌和勇氣感到訝異不已。不久前，大腹便便的她還在跟惡棍貓打架！而現在竟然當了母親，和自己的小貓依偎在一起。

「灰翅？」

他突然警覺到哥哥在喊他，「什麼？」他看著清天的眼睛，那眼中流露出的溫暖讓他大感驚訝。

「謝謝你救了星花。」

「我只是做應該做的事。」

清天突然把頭側向一邊質問：「你們為什麼把我蒙在鼓裡？」

灰翅眨一眨眼睛。「要是早讓你知道星花在那裡，你一定會不顧一切地去找星花，但我們必須先讓斜疤分心。」

「所以我的作用就是那個要讓斜疤分心。」清天哼了一聲。

「我們必須拿你當幌子，聲東擊西，」灰翅低頭表示歉意，「這是把星花安全救回來的最好辦法。」

「我永遠忘不了這份恩情。」

「這沒什麼，」灰翅聳聳肩，「換成是你，也一定會這樣幫我。」

月光下清天的眼神有些疑惑，接著豁然開朗。他走向灰翅和他互碰鼻子，清天的毛感覺很溫暖，氣味很熟悉，一時之間，灰翅的思緒回到小時候的時光，他們兄弟依偎在靜雨溫暖的肚皮上。

這時灰翅發現清天發出呼嚕呼嚕的喵聲。「恭喜！」灰翅輕聲說。

「謝謝你，弟弟，」清天哽咽：「我永遠都忘不了你的恩情。」

第七章

雷霆腳底下踩著封霜落葉，發出清脆聲響，陽光灑入林地形成斑駁光影。禿葉季雖然是最冷的季節，稀疏的枝葉卻也讓林地因此有了光照；少了葉子的遮蔭，枝葉間露出藍天。

雷霆的心情有點興奮，礫心稍早前才和梟眼來貓營，說清天和星花已經帶著小貓們回到自己森林的營地。自從星花脫離險境之後，已經擺脫了創傷陰影，小貓們也日益強壯了。

閃電尾從這趟救援任務回來之後，身上受的傷讓雷霆著實嚇了一大跳。他身上傷痕累累，耳尖有裂痕，靠近眼睛的一處擦傷還腫腫的。所以，當閃電尾輕描淡寫地說這一架打得輕鬆時，雷霆不太相信。看著自己的朋友和惡棍貓打架打成這樣子，雷霆不免擔心，萬一斜疤所言屬實，他的黨羽真的比森林貓的數量更多、更兇狠的話，那該怎麼辦呢？

雷霆不敢再想下去。這麼美好的禿葉季清晨，何必煩心破壞興緻？他正打算去探望他新生的親戚：微枝、露瓣和花足。

再往下坡走就是清天的貓營，雷霆一路向下跑，白色的腳掌踢起翻飛的樹葉，跳過被落葉季暴風吹落的大樹枝。在荊棘叢逐漸轉變為蕨叢時，雷霆就聞到清天貓營的味道了。這條路剛剛蕁麻和白樺才走過，雷霆本能地張嘴搜尋獵物的氣味，這一帶的獵物是否比他們那一區更多呢？他只聞到貓的氣味和刺鼻的霉味。通常在綠葉季的時候，灌木叢裡會有田鼠和老鼠出沒的，然而此時這裡卻跟峽谷那邊一樣獵物稀少。松鼠全都躲到窩裡過冬了，要一直躲到新葉季才會現身，獵物也只剩下少數幾隻警覺性低的鳥。

一靠近清天的營地，雷霆就聞到了貓的氣味，花開和白樺一定就在附近。他放慢腳步檢視荊棘入口處濃密的蕨叢。

「喂？」他試探性地喊道，因事前沒先告知清天他要來。

「是雷霆嗎？」花開從蕨叢裡溜出來，友善地舉起尾巴。

白樺從小徑旁陡峭的岩壁跳下來，「出了什麼事嗎？」這隻褐白相間的公貓眼中帶著憂慮。

「沒出什麼事。」雷霆豎起耳朵回答，**難道應該有事嗎？**

「清天要我們嚴守門戶，」花開說：「他日夜都派巡邏隊警戒。」

雷霆的毛髮不安地波動著。「莫非是擔心斜疤會報復？」

白樺朝森林方向迅速看了一眼。「他以前劫走過星花，難保不會有第二次。」

花開哼了一聲，「他最好不要輕舉妄動，」她怒吼：「這次我們可是有萬全的準備。」

白樺把頭探向雷霆問道：「你最近有看到惡棍貓的蹤影嗎？」

雷霆聳聳肩，「我們那一邊沒有動靜。」

「那就好，」花開向森林方向走了幾步，四下查看，回頭問雷霆，「所以你是來探望小貓的？」

雷霆甩動尾巴說，「沒錯，可以嗎？」

花開與白樺互看一眼，「貓咪還太小，不接受探望，」提醒雷霆說：「不過我相信清天會很高興見你。他非常感謝大家全力支援，共同解救了星花。」

花開的眼光有些飄移，雷霆心想：星花被救回，花開的心裡到底高不高興？他知道許多貓還不太信任星花，就因為她是一眼的女兒。希望現在當了清天孩子的媽之後，大家不會再懷疑星花的忠誠。

白樺的頭朝貓營入口示意，告訴雷霆：「清天在自己窩裡，很少出來走動，不如你就直接去找他吧。」

雷霆點點頭，「多謝。」他鑽過荊棘隧道，枝葉沙沙作響。

雷霆走進空地的時候，快水在一棵橡樹底下抬頭打招呼。「嗨！」這隻灰白色母貓好像很高興見到他。

「嗨！」雷霆回答：「我是來探親的。」他注意到快水的毛緊貼著身體，這才突然意識到花開和白樺也消瘦不少。不知道自己在他們眼裡是不是也瘦巴巴的，過去這些日子以來，他已經不只一次餓著肚子入睡了。

橡毛和荊棘在一棵紫杉木旁彼此互舔、梳理毛髮，橡毛抬頭問說：「嗨，雷霆，你來的路上有沒有看見獵物的蹤影？」

「我也希望有。」雷霆回答。

荊棘伸展身體，耳朵還溼溼的，嘆氣說：「看來天氣是會愈來愈冷，獵物只怕也會愈來愈少。」

「至少沒下雨。」雷霆回答，他決心保持樂觀，拒絕相信整個禿葉季獵物都會躲著不出來。再過幾天森林裡就會到處都是出來找東西吃的老鼠和田鼠，他們總會肚子餓吧？

他穿過空地跳上坡堤，推開遮蔽清天窩穴的蕨叢，裡面的小空地是空的，但是在陰暗棘叢裡隱約傳來小貓的叫聲。

是小貓！他的心跳加速，小貓的聲音很小而且尖銳，聽起來像是老鼠。

「清天？」他隔著鋪滿落葉的空地呼喊。

清天從窩口探出臉來，看到雷霆眼睛一亮，從窩裡走出來說：「很高興看到你！」

「嗨！」雷霆眨眨眼，清天溫暖的歡迎眼神，著實讓雷霆嚇了一大跳。原本以為清天對星花的遭遇還耿耿於懷，真沒想到，這可是他第一次看到清天表現出這樣從容，雷霆開口問道：「星花還好嗎？」

清天用關愛的眼神回頭看了窩穴一眼。「她之前吃了不少苦，現在已經安全回到家了，應該沒事。」

「那小貓呢？」雷霆向貓窩方向瞄了一眼，「我可以看看他們嗎？」

「恐怕現在還太小，」清天語帶歉意地說：「要等到強壯一點之後才能見訪客。」

強壯一點？雷霆突然感到有些焦慮，「他們沒事吧？」

「他們沒事，」清天回答，「就是太小，必須待在星花身邊久一點。礫心說小貓們必須和其他的貓隔離一個月，真不敢相信小貓這麼脆弱。」清天的眼睛閃爍著溫暖，繼續說：「我絕不會讓他們出事。」

雷霆不禁悲從中來，他出生的時候，清天為什麼就沒有那麼在意呢？他媽媽生他們的時候，清天沒陪在旁邊，當時他們的窩緊鄰兩腳獸的住所。後來發生意外，媽媽的貓窩垮了，同時也壓死了媽媽，要不是灰翅剛好來找他們，及時伸出援手，自己恐怕也早就死了。雷霆堅信如果清天在風暴分娩之前就先把風暴救出來，就如同這次解救星花一樣，那麼他的命運一定大不相同。

雷霆抖抖身上的毛，提醒自己，這樣子自怨自艾有什麼用？他不想為自己感到可憐。他之所以有今天，都要歸因一切的過往，他營裡的貓每一個都忠心耿耿，而他在各個貓營裡都有朋友，他跟父親清天一樣，都是不折不扣的領袖。

雷霆改變話題。「花開說你日夜都派巡邏隊防守，你是擔心斜疤嗎？」

清天甩動尾巴。「我絕不會重蹈覆轍，」他生氣地說：「不會讓斜疤和他的惡棍貓有機會靠近我的孩子。」

「很好。」雷霆不知道巡邏隊的戰力是否足夠阻止斜疤來鬧事，不過至少清天講的不是報仇的事情。雷霆本來以為過去幾個月，清天一定在計畫反擊，一想到這裡，雷霆楞住了，說不定清天是要去襲擊斜疤……

他不確定地看著清天。「你不會是想要去和惡棍貓大戰一場吧？」

這時候樹蔭底下傳來小貓的尖叫聲，清天回頭看了一眼說：「為什麼要去捅馬蜂窩呢？斜疤的確該承受苦果，可是我不能不顧星花和小貓的安危，我的家庭現在比較重要。」

「你說得沒錯，」雷霆明白這個道理。畢竟，當初他為了保護自己貓營的安全，也拒絕過幫清天的忙，「保護我們在乎的貓要比開啟戰端更重要。」

貓窩裡又傳來一聲尖叫。

「我得回去了，」清天的眼神移開，準備轉身離去，「星花還是很累，我不想離開她太久。」

「等小貓大一點的時候我再來看他們。」雷霆喊道。

不過他父親的身影已消失在貓窩裡，「好，等他們大一點你再來。」清天的聲音聽起來很遙遠。

雷霆轉身離開，這次他感到如釋重負，沒有悲傷的感覺。清天好像第一次對他的生命感到滿意。他的父親找到快樂，雷霆也替他感到開心，對於能夠享受父愛的小貓，雷霆也為他們感到高興。

他低聲發出呼嚕嚕的聲音，從坡堤跳下來穿越空地。

雷霆走向貓營出口時，橡毛問：「你有看到小貓嗎？」

「這次沒有，」他回答，同時走出了貓營，「但是我會再來。」

當雷霆走向上坡的小徑時，白樺和花開正在聞一片被霜凍傷的蕁麻。

「我們很快會再見面！」雷霆喊道。

白樺抬頭看他一眼，心不在焉地回答：「喔，那當然。」

雷霆走向峽谷的時候聞聞四周的空氣，清天或許有把握可以守護自己的貓營，可是花開和白樺為什麼看起來緊張兮兮的樣子。或許那樣提高警覺是對的，因為斜疤看起來不像會善罷甘休。

雷霆覺得渾身不自在，他很確定斜疤一定會再來鬧事，只是不曉得什麼時候會來。

雷霆在森林裡奔馳，全身發熱，不一會兒就到了峽谷頂端，他停下腳步。朝峽谷彼端望去時，一陣冷風吹動毛髮，夾帶著自己貓營熟悉的氣味，他往下向懸岩跳去，很開心終於到家了。

他從這塊懸岩跳到下一塊，聽到了從貓營傳來爭吵的聲音，豎起了耳朵。他營裡的貓很少吵架，是不是來了不速之客？但是一路跳到谷底，一直到金雀花叢隧道，他並沒有聞到陌生的氣味。

「我們怎麼可能打得過他們？」雲點的聲音聽起來很生氣的樣子，「我們根本就寡不敵眾！」

「那難道我們就要跟老鼠一樣，夾著尾巴逃跑嗎？」葉青反嗆回去。

「他們是乘虛而入，就這麼簡單。」閃電尾說。

雷霆戒慎小心地穿過隧道走進貓營，「發生什麼事了？」

葉青、雲點和閃電尾轉過來看雷霆，每一個都毛髮凌亂，好像剛剛打過架。

三葉草穿越貓營跑來見雷霆。「他們被搶了！」

薊花跑到閃電尾和雲點中間解釋。「他們狩獵的時候被惡棍貓攻擊了。」

閃電尾用尾巴示意小貓不要多嘴，「在那棵大梧桐樹旁邊，五隻惡棍貓突襲我們。」他跟雷霆解釋，「我們抓到三隻老鼠和一隻畫眉鳥，當時正把獵物放在一起準備回家，我們奮力抵抗但是寡不敵眾，我們看打不過，只好把獵物給了他們。我們都沒有受傷，可是心裡很不好受。」

葉青哼了一聲說：「如果好好跟他們打一架，起碼自尊心不會受損！」

雷霆的耳朵不安地的抽動著。「自尊心受損很快就可以復原的，身體受傷可不是開玩笑的。」

奶草走到樹樁旁。「這表示森林裡已經不再安全了，對吧？」她一邊問還一邊看著薊花和三葉草。

粉紅眼坐在空地邊緣彈動尾巴。「惡棍貓不是今天才有的，他們一直都在。」

「但是這一幫惡棍貓不一樣，」雲點陰鬱地說：「他們是衝著我們來的，擺明了要給我們難看。」

葉青點頭。「他們來搶食物並不表示他們真的過不下去了，他們這樣做是故意要讓我們沒東西吃。」

梟眼坐在粉紅眼旁邊，伸出爪子耙著土。「要是我當時在場就好了，一定把他們的耳朵扯下來。」

雷霆走到空地中央，看了大家一眼。「把獵物給他們是對的，沒有把握的話，最好不要和有備而來的敵人交手。」**不過這些惡棍貓確定是斜疤的手下嗎？**「他們有說什麼嗎，閃電尾？」

閃電尾臉色凝重。「其中一隻說如果我們不把獵物交出來，他們就用搶的。」

「那下次他們是不是連我們的皮也要扒掉。」葉青忿忿不平地說。

奶草背脊的毛髮波動著。

梟眼跑到她身邊安撫。「別擔心，我會幫忙留意薊花和三葉草的。」

「我可以照顧三葉草！」薊花吹噓地說。

三葉草不開心地甩動尾巴。「我不需要誰照顧！」

雷霆好像沒聽到他們對話，腦中思緒不斷翻攪，他挪動腳步。「這只是開始，」接著開口警告同伴，「斜疤說過他要奪取我們的獵物，顯然他是認真的。」

閃電尾皺起眉頭說：「也許我們可以以智取勝，就像上回解救星花那樣。」

「我們不能讓斜疤得逞。」雲點大聲地表示贊同。

葉青亮出爪子。「我們必須想想辦法。」

雷霆看到同伴眼中的期待，他能說些什麼呢？他不知道斜疤的手下有多少，惡棍貓住在什麼地方？更不知道該怎麼智取。

閃電尾突然朝他使眼色。「我有辦法。」

雷霆舉起尾巴。「講給我們大家聽聽。」

閃電尾踱步到樹樁旁，跳到上面說，「我們需要訓練，」他告訴大家：「如果我們知道該怎麼因應，惡棍貓就沒那麼容易得手，因此我們要練習打鬥招式，學會新的格鬥技巧，做好萬全的準備。我們既強壯又聰明，如果再加上練習，就能以寡擊眾。斜疤的手下都是兩腳獸所拋棄的寵物貓，只要我們自己夠強，同時勤練惡棍貓從來沒見過的新招式，那麼就隨時能夠自保。」

葉青抬起下巴，眼睛發亮地說：「這辦法好。」

「我們可以立刻開始練習！」梟眼接著說。

「我知道一些新招式可以教大家。」雲點提議。

「我們也可以加入訓練嗎？」薊花熱烈地看著閃電尾。

「我們全部都得接受訓練。」閃電尾告訴薊花。

雷霆看著他的朋友，心裡感到十分驕傲。看來過去幾個月，他的朋友變得更有智慧了。**本來我還一直很擔心，萬一有一天我不在了，我的貓營該怎麼辦？沒想到答案一直都在我身邊！**閃電尾會是下一個首領。雷霆的肩頭如釋重負般地放鬆了，身為首領的重責大任突然之間減輕了不少，就算他走了，他的貓營還是會很安全。

但是雷霆還打算活久一些！他甩甩身上的毛，走到樹樁旁邊，抬頭看著閃電尾說：「謝謝你，閃電尾，就讓你負責訓練。」

他看了大家一眼，每一隻貓的眼裡都帶著興奮之情，連奶草都大膽地抬起下巴。

他們已經不再僅僅是憤怒或是害怕了，雷霆的心裡篤定。**戰鬥吧，我們準備好了。**

第八章

「希望惡棍貓偷的不只是我們。」風奔的怒吼響徹冰冷的夜空，一輪明月高掛天空，高地沐浴在一片月光中。

金雀毛走到風奔身邊。「他們為什麼要找我們麻煩？」

「雷霆說這就是他今天晚上要召開會議的原因。」灰翅在前往四喬木空地的時候提醒他們。

雷霆前一天晚上來過高地營地，要求風奔派一支巡邏隊到四喬木開會，這隻橘色公貓看來心事重重，而且又變瘦了。但他當時卻拒絕透露到底是什麼事情，說是要等到各營首領都到了才要說明原委。

灰翅跟著風奔和金雀毛穿過石楠叢，灰板岩緊靠在灰翅旁邊，她的身體很溫暖，讓灰翅覺得很舒服。

曉鯉走在隊伍最後面。「我應該留在家裡陪斑毛和蘆葦，」她不安地說：「如果惡棍貓突襲，蛾飛和塵鼻都還太小，沒有辦法抵抗。」

「惡棍貓不會突襲貓營，」金雀毛要曉鯉放心，「他們不會那麼笨。」灰翅希望金雀毛是對的。他建議蘆葦跟斑毛還有小貓們，今天晚上待在風奔的窩裡。如果惡棍貓們真的來找麻煩，風奔的窩入口狹窄，而且圍籬濃密，易守難攻。

風奔回頭看，眼睛在銀色月光下發出亮光。「為什麼惡棍貓就不能放過我們？」

灰翅能理解風奔的挫折感，過去半個月以來，惡棍貓已經兩度來襲；一次是在高地上頭追捕兔子，第二次乾脆動手搶了蛾飛和塵鼻捕獲的獵物，把這兩隻小貓嚇得半死。

灰板岩看著灰翅。「你認為雷霆有什麼計劃嗎？」她低聲問道。

「但願有，」灰翅用尾巴尖端撫觸灰板岩的背脊，「我們不能一直像現在這樣任由獵物被搶走。」兔子已經開始離開兔窩到較遠的地方覓食，因此要捉兔子比以前容易。但是灰翅知道現在抓的兔子愈多，等到禿葉季真正酷寒難熬時，能抓到的兔子就會愈少。好在鷚鳥和松雞現在還會出來遊蕩，如果惡棍貓不來搶的話，至少還不會餓肚子。

橡木叢就在前方依稀可見，古老樹枝伸展範圍寬廣，遮蓋到了空地邊緣，光禿禿的枝桿看起來像是爪子，伸向繁星點點的夜空。灰翅聞一聞空氣，嗅到了河流和松樹的味道，他低聲告訴灰板岩，「高影和河波已經到了。」

「那其他的貓呢？」灰板岩鼻孔抽動著，用力聞著空氣。

「我不確定。」雷霆和清天的味道被樹林間潮溼的森林氣味所掩蓋。他跟著風奔和金雀毛走到空地的邊緣，瞇眼看著下方的黑影，樹林間有移動的身影。他沿著長滿蕨叢的草坡往下走時，聽到喃喃私語的聲音，也聞到了更濃烈的氣味。

「我們是最後到達的。」灰翅告訴灰板岩。

曉鯉在後方低吼，「難道惡棍貓是要加入我們嗎？要不然怎麼好像走到哪裡，都會撞上他們。」

「風奔！」

就在風奔走進空地的時候，灰翅聽到了雷霆跟風奔打招呼的聲音。

灰翅跟著風奔走出了蕨叢，冷空氣迎面而來，灰翅不禁猛眨眼睛。

在大岩石下方陰影處，雷霆就站在葉青和奶草中間，閃電尾在空地邊緣巡邏，不時機警地四處嗅聞。清天則在一處月光照耀的地方踱步，跟花開和蕁麻在一起。河波則坐在空地中央，碎冰跟在他旁邊。灰翅點頭打招呼，同時注意到這些河貓顯得非常鎮定，跟一旁焦躁不安、來回踱步的貓比起來大不相同。

高影、鋸峰和鼠耳待在空地的邊緣，彼此穿梭來回踱步，同時豎起耳朵、全神貫注地留意山坡上蕨叢的任何風吹草動。風奔走近的時候，高影舉起了尾巴，雷霆也從大岩石下方的陰影處走出來，站到河波的旁邊跟大家會合。

雷霆看著四周的貓說：「我們的獵物被惡棍貓搶了。」

「我們的獵物也被搶了！」風奔的怒眼在黑暗中閃閃發亮。

「自從星花被救回來以後，我們的獵物有一半都被他們搶走。」高影的聲音聽起來也很煩惱。

清天同情地朝高影眨眨眼。「過去幾天，惡棍貓攻擊了我們兩支狩獵隊，我們大家都深受其害。」

河波甩動尾巴朝橫掃地面。「他們還沒來偷我們的獵物，或許他們不喜歡吃魚。」

「或是不喜歡把腳弄溼。」碎冰眼睛一亮，補了一句。

風奔轉頭對這隻灰白公貓說：「這不是鬧著玩的！禿葉季才剛開始，我們大家就已經在餓肚子了。」

碎冰點頭認錯。「你說得對，很抱歉。」

河波看著風奔憤怒的眼神說：「河裡魚很多，我們很樂意跟大家分享。」

「吃魚！」閃電尾不以為然，「誰要吃魚？」

「肚子餓了，只好有什麼就吃什麼。」河波回答。

雷霆甩一下尾巴。「河波很慷慨，不過他的魚也不夠大家都吃飽。」

「而且，等河水結冰之後該怎麼辦？」風奔緊接著說：「到時候連魚都沒有。」

雷霆向前走一步。「這是大家共同的問題，我們必須找出解決的辦法。」

清天看大家一眼。「這個問題是從星花被綁架以後才開始的，」他繼續說：「把大家都扯進來，我深感抱歉，但是我當時的確實毫無選擇。你們幫忙把星花救出來是正確的，她現在很安全，我的孩子也愈長愈壯。我們都心知肚明，如果當時大家不管星花和小貓的死活，我們都沒有辦法心安理得，安穩地入睡的。」

灰翅看著哥哥，這次清天講的話很有道理。當時大夥兒如果什麼都不做，而讓星花和她的孩子有所閃失的話，此刻在這月光下沒有貓能夠心安。灰翅為自己的兄弟感到驕傲，他走到清天旁邊說：「星花只是斜疤的藉口，他真正的用意是要搶食物。」雷霆看著其他首領，「就跟一眼一樣，斜疤是打從心底恨我們，因此他必須為這種根深蒂固的仇恨找一個藉口。」

雷霆怒吼：「有些貓就是需要敵人，才能讓自己感到強大。」

河波點頭同意。「食物就是要用搶的，他們才覺得吃得飽。」

風奔不耐煩地說：「那我們該怎麼辦呢？」

高影耳朵抽動著。「我們不斷增加狩獵隊的成員，但是惡棍貓的數量總是比我們多。」

「斜疤手下的惡棍貓到底有幾隻？」葉青尾巴一掃，看著灰翅，「蕨葉有沒有說大概是多少隻？」

「我們救回星花之後，沒再見過蕨葉，」灰翅告訴他：「但是我看過他們的貓營，也聞過惡棍貓的氣味，好像有很多，確切的數量我也不清楚。」

風奔亮出爪子。「那你得去弄清楚。」

一想到還要回到惡棍貓的營地，灰翅開始感到脊背發涼。這樣做太冒險，而且就算找到了蕨葉，光是跟她講話就會讓她身陷險境。

雷霆朝灰翅眨眨眼。「我跟你一起去，我們可以帶一支巡邏隊一起去。」

灰翅感覺到身旁灰板岩的毛髮豎了起來，察覺到她的恐懼，「我也去。」

灰翅搖頭。「我自己去就行了，帶著巡邏隊一起可能會引起爭端。」

風奔咕噥著：「乾脆就直接打一場仗，做個了結。」

「不，」清天走到貓群中間，「敵暗我明，這樣子硬打太不明智了，一定要先查清楚惡棍貓究竟有多少。」

灰翅點頭，清天說的有理。「我會盡我所能去查清楚。」

「我們同時也要做好準備，捍衛自己抓來的獵物。」雷霆看著閃電尾，「我們已經開始練習戰鬥招式，我覺得你們大家也要趕緊開始訓練，等惡棍貓來襲的時候，給他們迎頭痛擊。儘管他們數量比較多，但都是烏合之眾，如果他們真的很厲害的話，根本不必這樣子以多取勝。」

奶草眼睛發亮。「閃電尾一直在訓練三葉草和薊花自我防衛的技巧。」高影彈一下尾尖。「暴皮、露鼻和鷹羽也有專屬教練，他們才剛開始學習狩獵，但是也可以順道學一下格鬥技巧。」高影跟鼠耳點點頭，「你現在跟鷹羽處得不錯，對吧？」

「鷹羽學得很快，」鼠耳看了其他貓一眼，「如果交給我來個別訓練會容易一些，我會比較清楚他的強項和弱點，在既有的基礎上再求精進。」

閃電尾眨眨眼。「這是個好主意，」他轉向雷霆，「或許我該給三葉草和薊花指派導師。」

「我很樂意訓練，不管是其中的哪一個，」葉青主動提出，「他們倆個都聰明好學。」

奶草聽到自己小貓受到稱讚，覺得與有榮焉。

風奔看了金雀毛一眼。「要是蛾飛也有專屬導師或許會學得比較快，她好像都沒從我們身上學到什麼。」

「蛾飛挺好的—」金雀毛才剛想為自己的小貓辯護，鋸峰就打斷了他。

「我自己訓練鷹羽都沒有進展，」鋸峰說：「不是太放任就是太嚴格，最後都以吵架收場。」

鼠耳挪動腳步。「依我看，鷹羽大有進步，自己的小貓很難自己教。」

「那好，」清天點頭：「我們大家都開始訓練，幫每一隻小貓找一位專屬的導師。」

風奔點頭同意、高影也是一樣、河波眨一眨眼睛表示贊同，此時空地突然一片黑影罩頂。

灰翅抬頭望，飄過的雲朵正逐漸遮蓋住月亮，地平線的那一端的雲層更厚。趁著黑夜，潛入斜疤的貓營比較容易。「我現在就動身去找蕨葉。」愈早搞清楚狀況，就能夠愈早提前準備。可是，準備什麼呢？灰翅的耳朵不安地抖動著，難道真的會有一場戰鬥嗎？想到當年的那一場大戰，他不禁顫抖，戰場正是他們現在所在的位置，許多貓都在那場戰爭中死亡。

灰板岩靠近灰翅壓低聲音說：「你確定不用我跟你一起去嗎？」

「不用。」灰翅不想讓灰板岩冒險。

灰板岩看著他，眼中充滿憂慮，叮嚀說道：「那你千萬要小心。」

「我不會有事。」灰翅保證，其實他自己也沒把握。他自己也很清楚，等待一個永遠都不會回來的貓是什麼感覺，當然也不想讓灰板岩體會這樣的心情。這麼一想更讓灰翅下定決心，要在黎明之前回到灰板岩身邊，「我保證一定平安歸來。」

灰翅跟大家點頭，轉身踏上斜坡，接著加快腳步跑了起來，衝進蕨叢，逕往松樹林的方向跑去。

✦
✦
✦

靠近松樹林的時後，他聞一聞空氣，有股臭味差點讓他退避三舍，是蘑菇腐爛的味道。他默默在林蔭中前進，找尋臭味的來源，終於在一棵樹的根部看到一撮已經枯萎了的黑蕈菇。

灰翅皺著鼻子，躺在腐爛的蘑菇上面，一想到這些爛蘑菇被他的身體這麼一壓，汁液全都滲透到他的毛裡面，不禁起雞皮疙瘩。他站起來動一動身體，爛蘑菇的臭味應該會讓敵人聞不到他。

不一會兒，灰翅到達松樹林的外圍，在樹叢間躲躲藏藏。月亮和星星都被雲遮住了，蕨葉這會兒應該在自己的窩裡面睡得很熟。他是不是應該跟上一次一樣耐心等待蕨葉出來巡邏？走著走著，腳底下的草地漸漸變成泥灰地，灰翅放慢了腳步。前方沼澤地的草叢依稀可見，惡棍貓的貓營位於一處坑地，灰翅轉彎前往柳樹林，跟上次一樣躲在一處榛木叢裡。

灰翅在黑暗中眨眼睛，豎起耳朵注意聽。這時一隻貓頭鷹的叫聲突然從沼澤地的方向傳來，把灰翅嚇了一跳。翅膀拍擊的聲音掠過他頭頂，貓頭鷹向下俯衝，在草地上滑行，接著灰翅看見貓頭鷹放慢速度，只見貓頭鷹翅膀全開用力揮動，好像突然在空中停住，同時伸出利爪，接著聽到的是獵物的尖叫聲劃破夜空。貓頭鷹抓著獵物往上飛時，慢慢盤旋了一大圈，才飛回自己棲息的那棵樹。灰翅伸長脖子仔細瞧著貓頭鷹的一舉一

動，鷹爪下的獵物不斷扭動，灰翅不禁感到飢腸轆轆。貓頭鷹終於消失在頭頂上方的樹枝叢中，這時，灰翅下方的草叢有了動靜。

灰翅豎起全身毛髮，東張西望，有個影子順著坡爬上來慢慢接近他，灰翅趕緊後退躲進榛木叢裡，他壓低身體，伸出爪子。

「灰翅！」

認出了是蕨葉的聲音，灰翅的憂慮像是一塊大石頭落了地。漆黑中蕨葉的兩顆綠眼珠透著亮光，灰翅從藏身處走出來，心中卻突然感到忐忑不安。這會不會是個陷阱？他瞄了蕨葉後方一眼，確認斜坡上有沒有其他移動的身影，接著聞一聞空氣，但他實在太臭了，除了自己身上爛蘑菇的味道，任何其他的氣味都聞不到。

蕨葉鼻子噴氣。「你臭死了，」蕨葉在距離榛木叢一個尾巴那麼遠的地方停了下來，「我就是聞到了你身上的臭味才醒過來的，我想一定是你，我們這個地方，會走路的爛蘑菇並不常見。」

「妳是單獨過來的嗎？」灰翅緊張地問，希望依然可以信任蕨葉。

「我當然是單獨來的！」蕨葉的聲音聽起來有些憤怒：「我之前冒著生命危險幫你，難道就是為了現在背叛你嗎？」她眼中含著怒氣。

灰翅走出樹叢，站到蕨葉面前，「對不起，」他用氣音說話：「剛才我多心了，其實我真的不喜歡來這裡。」

「那你應該很慶幸不必住在這種地方。」蕨葉發牢騷。

「真的這麼討厭這裡，為什麼不乾脆離開？」灰翅睜大眼睛訝異地看著這隻母貓。

「如果我知道有什麼地方能擺脫斜疤的威脅，我當然會離開。」蕨葉回頭看了一下，接著從灰翅身邊走過，往樹叢深處走去，她帶灰翅走到榛木叢過去一點的空地。

「離惡棍貓營地愈遠愈好，」她說：「如果你身上的臭味能把我臭醒，那也可能把其他的貓臭醒。」

「我本來是想遮蓋自己的味道。」灰翅感到不好意思，全身發熱。

「你成功了，」蕨葉又噴鼻息：「聞起來比獾還要臭。」

「不過至少找到妳了，」灰翅說：「我還以為要等很久。」

「你身上那股薰死人的味道的確是很好的信號，」蕨葉還在碎碎唸，「不過下一次不要搞得這麼臭，」她在黑暗中朝他眨眼睛，「你來這裡幹什麼？」

「我需要情報。」灰翅告訴蕨葉。

「什麼樣的情報？」蕨葉的頭歪向一邊，「你不是已經救了星花？」她繼續問道：「星花還好吧？」

「好。」

「小貓生下來了沒有？」

灰翅想起了逃跑時驚險的一幕幕，餘悸猶存，「生了，兩隻母貓一隻公貓。」

蕨葉發出呼嚕呼嚕的喵聲。「太開心了，希望我可以把這個消息告訴杜松和柳樹，他們都很擔心星花。」

灰翅皺著眉頭，感到困惑。「誰是杜松和柳樹？」

「他們是我的夥伴。」蕨葉聳聳肩。

「他們為什麼要關心星花和星花肚子裡的小貓呢？」看守星花的工作，他們不是也有參與嗎？

蕨葉生氣地抬起頭。「我們沒有這麼狠心。」

灰翅挪移腳步，這下更困惑了。「如果是這樣，那你們為什麼還要跟斜疤在一起？」

蕨葉瞇起眼睛。「那你們為什麼要把獵物給斜疤呢？」

「他是用偷的！」

「為什麼不挺身而戰？」蕨葉追問。

「因為斜疤……」灰翅猶豫了一下，他不想承認，是因為聽到斜疤的手下數量比較多。

「斜疤知道如何對別的貓予取予求，」蕨葉低吼：「因為如果你膽敢和斜疤對抗，就必須冒很大的險，所以還是順著他的意思，這樣比較容易。」

「可是你們可以選擇離開啊。」

「我試過，難道你忘了？」蕨葉瞪著灰翅，「我晚上睡不著覺，一有什麼風吹草動就以為是斜疤來抓我，斜疤不喜歡背叛。」

灰翅盯著蕨葉，內心糾結不已，現在蕨葉在這裡跟他講話，就是冒了很大的險。

她繼續說：「斜疤不喜歡他的計畫被破壞，你們救了星花之後，他氣極敗壞，正準備要你們付出代價。」

「我們也猜到這一點，」灰翅低吼著：「斜疤又開始來偷我們的獵物了。」

「我知道，」蕨葉眼睛看著地上，「我從來沒有吃得這麼飽過。」

「反倒是我們在餓肚子。」

蕨葉看著灰翅，擔心得睜大了眼睛。「斜疤不會鬆手，你要知道，他不把你們都趕出去不會善罷干休的。」

「我們不會被趕出去。」灰翅生氣地低吼。

「那你們要跟他打嗎？」

「不得已也只好這樣，」灰翅看著蕨葉的眼睛，堅定地回答：「可是我們得先弄清楚，我們要面對的貓有多少。」

蕨葉把目光轉向一旁。

「妳如果不想幫忙，我可以理解。」灰翅猜測蕨葉是害怕自己的同伴身處險境，所以不敢透露任何消息，「但是至少讓我們知道要面對的敵手有幾個……」

蕨葉轉過來，眼神堅定。「如果你們要挺身對抗斜疤，我們裡面也會有夥伴起而呼應。」

「真的嗎？」灰翅突然覺得充滿希望，「你們真的會有夥伴幫忙對抗斜疤？」

蕨葉這時反倒有些猶豫了。「很難講，斜疤有一些死忠的朋友，可是我們有許多夥伴都認為，星花懷孕還綁架她太過殘忍了。斜疤連這樣的事情都做得出來，還有什麼殘忍的事不敢做。我們害怕留下來，卻更害怕離開。誰知道被斜疤找到後，他會用什麼手段來對付我們？」

「那妳也會加入我們嗎？」灰翅追問。

蕨葉把頭別過去。「我沒辦法承諾任何事情。斜疤太強了，現在又一心想要報復，跟斜疤過不去就等於拿自己的生命開玩笑，我們都不想死。」

灰翅的心一沉。「特別是要你們幫忙一群素未謀面的貓。」

蕨葉抬頭看著他。「我希望能給你一些確切的保證，只可惜我連這一點都做不到。但是我希望你了解，斜疤沒有他自認的那麼強大。」

「我了解。」灰翅希望可以說服蕨葉跟他一起離開。他有把握保護蕨葉的安全，但是他自己一廂情願地相信並不夠，重點是蕨葉自己必須相信才有用。

蕨葉用驚恐的眼神看著灰翅說：「如果你們各營都聯合起來，數量就會比我們多，」蕨葉說：「但是斜疤意志堅決又殘忍，如果我們不奮力抵抗或是想臨陣脫逃，他一定會讓我們付上血的代價。所以，如果真的要打仗，那一定是場硬戰，斜疤會把自己的性命豁出去，同時也要我們大家都搭上自己的性命。」

「如果我們按兵不動呢？」灰翅試探性地問：「妳認為斜疤會繼續挑釁嗎？」

蕨葉噴了一下鼻息。「憤怒讓斜疤樂在其中，只要可以得到你們的獵物，他就覺得自己很強大，」蕨葉壓低聲音，「我覺得斜疤故意要挑起戰爭，如果搶奪你們的獵物還不能逼你們出手，他就會再想別的辦法。」蕨葉聳聳肩表示歉意，「不管怎麼樣，你們都是輸的。」

「如果妳的夥伴加入我們，我們就不會輸。」

「這點我沒有辦法保證，如果你們一開始的局面就不被看好，我們根本沒有貓敢加入你們。」

那隻貓頭鷹又開始啼叫。

蕨葉的尾巴顫抖著。「我得回去了，要是他們發現我不見了，一定會逼問我的行蹤。」

灰翅注視著她。「跟我走吧。」

蕨葉搖頭。「如果我走了，我會連累到我的親人的。」

灰翅眨眨眼，困惑地問：「為什麼會連累妳的親人？」

「斜疤會把我的背叛，怪罪在我妹妹頭上，」蕨葉說完轉身要離去，「請你自己多保重，灰翅，斜疤已鐵了心要你們付出代價。」

「為什麼呢？」灰翅感到極度無助。

蕨葉茫然看著灰翅。「就是不想讓你們快樂吧，我猜。」

灰翅看著蕨葉消失在樹林間，**斜疤真的認為我們都很快樂嗎？**他想起高地的貓營和自己的窩，灰板岩現在就在那裡，凝望著夜空等他回家。他喉嚨發出呼嚕呼嚕的震動聲，無法想像有誰會期盼斜疤回家。斜疤的夥伴們都怕他，斜疤之所以強取豪奪就是為了獲得宰制的快感，生活在這種情況下是不會感到快樂的。

灰翅穿過柳樹林，經過小灌木叢時加快了腳步，接著穿越著沼澤地，朝松樹林的方向加速奔去，一直到有林蔭的遮蔽，他才稍稍覺得鬆了一口氣。接著他繞過高影的貓營，朝高地的方向前進，每跑一步胸口就更加緊繃，可是他非回家不可，不然灰板岩會很擔心。灰翅不顧自己的氣喘，加緊腳步趕路，他對自己的身體狀況感到很懊惱，為什麼感覺快吸不到氣？

一定是夜裡空氣太冷了，灰翅告訴自己的。突然一陣感傷，懷念起往日時光，那時候的他在森林、高地間來回奔跑，一點問題都沒有，怎麼現在變得如此艱難。

回到貓營空地的時候，他都快吸不到氣了。到了貓營入口外圍草地時，灰翅放慢了腳步，想要在進入貓營之前調勻呼吸。他回頭望著剛剛跑過的森林，樹梢已經出現粉紅色的光影，太陽就要升起了。

「灰翅！」灰板岩出其不意地喊他，接著從貓營裡衝出來，繞著他穿梭而行，「你讓我擔心死了。」她發出呼嚕呼嚕的喵聲。

「不是告訴過妳，我會平安無事嗎？」灰翅說。

「你需要好好休息。」灰板岩帶著灰翅走向貓營。

「我有事要先跟風奔談一談。」說這句話的時候，他其實已經上氣不接下氣。

「你有找到蕨葉嗎？」

「有。」灰翅走向風奔的貓窩。

還沒走到，風奔就從貓窩裡走出來。「蕨葉怎麼說？」

「她……」灰翅呼吸困難講不下去。

「等你吸到氣了再講。」風奔命令道。

灰翅坐下來，讓自己的胸口放鬆，感覺時間特別難熬。

灰板岩在灰翅旁邊坐了下來，眼裡滿是擔憂。風奔環繞著他們，神情緊張，頸毛都豎了起來。

終於，灰翅感覺吸到了空氣。「蕨葉說如果我們各營聯合起來，數量就會比斜疤的貓多。她還說惡棍貓們都怕斜疤，如果真的打起架，他們不一定都會站在斜疤那一邊。」

風奔的眼睛亮了起來。「也就是說我們能夠打贏？」

灰翅搖搖頭，「蕨葉說了，她不敢保證惡棍貓們會窩裡反，他們害怕斜疤不是沒有理由。斜疤一心想要報復，是個狠角色，我們必須提高警覺。」

灰板岩身體緊貼著灰翅。「那他會發動攻擊嗎？」

「蕨葉說有可能，」灰翅告訴灰板岩，「我們必須隨時派出守衛巡邏，以防萬一。」

風奔看了貓營入口一眼說：「我會日夜派守衛站崗的。」

「我輪第一班。」灰板岩自告奮勇地看著風奔。

風奔搖搖頭回答，「妳已經等了一整晚上沒睡覺，」接著看一看灰翅，「你們兩個都需要休息，斑毛可以巡邏，」接著風奔用尾巴指向灰翅的窩，「現在趕緊去睡覺。」

灰翅心存感激，勉強站了起來，灰板岩緊靠著灰翅，一起走回窩裡。鋪床的石楠感覺是剛換過的。「我不在的時候妳換的嗎？」灰翅和問灰板岩。

「我知道你回家的時候會很累，所以想讓你有個舒適的地方休息。」

灰翅在柔軟的石楠上面蜷曲著身體，灰板岩也跟著爬上床，緊緊依偎在他身邊。

灰翅筋疲力竭地閉上眼睛，灰板岩溫暖的身體緊緊貼著他，讓他感覺到很放鬆。此時他覺得斜疤很可憐，這麼狠毒的他絕對感受不到這樣的愛。想到這裡同情卻突然變成憤怒，為什麼斜疤非得要折磨其他的貓呢？疲倦漸漸地把他推向夢鄉，夢裡高地上的石楠叢透著光，接著他的思緒開始混亂起來，粉紅色的石楠叢染上了鮮血變成鮮豔的紅色，灰翅不知不覺陷入一場惡夢。

第九章

清天拖著沉重的腳步走到一棵橡樹底下，盤根錯節的樹根堆滿了落葉，他聞著發霉枯朽的味道，覺得很沮喪，根本聞不到新鮮獵物的氣味。這時麻雀毛正要從一處荊棘叢裡鑽出來，清天看了這隻母貓一眼問道：「妳那裡有沒有看到獵物？」麻雀毛倒著身子後退出來，尾巴卡到荊棘叢，花好些工夫才擺脫，她坐直身體看著清天。「我只聞到葉子腐爛的味道。」

清天皺著眉頭。「我也一樣。」他看著他們藏獵物的地方，只有一隻瘦巴巴的兔子，餵飽一隻貓都不夠，更別說是一整個貓群。

麻雀毛抖一抖身體。「我們應該帶花開和橡毛一起來。」

「我要他們好好看守貓營，」清天提醒她，「而且狩獵的貓太多，會把獵物嚇跑。」

麻雀毛嗤之以鼻。「哪有什麼獵物？」

清天悶不吭聲，心想麻雀毛說得沒錯，他們天剛亮就出來狩獵，而現在太陽都已經高掛天空了。不曉得星花有沒有放小貓們出來走走，他們已經吵很久說想要出來探索貓營，可是他們實在是太小，而清天也很想看到小貓踏出貓窩的第一步，今天早上他本想派荊棘跟麻雀毛出來狩獵，自己留在貓營的。前晚清天到四喬木空地開會，要離開星花和小貓時就已經感到難分難捨，此刻尤其想跟他們在一起，但他是首領，不能一直讓自己待在窩裡，什麼事都交代給手下去做。

「清天，你看！」麻雀毛小聲喊著。

清天猛然轉頭朝麻雀毛看，這隻玳瑁色母貓正看著，距離他們約有一棵樹那麼遠的一片枯蕨叢，清天追隨她的目光，一隻胖嘟嘟的松鼠正在用前腳撥弄葉子，耙了一陣子之後，挖出一顆堅果，左看右看。

清天頓時心跳加快，立刻擺出狩獵的蹲伏姿勢，麻雀毛也躡手躡腳溜到他身邊，腳下的葉子發出些微的摩擦聲。

「你從樺樹的那一邊接近，」清天用鼻子指示方向，「我走另外一邊，絕對不能讓松鼠跑掉。」

麻雀毛點頭，肚皮緊貼地面，開始緩緩接近松鼠。

清天豎起全身的毛興奮不已，松鼠溫暖的氣味充滿他鼻腔。他飢腸轆轆地向前爬行，壓低尾巴和背脊，跟蛇一樣無聲無息地前進，踩在潮溼的落葉上，免得葉子摩擦發出聲響。

他隱約感覺到風吹到耳朵，慶幸自己的位置在松鼠的下風處，從眼角的餘光看過去，麻雀毛的尾巴剛好消失在樺樹的另一邊，他繞過樹根走另外一個方向。不管松鼠往哪裡逃，他們都抓得到。

這時傳來小樹枝折斷的聲音，清天繃緊神經，心想麻雀毛肯定踩到什麼東西了，那隻松鼠起了戒心東張西望，露出恐懼眼神，一溜煙往前衝。

麻雀毛緊追上去，清天立刻處於亢奮的狀態，往前一躍，腳底下的落葉翻飛起來。

他以衝刺的速度奔向松鼠，地面瞬間變得模糊。那隻松鼠正往橡樹根部逃竄，跳過了盤根錯節，往上一蹬。

清天伸展前肢往上飛撲，同時亮出爪子勾住松鼠，把松鼠從樹幹上拖到地面。接著迅速低頭一口咬下，脊椎就這麼喀擦一聲，松鼠溫暖的鮮血感覺流進清天舌間，松鼠整個癱軟。

謝謝。清天感謝這片森林，現在不但星花夠吃，還能夠跟其他夥伴分享。

「好身手。」麻雀毛氣喘吁吁地稱讚，盯著那隻松鼠，眼睛發亮。

「我們去拿剛剛抓到的那隻兔子，加上這隻松鼠，這就回貓營吧。」清天決定。

「好。」麻雀毛舔一舔自己的嘴唇，眼睛仍然盯著那隻松鼠。

「這隻松鼠妳拿著好嗎？」清天把松鼠交給把麻雀毛，她一整個早上都在狩獵，回貓營之前，應該讓她嘗一嘗鮮血的滋味。

麻雀毛發出呼嚕呼嚕的喵聲，一口把松鼠咬過去，抬起頭向前走，毛茸茸的松鼠尾巴在後頭拖著。

清天跟在後面。夥伴們可以一起吃這隻松鼠，那隻兔子就留給星花獨自享用，雖然很小，不過應該夠吃。星花必須吃飽才能保持體力，小貓們現在都靠星花的奶水長大。

我一定會好好照顧你們，清天突然被自己滿心的喜悅嚇了一跳，他以前從來沒有像現在這樣過。接著他想起雷霆來探望小貓時，眼中閃過的哀傷神情。清天不禁感到內疚不已，為什麼對自己的長子雷霆，就從來沒有這樣關愛過。他現在知道雷霆小時候也曾經跟微枝一樣無助，但卻沒有親生父親來保護他。他的母親風暴得獨力照顧他，同時還要狩獵。想到這裡清天突然感到不寒而慄，**我怎麼會這麼狠心呢？**

清天察覺到麻雀毛在看他，這隻母貓停下腳步盯著他看，嘴裡咬著松鼠。現在不是追悔過去的時候，星花從昨天開始就沒有吃東西，他還得再加派一支狩獵隊。因為一旦有松鼠甘冒風險從樹上下來，那麼就可能還有更多會出現，想到這裡，清天趕緊加快腳步跟上麻雀毛。

麻雀毛走到了他們藏兔子的地方，清天超前開始翻找之前藏的那隻兔子，但摸到的全是泥土，就是摸不到兔子柔軟的身體。**兔子在哪裡？**他坐在地上，滿是疑慮。「兔子不見了。」

「這怎麼可能。」麻雀毛啪地一聲把松鼠放到地上，衝上前用爪子狂翻樹葉。

「不會是被狐狸偷走了吧？」清天聞一聞周圍，壓低聲音，「麻雀毛，小心。」

麻雀毛停止搜尋兔子，驚恐地看著清天。「怎麼了？」她憂心忡忡地解讀清天警告的眼神，張嘴偵測周遭的味道。

這時林間傳來一聲喵叫，「你們在找什麼東西嗎？」斜疤從一棵榆樹的樹蔭下走出來，一副興味盎然的樣子。

清天猛然轉身，頸毛直豎。「誰在說話？」

斜疤朝他身邊使了個眼色，一隻棕黑色的惡棍貓走了出來，嘴裡叼著那隻瘦巴巴的兔子，「甲蟲找到了你們抓到的那隻瘦巴巴兔子。」斜疤嘲弄。

這時，一隻黑白相間的惡棍貓，尾隨甲蟲從樹幹後面走出來，全身皮毛波動著。

斜疤繼續嘲諷。「小刺很不開心你們只抓到一隻，」斜疤看了一眼黑白惡棍貓，「是不是啊，小刺？」

小刺尾巴一揮，「我還以為你們都是狩獵高手。」他用嘲諷的眼神看了一眼那隻瘦巴巴的兔子，就在這個時候，第四隻惡棍貓走了出來。

看到這隻條紋虎斑公貓，清天頓時感到渾身不自在。阿蛇本來跟清天是同一陣營的，但是他真正效忠的是一眼。清天瞇起眼睛，看來他們寡不敵眾，早知道就應該多帶幾隻貓出來狩獵。

斜疤的眼睛看著麻雀毛腳下的那隻松鼠。「不過總是聊勝於無。」

麻雀毛生氣地說：「我們是抓給自己同伴的，不是給你吃的。」

斜疤走向前，慢慢地在清天和麻雀毛周圍繞圈圈。「你們得和我們一起分享食物，記得吧？」

「我們開會的時候已經告訴過你，想吃就得自己抓。」清天怒吼。

「喔，是嗎？」斜疤眼露兇光，「為什麼我只記得，你說過要把獵到的食物全都給我們呢？」這隻骯髒的棕色公貓隨即蹲下身子，發出乞求的聲音，「喔，斜疤，我幫你狩獵！我抓到的全都給你，求你放了星花！」

清天想起開會的時候自己搖尾乞憐的模樣，頓時全身發熱。他不敢看麻雀毛，只是盯著斜疤生氣地說：「我自己把星花救回來了，所以我根本不欠你什麼！」

斜疤站起身走回自己的夥伴身邊。「你要的到手了，所以現在我也應該得到我的那部分。」斜疤惡狠狠地看著麻雀毛腳下的松鼠，「把松鼠給我！」接著怒視麻雀毛。

麻雀毛抬起頭。「你休想！」

清天的爪子深深插入泥土中，血脈賁張，身上每一個細胞都催促他撲向斜疤，把這隻惡棍貓的皮給剝了。**但是星花怎麼辦？萬一我受傷，誰來保護星花和小貓？**因此儘管清天心跳加速，還是忍了下來。

麻雀毛訝異地看著清天。「我們不會是要把松鼠給他們吧？」

斜疤向前逼近。「這隻松鼠是我們的。」

麻雀毛防禦性地把前掌放在松鼠身上。「不，不是你們的！」

斜疤停在距離清天大約一個鼻頭，看著清天說：「把松鼠給我們，我們就不再騷擾你們。」

「暫時。」小刺在斜疤後面低吼。

阿蛇跟著嘲弄說：「可憐的清天，你這個首領當的還真窩囊。」

清天快要氣爆了，多想跟這些惡棍貓大打一架，但是他不能冒險，只好後退一步，跟麻雀毛點頭示意。「給他們吧。」

麻雀毛不敢置信地眨眼睛。「真的嗎？」

清天冷冷地看了斜疤一眼，回答說：「麻雀毛，敵眾我寡，硬打只會浪費力氣。就讓這些懶貓把獵物帶走吧，我們可以抓到更多，他們終究只會變得腦滿腸肥。」

斜疤壓平耳朵。

講完這番話，清天覺得很痛快，他已經激怒了斜疤。「拿去，」清天把松鼠推向斜疤，「在你學會自己狩獵之前，這隻松鼠應該夠你填飽肚子。」

斜疤眼中燃起熊熊怒火，齜牙咧嘴地揮來一掌。清天見狀閃躲，但麻雀毛的動作更快，像一隻俯衝的老鷹，用肩膀接住了斜疤的攻擊，用力頂回去，斜疤一個踉蹌站不住腳。接著麻雀毛轉身亮出利爪，朝斜疤嘴上有傷疤的地方劃過去。

斜疤一聲怒吼，阿蛇立刻衝過去咬住麻雀毛的尾巴。麻雀毛轉身迎戰這隻黃色眼睛公貓，斜疤撐起後腿，伸掌重重打在麻雀毛的脊椎上，用力一拽，把麻雀毛摔向一邊。

阿蛇大聲鼓譟。「殺了她！」

甲蟲和小刺向兩邊站，興奮地看著斜疤撲向麻雀毛，對她拳打腳踢。

「放開她！」清天緊張萬分，正打算撲向前拉開斜疤，但卻猶豫了。如果此刻他加入戰局，其他惡棍貓也會一起出手，而他就是想要避免開戰啊！於是清天抓起了地上的松鼠，丟向阿蛇，大聲喊道：「拿了松鼠就走吧！」

斜疤停止攻擊，麻雀毛被壓在下面扭動掙扎，笨拙地揮舞空拳。斜疤放開她，跳到小刺旁邊，看看甲蟲腳下的松鼠，再看看麻雀毛。

她連忙站了起來，頸毛直豎，怒視斜疤，喉嚨發出低吼。

清天走到麻雀毛前面擋住她。「不值得打這一架。」他低聲說。

她皺著眉頭，眼底盡是憤怒。「但我們抓的全被他們搶了。」麻雀毛心有不甘。

眼睜睜地看著小刺咬起了松鼠，甲蟲帶走了那隻瘦兔子，清天氣餒萬分。

「多謝啦，清天，」斜疤撇了撇嘴，「下次注意禮貌，免得受傷。」斜疤說完轉身離開，阿蛇緊跟在後，甲蟲和小刺尾隨過去。

看著惡棍貓搶走獵物揚長而去，清天氣得全身發抖。「這次算你走運！」他朝斜疤啐了一口：「但總有一天你會嘗到被我爪子劃破喉嚨的滋味。」斜疤轉頭冷冷地盯著他，清天突然感到不寒而慄。

頃刻間森林中所有聲音都消失不見，只聽到加速的心跳，伴隨著一個聲音不斷提醒他：**想想星花還有你的孩子，他們需要你。**

斜疤從甲蟲嘴裡把瘦兔子叼過來給清天，哼了一聲，把兔子丟到清天腳下，「這隻拿回去給星花吃，」斜疤的語氣充滿了嘲弄，「告訴星花，兔子是我送她的禮物。」

清天被氣到不行，看著斜疤轉身離去，不自覺將爪子深深刺入地面。**總有一天你會為此付出代價。**

當惡棍貓消失在樹林之間，麻雀毛看了那隻瘦巴巴的兔子一眼。「我想我們還是把這隻兔子帶回家吧，雖然餵不飽幾張嘴，但總是比空手回去好。」

清天根本沒有在聽她講話，不過一轉身，血腥味卻撲鼻而來，麻雀毛臉上的毛全都是血。「妳受傷了，」清天說，接著抖動身體努力回神，「我們現在就回貓營，好好清理妳的傷口。」清天的心裡充滿感激，「謝謝妳保護我。」這隻年輕的母貓已經不只一次這麼奮不顧身地救他，在一眼要把他趕出貓營的時候，麻雀毛也曾經為他挺身而出。

麻雀毛聳聳肩，用腳戳了一下瘦兔子。「忙了一個早上只帶回這樣的一隻兔子，實在不是很光彩。」

「下午我會另外再派一支狩獵隊出來。」清天告訴麻雀毛。

「如果斜疤又來搶他們的獵物呢？」麻雀毛的眼裡充滿憂慮。

「等發生了再來處理。」清天咬起兔子，把滿腔的怒火吞了下去。斜疤怎麼能夠不要臉到這種程度，把搶去的獵物當成禮物，回送給他們？這隻兔子他其實是不想要了，但是現在森林裡獵物那麼少，清天沒有選擇，不管份量再少，星花能吃上一口算一口。

✦✦✦

清天悶聲低吼著走向貓營。星花不吃兔子，她非要等下午的狩獵隊回營後，看情形怎麼樣再說。太陽緩緩沉入樹梢之後，清天在貓窩外面走來走去，等待狩獵隊回來，照理說這個時候應該到了。清天派出去狩獵的貓為數眾多，包括花開、白樺、蕁麻、快水和荊棘。萬一惡棍貓再次攻擊，他要確保狩獵隊足以應付，不會再讓他們奪走獵物。

清天停下腳步，把頭伸進貓窩裡面。「拜託妳吃一口。」說完把兔子推向星花。

星花搖頭說：「大家都在挨餓，我不能只顧自己。」

微枝爬到媽媽的身上說：「我們不餓。」

露瓣和花足在星花的肚子旁邊相撲，露瓣從她姊妹手裡掙脫，反過來捉住她的尾巴，大叫：「我贏了！」

星花開心地說：「你看吧？」她朝清天眨眼睛，「我的奶水夠多，小貓們跟獾一樣強壯。」

清天皺著眉，他看到星花其實已經瘦到皮包骨了。「那妳自己怎麼辦？」

「更糟的情形我都經歷過。」星花要清天不用擔心。

清天看到星花旁邊那隻瘦兔子仍原封不動。心下想著，將新鮮的獵物這樣放在星花的旁邊，是不是太過殘忍了一些？他的原意是要引誘星花，不過既然星花拒絕，或許就應該把兔子搬到別的地方，至少不用一直看著牠。

就在清天擔憂不已的時候，荊棘叢入口傳來聲響，有腳步聲陸續進了貓營，「他們回來了。」清天內心燃起希望，他興沖沖地跑出去，穿越蕨叢跳下了陡坡。

花開站在貓營空地的中央，腳邊擺著兩隻老鼠。清天充滿期待地看著花開後面的白樺、蕁麻、快水和荊棘，他們有抓到獵物嗎？

蕁麻的嘴裡咬著一隻田鼠。

只抓到這些嗎？

清天儘可能不讓自己看起來很失望的樣子，至少他們都帶東西回來了。說不定他們本來抓到的更多，又被斜疤搶走了？「你們有遇到惡棍貓嗎？」

花開搖頭。「沒看見他們的蹤影。」

蕁麻走向前。「我知道捉到的不多。」語帶歉意地說：「不過我們已經盡力了。」

「你們當然盡力了。」清天也覺得很無力，不禁納悶那些獵物都跑去哪裡了？

快水抖一抖身體。「現在是禿葉季，」提醒清天，「難道你忘記以前在山裡的冬天？那時候我們部落一連有五天沒東西吃。」

清天懊惱地甩動尾巴，「我們就是因為這個原因，才搬到森林裡來的！森林裡一年到頭都有東西吃。」

荊棘穿越空地，在一棵櫸樹的樹根之間躺下來，那是她最喜歡的地方，「有的獵物熬不過第一場雪。」她一副理所當然的樣子。

「我們一定撐得過去，」蕁麻接著說：「河波不是說過要把魚分給我們吃？要不然我們也可以去兩腳獸的地方找食物，別忘了我們之中很多曾是獨行貓，我們知道怎麼熬過苦日子。」

清天環顧自己的夥伴，「但是現在我們大夥兒在一起，生活不是應該變得容易些嗎？」

快水同情地對著清天眨眼睛，「有夥伴在身邊比較耐得住餓，要不然以前在山裡的部落，是怎麼撐過那麼久的苦日子？」

荊棘坐了下來開始梳洗身體，「至少我們有溫暖的窩，」她一邊舔著一邊喵聲說：「而且有希望，明天抓到的獵物有可能會更多。」

如果惡棍貓們不來搶的話。清天心中暗想。

花開望著清天窩穴口的蕨叢，「星花吃了那隻兔子沒？」

「她要等到大家都吃飽了，自己才要吃。」清天回答。

「那麼就把這隻老鼠給她，」花開把兩隻老鼠中的其中一隻，丟向清天，「那隻兔子和剛剛抓回來的獵物，我們大家就分著吃，告訴星花我們都夠吃，也一定會讓她吃飽。」

清天充滿感激地看著花開，心裡很清楚光靠一隻瘦兔子，一隻老鼠，一隻田鼠是沒有辦法填飽大家的肚皮，但至少如果星花吃得飽，小貓們就有奶水喝，「謝謝妳。」

快水發出呼嚕呼嚕的喵聲，「很開心我們貓營裡面有了生力軍，小貓們帶來了希望。」

清天點點頭，很感激夥伴們都這麼樂觀。他咬起的那隻老鼠，在嘴邊晃呀晃的，一躍跳上了斜坡，回自己的貓窩。

「花開要妳把這隻老鼠吃了。」清天把老鼠放在星花的旁邊。

星花在窩裡的黑暗中眨著眼睛，「他們抓到的獵物多嗎？」

「夠，夠每一隻貓都吃得到一點。」哪怕只是一小口。

星花瞇起眼睛，看起來不太相信，難道被她看穿了自己誇大其詞？

「我想他們一定會覺得兔子很好吃。」清天很小聲地回答，刻意躲避星花的眼神。

星花把兔子推向清天，「這樣的話，兔子就給他們吃，一定要讓白樺和赤楊都吃到一口，我知道他們最喜歡吃兔子了。」

清天發出開心的呼嚕聲，把臉貼到星花的臉上，接著叼起兔子。此時心裡卻響起斜疤說過的那句話：**把這隻兔子送給星花**。不禁一肚子怒火。

該怎麼辦才能阻止惡棍貓們又來偷他們的獵物呢？清天抬起下巴，心裡想著，明天他們就要照雷霆所說的，開始訓練格鬥技巧。不過光是這樣就夠了嗎？他快步走到空地，把兔子放在原本就少得可憐的獵物堆上面，然後轉身回自己的窩。

「你自己不吃嗎？」白樺從後面叫他。

他搖搖頭，「我明天再吃。」他頭也不回地向前走，感覺肚子都快餓扁了，當走進窩裡的時候，他聞到老鼠鮮血的味道，星花已經把老鼠吃掉了。她一定餓極了，明天他還要再出去狩獵。他過去躺在星花身邊，儘管小貓們在她身上跳來跳去，星花還是昏昏欲睡。

「清天？」微枝爬到清天身上開口問道，「明天我們可以出去嗎？」

「可以。」清天伸長脖子用嘴巴碰觸小貓的臉頰。

微枝的尾巴興奮地顫抖，「你們都聽到了嗎？」他興奮尖叫，跳向露瓣和花足，「我們明天可以出去囉！」

「終於可以了！」露瓣跟著歡呼。

她鑽進鋪床的青苔底下，把花足和微枝也拉進去。

看著小貓們在他的身邊打鬧，清天儘管肚子空空，心裡卻洋溢著幸福。但他沒法放鬆，一想到小貓們就要練習面對外面的世界，讓他惴惴不安。只要有斜疤和他的黨羽還在森林裡遊蕩，那他們將永無安寧的一天。

雷霆從四喬木空地向外看，其他各營的貓都聚集在他周圍等待會議開始。陽光從光禿的橡木枝頭撒下來，空地上一片寒光。

閃電尾湊近他的耳朵，「這個地方白天看起來比較寬敞。」

雷霆輕聲說道，「你是不是比較喜歡黑夜？」他知道閃電尾喜歡躲在暗處觀察其他的貓。閃電尾總喜歡嘲笑他白色的腳掌和橘色的毛皮。**說他的腳在黑暗中顯得太白，而橘色的毛皮在雪地裡又太過明顯。**

閃電尾靠近雷霆說：「不知道為什麼清天才召開過會議不久，現在又立刻要開另一個會。」

「我們很快就知道答案了。」雷霆回答。

他父親在空地周圍走來走去，星花在一個尾巴距離之外，綠色眼眸注視著清天。雷霆感到疑惑，星花怎麼會離開自己的小貓，跑到這個地方來開會？

風奔跟金雀毛不耐煩地挪動腳步，風奔解釋說灰翅原本很想來，可是他今天呼吸變得很不順暢。雷霆想像著被迫留在窩裡的灰翅，一定是病得不輕才沒來開會。**怎麼會這樣呢？難道是因為狩獵太過勞累？還是氣喘的毛病愈來愈嚴重？不管什麼原因，灰翅的病情好像愈來愈糟。**雷霆不敢再想下去，於是把視線轉向高影，這隻森林貓族首領像是石頭雕像一樣，靜靜地站在鋸峰旁邊，而河波和碎冰則鎮定地看著清天。

風奔甩動尾巴，「所以？」她用質疑的眼神問清天，「你為什麼把我們大家叫到這裡來？」

雷霆豎起耳朵，看著清天停下腳步面對這隻高地貓。

「我的貓在餓肚子，」清天看著大家，「我們已經很盡力地在捍衛獵物，但是那些惡棍貓打起架來跟狐狸一樣狡猾。」

高影噘著嘴，「他們打架跟無賴一樣。」

「但是卻能打贏，」風奔怒吼，「過去幾天之內，他們搶走了我們一半的獵物。」

雷霆瞇起眼睛若有所思，「那我們就必須學著像狐狸那樣打架。」

「不，」河波的尾巴往地面一掃，「狐狸心狠手辣，如果我們都跟狐狸一樣，那麼我們也會變得心狠手辣。」

鋸峰哼了一聲，「要不然我們要怎麼打贏惡棍貓？」河波的眼睛一亮，「我們的身手必須比狐狸更矯健。」

「那要怎麼訓練呢？」雷霆朝河波眨眼睛。閃電尾已經在訓練自己營裡的貓，要撲得更高，打得更有力，還有什麼其他能做的事情嗎？

閃電尾興奮地朝雷霆眨眼睛，「你還記得上次我們在森林裡遇到一隻兩腳獸的狗，當時我們用的招式嗎？」

雷霆停下來想了一下，「你說的是聲東擊西嗎？」

閃電尾興奮地點頭，「我們可以用這一招來對付惡棍貓。」

雷霆皺眉感到困惑，「怎麼對付？這招我們是用來逃跑的。」

「但是如果稍稍改變一下呢？」

雷霆好像摸著頭緒了，忙著說，「那當然！一群惡棍貓跟壞狗一樣糟，我可以先把他們引到一邊。」

「我再從後方襲擊！」閃電尾說明。

風奔趨前，「演示給我們看。」

雷霆向金雀毛、河波和碎冰點點頭，「你們假裝是惡棍貓，想像我剛抓到一隻鮮美多汁的鴿子。」光想到自己抓到了一隻肥嘟嘟的鳥，雷霆的肚子不自覺地咕嚕咕嚕叫了起來。

河波、碎冰和金雀毛逼近雷霆，壓平耳朵、面露兇光。

雷霆朝他們眨眼睛，抓緊那隻想像中的鳥，轉身穿過空地逃跑，那群惡棍貓在他後面緊追不捨。閃電尾趁著雷霆假裝逃跑的這個空檔，已經就定位，這時雷霆突然轉身用後腳站立。

碎冰、河波和金雀毛冷不防被這麼一嚇，全都擠在一起。

雷霆咆哮著往後退，看見閃電尾緊追在三隻貓後面。突然間閃電尾大叫一聲，黑色的身軀飛過碎冰，伸掌朝這隻體色灰白相間的河貓身上劃過去。

碎冰嚇了一跳突然轉身，但是閃電尾已經纏住了金雀毛，在空中用後腳踢這隻高地貓的背脊。雷霆則衝向河波，河波對這突如其來的一切，困惑得猛眨眼睛，雷霆輕而易舉地就把河波摺倒在地。

雷霆跳開到一旁眨眨眼，看著這三隻毛髮凌亂的公貓。河波掙扎著從地上站起來。閃電尾跑到他身邊說：「他們跟兩腳獸養的狗一樣被搞迷糊了。」他發出呼嚕呼嚕的喵聲。

金雀毛抖一抖身體。

碎冰挪動腳步，毛髮直豎，「這招好！」

雷霆開心地抖動尾巴，「最厲害的招式就是出其不意。」

河波點頭贊同，「而且就算我們數量比他們少，這一招依然有效。」

「沒錯。」閃電尾抬起下巴。

金雀毛的眼睛一亮，「這個動作有點像是我們用來對付兔子的招式。」他興奮地看著風奔。

風奔趨前走向金雀毛，「那倒是！」

清天豎起耳朵，「表演給我們看。」

「如果我們能讓兔群中的一隻兔子脫隊落單，消耗他的體力，就比較容易抓到。」風奔一邊解釋一邊繞著雷霆、閃電尾、碎冰和河波，讓他們擠在一起，「假想你們是兔子，」她停頓了一下，「我的意思是說，你們是惡棍貓。」

雷霆壓平耳朵假裝自己是斜疤，風奔開始向後退。碎冰站在雷霆旁邊發出嘶吼聲，而河波和閃電尾則豎起頸毛，面露凶光。

風奔跟金雀毛點頭，金雀毛好像完全能夠會意，立刻跑了起來。雷霆扭頭看著金雀毛圍著他們繞圈圈，愈繞愈快。接著雷霆皺起眉頭，心中納悶：金雀毛到底是在玩什麼把戲。接著金雀毛邊跑邊將地上的塵土揚起，冷不防地朝雷霆和閃電尾中間衝過去，雷霆困惑地眨著眼睛，警覺自己已經落單了。這時他的臉猛然被打了一拳，雷霆嚇了一跳急忙轉身，看見風奔從他身邊閃過去。

雷霆僵在那裡。**現在我該怎麼辦？**金雀毛仍然繞著閃電尾、碎冰和河波，並且靈巧躲過他們笨拙的攻擊，**惡棍貓會有什麼反應呢？**風奔再一次從他身邊閃過去，在雷霆的臉頰又打了一拳。**追她！**

雷霆快速追趕上風奔，尾隨這隻棕色母貓竄入荊棘叢，再跟著衝上斜坡。突然雷霆聽見背後有腳步聲響起，轉頭一看，原來是金雀毛緊跟在後。**所以我現在是在追還是被追？**雷霆困惑地繼續追著風奔，跑上跑下氣喘吁吁。這時風奔跑到空地，雷霆繼續追趕，金雀毛依然尾隨在後。雷霆更加賣力奔跑，追著風奔朝橡木林跑。就在快要追上的時候，風奔忽然轉身面對雷霆，他緊急停下腳步。風奔突然猛力攻擊他的臉，雷霆站起來抵擋，這才發現自己已經喘不過氣，這時候，他的背後也受到攻擊，雷霆倒抽一口氣，金雀毛已跳到他背上把他壓制在地。

雷霆氣喘如牛地說，「我認輸！」

風奔和金雀毛往後退，雷霆掙扎地站起來努力大口吸氣，「你們兩個動作好快！」

「我們可是高地貓，整天都跑來跑去的。」風奔提醒他。

金雀毛點點頭，提高嗓門讓大家都能聽到，「你們都要練習跑步，惡棍貓們都很懶散，我們的體能狀況本來就比他們好，再加上訓練的話，我們就會更強壯。」

「光這樣還不夠。」星花突然開口說話，讓雷霆大感訝異。

她走過鋸峰和高影身邊，面對著貓群，「你們也必須學習惡棍貓打架的方式。」

雷霆皺起眉頭，「我才不要跟他們一樣陰險狡猾。」

星花看著雷霆的眼睛說，「如果你要跟狐狸的交手，那你就應該要知道對手的想法。」

「這怎麼可能呢？」鋸峰把頭側向一邊，「對手怎麼想我們怎麼可能看得到。」

星花看著鋸峰，「我是一眼的女兒，你沒忘記吧？我知道他們的打法─就是欺騙兩個字，我可以表演他們的招式給你們看，讓大家事先有所防備。」

清天急忙跑到星花身邊，「妳現在的身體狀況根本不適合出拳出腳。」

星花的綠色眼睛瞟了清天一眼，「我的體能狀況跟大家一樣好，我一胎能生三隻小貓，演練一些拳腳功夫根本難不倒我。」星花朝雷霆點頭說：「出手打我。」

雷霆朝星花眨眨眼，猶豫地看著一旁的清天。

清天焦慮地抖動尾巴提醒，「要小心。」

星花瞪著自己的伴侶貓不服氣地說：「我可不是花拳繡腿。」說完星花轉頭盯著雷霆，從貓群當中慢慢向後退到空地的中央說，「現在攻擊我！」

雷霆不安地挪動腳步，星花才剛剛經歷過一連串考驗，而且也不擅長打鬥。他決定

要下手輕一點，因此以非常緩慢的速度靠近星花。

星花的眼神透露著不耐煩，但沒有多說什麼。

雷霆靠近星花舉起前掌，打算輕輕地朝星花臉上揮一下。

星花卻冷不防地撲上來，出掌打在雷霆的肩頭，接著從側面連出第二拳打在同一邊肩頭。雷霆一個踉蹌，前肢突然痠軟無力，向前趴下去胸部著地，被星花打到的地方一陣痠麻使不上力。他就像是要被撲殺的獵物，前肢完全失去知覺。

雷霆看著星花，她往後退，抬頭看著大家說，「惡棍貓們喜歡先把敵人打癱之後再下手攻擊。這是賤招沒錯，但是有效。如果我現在攻擊雷霆，他只剩三隻腳可以防衛自己，而且根本還搞不清楚怎麼會這樣，這麼一來惡棍貓就爭取到了更多的時間對我們下手。」講完話，星花看著躺在地上的雷霆，喵聲問道：「你還好吧？」

雷霆的腳慢慢恢復知覺，搖搖晃晃地站起來，覺得肩膀很痠。星花剛這一招讓他印象深刻，以前跟閃電尾對招的時候，從來沒有像這次一樣，三兩下就被制伏。

「不用擔心，」星花向雷霆保證，「一會兒就會沒事的。」

雷霆甩一甩他的腳，感覺到力氣漸漸地恢復，才鬆了一口氣。他低頭感謝星花賜教，退到後面去。

清天喉嚨發出讚嘆的呼嚕聲，「很抱歉，星花，我低估了妳。」

風奔走向這隻金黃色的母貓，充滿興趣，「可以教我剛剛妳是打雷霆身上的哪一個地方？這招太猛了！」

鋸峰、閃電尾和河波也都靠過來，看著星花把一隻前掌放在風奔的肩膀上，另一隻掌子從側邊揮過來。

「先打肩頭的這一個點，」星花演示給大家看，「出手要快要準，接著從側邊擊打，一定要精準打到對的地方，這樣敵人的腳會立刻失去知覺。」

雷霆走向閃電尾說：「我可以在你身上練習看看嗎？」

閃電尾點點頭同意，挺直身體準備領受雷霆凌空的這一掌。雷霆朝閃電尾的肩膀打出一拳，接著另一掌從側面揮來。

閃電尾立刻向前趴，雷霆覺得超有成就感，然而馬上就變得很內疚，「我有沒有傷到你？」

「我被你打到跛腳了，」閃電尾先是露出責備的眼神，接著打趣地說：「不過這一招還真厲害！」

星花眨著眼睛看雷霆，「如果你不想使用這一招也不必勉強，但是至少你知道怎麼防備，」星花繞著雷霆說，「現在用這一招來對付我。」

雷霆瞪大眼睛，「我下不了手。」

星花翻了一個白眼，「試看看！」

雷霆舉起前掌，**心想大概不會真正傷到她吧**。當雷霆舉起前掌正打算朝星花的肩膀打下去的時候，星花突然轉身用身體撞他，雷霆突然站不穩，因為當他舉起一隻前掌的時候，另一隻前掌也同時準備要攻擊，被星花這麼一撞，雷霆突然失去了平衡，就在此時星花朝他的口鼻部揮了一拳。

雷霆努力穩住身體眨眨眼，「這一招很聰明。」

星花甩一下尾巴說，「如果惡棍貓打你的肩膀，你就用我剛剛教你的這一招來防衛。」

河波走向前方說，「我有一招抓魚的招式，可能也有幫助。」

高影豎起耳朵，「我來讓你練習。」

河波面對著黑色母貓，「現在用星花的招式對付我。」

高影舉起前掌，但是在她碰到河波之前，河波已經鑽到她肚子下面，弓起身子，用脊椎骨向上頂高影的胸部，高影滾到旁邊睜大眼睛驚訝不已。

「你的動作好快！」高影喘息地說，「我根本來不及反應！」

「這一招拿來嚇魚很管用，比較好抓。」河波解釋。

鋸峰露出興奮的眼神，「我有一個主意。」鋸峰走向貓群之間，他的一隻後腳使不上力，走路一跛一跛的。

雷霆瞇起眼睛納悶，鋸峰雖然腳跛了，他仍然是好戰士，但是他能教什麼功夫給四肢健全的貓呢？

鋸峰看出了雷霆的心思，「我知道你心裡在想什麼？」

雷霆覺得不自在地挪動腳步，「我只不過是—」

鋸峰打斷他的話，「你不了解，我的弱點可以轉換成我的強項。在打架的時候，對手一眼就看到了我的瘸腿，知道我只有三隻腳，這時他們臉上立刻露出了輕敵的表情，覺得勝券在握。但是他們並不知道打從我有記憶以來，我都是用三隻腳在打架，所以駕輕就熟。」

清天皺眉，「你的招式對我們有用嗎？」他問道，「我們又沒有跛腳。」

「的確，」鋸峰表示贊同，「在現階段是幫不上什麼忙，但是如果你們在打鬥中受傷了呢？」

碎冰插話，「永遠不要在敵人面前露出自己受傷樣子，這樣對手就會知道你很脆弱。」

鋸峰搖頭，「相反地，你要讓敵人知道你已經受傷，這樣他們就會掉以輕心，」鋸峰看向星花，「從星花身上我們都已經看到，當敵人低估你的時候，要打敗他們有多麼容易。」

雷霆覺得渾身發燙。鋸峰的意思是，剛剛星花三兩下就輕而易舉地把他撂倒嗎？

鋸峰繼續說：「你們全都要練習用三隻腳打架，能打到跟四隻腳一樣純熟，這樣如果你們在打鬥的時候受傷，你的對手才會誤以為你已經不行了，這時候你就可以出其不意攻擊對方。」

雷霆舉起一隻後腳，想像打鬥的時候沒有四隻腳保持平衡是什麼樣的感覺，他很想練習，鋸峰說得沒錯，這一招應該非常管用。

清天站到中間說，「我們今天已經從彼此身上學了許多。」他身上豐厚的毛髮看起

來平順許多，神情也跟會議開始的時候不一樣，看起來已經沒有那麼擔憂。「我們回到各自的貓營，把今天學到的技巧教給自己的夥伴，負責訓練的必須把這些動作全部傳授給年輕一輩。惡棍貓或許認為他們已經占上風了，那是因為他們還沒有見識到我們的本領。」清天抬起下巴接著說：「等到交手的那一天，他們就會知道我們也不是省油的燈。」

✦✦✦

「走吧！」雷霆轉向通往森林的路，朝清天的貓營出發。

「我們要去哪裡？」閃電尾緊跟在雷霆後面。

「去找惡棍貓的貓營。」

「為什麼呢？」閃電尾很訝異，「我還以為我們要直接回家傳授夥伴們今天學到的新招數。」

「這件事情不急，」雷霆跳上一根倒在地上的樹幹，溼滑的樹皮讓他行走不穩，「我想親自去惡棍貓的營地看個究竟，知己知彼嘛！」

「可是我們不知道惡棍貓營地在哪裡。」閃電尾撥開樹枝，跳上雷霆走的那根樹幹。

「灰翅說過就在高影松樹林過去一點的沼澤地，」雷霆告訴閃電尾，「在柳樹林附近，不難找到。」

「萬一碰上惡棍貓怎麼辦？」

雷霆放慢腳步然後停下來，他的朋友說得有理，沼澤地可能到處都有惡棍貓，雷霆的耳朵抽動著，這一點他應該事先想到。「那我們就先狩獵，把獵物帶過去，」雷霆不假思索地說，「萬一我們被發現了，我們就謊稱是要把獵物帶給斜疤。」

閃電尾皺起眉頭，「如果他們不相信呢？我們以前從來沒有主動獻上獵物過，惡棍貓向來都是用偷的。」

「那我們就要讓他們相信，」雷霆堅持執行這項計畫，「如果我們對斜疤畢恭畢敬，那我們謙卑的態度只會讓他更加沾沾自喜，連想都不會想我們說的是不是真話。」

閃電尾咕噥地發牢騷，「對斜疤畢恭畢敬！你一定是想去那裡想到瘋了。」

雷霆抬起下巴，聞聞有沒有獵物的味道，「運氣好的話，根本不會被發現，更別說什麼卑躬屈膝了。」這時雷霆聞到老鼠的氣味，或許真的是上天保佑，在最近這些餓肚子的日子裡，雷霆有好幾度認為老祖宗要棄他們於不顧了。這時雷霆突然豎起耳朵，「荊棘叢裡好像有一個老鼠窩。」閃電尾順著雷霆目光看去。

閃電尾壓低身體朝荊棘叢緩緩前進。

雷霆把身體壓得很低，肚皮碰到了鋪滿落葉的林地，開始在荊棘叢四周繞行，「你把他們趕出來，我在這裡等漏網之魚。」話說完，雷霆待在原地，等待閃電尾進去伏襲。

荊棘叢沙沙作響，在夕陽餘暉底下，雷霆看到閃電尾黑色身軀鑽進枝葉裡。老鼠的氣味很濃烈又溫暖，雷霆不禁舔一舔嘴唇。隨著枝葉的窸窣聲，閃電尾衝進了荊棘叢的深處。

接著一陣驚聲尖叫聲傳進了雷霆的耳朵，雷霆注視地面上的動靜。一團棕色毛茸茸的東西衝出來，雷霆一躍，顧不得荊棘可能會刮傷自己，他撲向這隻正要逃脫的老鼠，用爪子扣住老鼠軟綿綿的身體，拉近嘴巴給予致命一咬。

老鼠的氣味讓他口水直流，他們應該把老鼠帶回貓營嗎？薊花和三葉草看起來日漸消瘦。**不，我必須去勘查惡棍貓的貓營。回家的路上如果有看到獵物再抓回去給他們吃。**雷霆坐在地上，閃電尾慢慢走向他，嘴裡叼著一隻老鼠晃呀晃地。

雷霆發出呼嚕呼嚕的喵聲，「走吧，我們往松樹林方向走。」說完他便叼起老鼠朝目的地出發。

此時穿越轟雷路並不困難，因為路上並沒有怪獸。橡樹林再過去的松樹林感覺很幽暗，樹上的松針依然很茂密，因此陽光照不進來。高影和她的夥伴怎麼忍受得了這麼陰暗的環境？這時候松樹汁液的味道充滿他的鼻腔，掩蓋了老鼠溫暖的氣息。走著走著松樹林終於漸漸變得稀疏，雷霆看到前方出現沼澤地後，才鬆了一口氣。此時太陽正快速西沉，把地上的雜草拉出長長的影子。

閃電尾在他後面停下腳步，把老鼠丟到地上。他朝沼澤地邊緣斜坡上的一排樹林點頭示意，「那是柳樹林嗎？」

那光禿的枝條看起來像是柳樹，而松樹林之外也沒有其他的樹，一定是這個地方沒錯。雷霆點點頭把覆蓋在松針底下的老鼠咬起來，沿著一條小路向前走，腳底下的地面愈來愈泥濘。閃電尾走在後面，踩下的每一步都發出唧唧聲。雷霆向沼澤地放眼望去，發現有一處長著濃密的草叢和蘆葦的區域。

他放下老鼠小聲說，「沒錯，就是這裡。」灰翅描述過惡棍貓的貓營看來是什麼樣子**，柳樹旁邊一處雜草圍起來的地方**。

「那應該要怎麼窺探才不會被惡棍貓發現呢？」閃電尾停在他旁邊，看著前方的草叢。

雷霆朝惡棍貓營地的方向點頭，「那裡有很多蘆葦，我們就躲在蘆葦叢裡面。」他咬起老鼠，豎起耳朵向前潛行。

閃電尾在他後面匍匐前進。

雷霆屏息慢慢接近，惡棍貓的氣味混合著傍晚的溼氣愈來愈濃。太陽終於沉落在松木林後方，夜色吞噬了整片沼澤地，雷霆這才感到如釋重負。他把身體蹲得更低，像蛇一般迅速爬過一處蘆葦叢旁，在兩堆雜草中間把自己藏起來。

這時雷霆突然聽到沼澤草叢的另一邊有聲音傳過來，就在惡棍貓營地的外面！

他把老鼠放在地上，同時抬頭示意閃電尾也把老鼠放下。

閃電尾把老鼠疊在雷霆的老鼠上面，眨眼輕聲問雷霆說：「現在該怎麼辦？」

「靜觀期變。」雷霆把肚子貼緊地面壓低耳朵，被沼澤粗硬的雜草環繞著。閃電尾

擠在他身邊，讓他感到很溫暖。

閃電尾從貓營的外圍看進去，用幾乎跟耳語一樣小的聲音對雷霆說：「看！」此時太陽已經下山，月光照映著沼澤地，從雜草根部的縫隙看出去，剛好可以清楚看到惡棍貓營地的空地。閃電尾的心跳加速，看清了惡棍貓們在貓營空地周圍走動，彼此輕聲交談。接著不遠處傳來腳步聲，一隻毛髮光滑的深色灰貓擋住閃電尾的視線，他聞到母貓芳香的氣味，伸長了脖子想要一探究竟。

「拿去！」一隻公貓的聲音劃破貓營，把一坨東西丟在那隻母貓的旁邊，她趕忙跳開，雷霆看到地上一隻瘦巴巴的歐掠鳥。那隻母貓低頭聞聞那隻鳥，雷霆這時候看清了母貓細緻的輪廓，她琥珀色的眼睛露出失望的神情，接著轉頭望向在廣場中央的一隻公貓。

斜疤！

雷霆從這隻骯髒棕色惡棍貓胸前的那道白色斜疤認出他來了。

這隻母貓噘起嘴不開心地說：「我們的伙食怎麼這麼差！」

斜疤冷冷地看著她，「有東西吃就很不錯了，紫羅蘭，」他低吼：「我們當中就屬妳最不會狩獵。」

「才不是這樣！」紫羅蘭頂回去，「至少我的獵物是自己抓來的，而你是用偷的。」

斜疤抖動耳朵，「我不是用偷的，我是拿回本來就該歸我的。」

「如果天雨還活著，你就不會這樣！」

雷霆聽到母貓的聲音因悲傷而哽咽。

斜疤哼了一聲，「天雨在不在有什麼差別？他笨到讓自己在轟雷路上給怪獸輾死了。」

紫羅蘭退縮了，「天雨不笨！」

「他唯一做過的聰明事就是找妳當他的伴侶，」斜疤的聲音聽起來很溫柔，聽起來另有所圖。雷霆看見斜疤色瞇瞇的眼神盯著母貓，「妳為什麼不放聰明點，紫羅蘭，讓我取代天雨的位置？如果妳是首領的配偶就不會餓肚子了。」

「你休想！」紫羅蘭叼起那隻歐掠鳥快步離開。

雷霆的爪子不禁蠢蠢欲動，斜疤好大膽，竟敢戲弄這隻美麗的母貓，要她當他的伴侶？閃電尾在旁邊挪動身體，「為什麼這一群貓要效忠這狐狸心腸的斜疤？」

雷霆沒回答，他正看著紫羅蘭。她有一身亮澤如烏雲的毛髮，濃密光滑的長尾巴，寬而柔軟的耳朵，恰到好處地襯托出她美麗的臉龐。紫羅蘭走向遠離空地陰暗角落的一群貓時，雷霆的毛沿著背脊豎了起來。

有動靜吸引了雷霆的目光，斜疤正走向獵物堆。雷霆看到鴿子堆在兔子上面，老鼠和田鼠散落四周，不禁肚子餓得咕嚕咕嚕叫。斜疤從獵物堆下方咬出一隻瘦巴巴的蛤蟆，丟向紫羅蘭旁邊的一隻貓，接著又丟了一隻乾癟的鼩鼱給另外一隻貓。斜疤就這樣一次丟一隻，專挑最瘦的獵物給他的夥伴。接著他甩動尾巴指向兩隻公貓，他們一直在貓營的制高處無聲無息地監視著。

「小刺！你想吃什麼自己過來挑！」一隻黑白公貓快步走到獵物堆，舔著嘴唇。「不用客氣，小刺，」斜疤的語氣很縱容，「你今天表現很好，應該吃好一些。」

小刺從獵物堆裡拖出了一隻肥美的鴿子，斜疤繼續朝第二隻公貓點頭示意，「甲蟲，快過來，這隻獵物的身體還是溫的。」斜疤挖出了的一隻沉甸甸的兔子，這隻黑棕相間的公貓很快把兔子叼走。

雷霆又再次環顧貓營，那些低頭吃著乾癟獵物的貓兒們，不時斜眼看著斜疤。「他們為什麼不反抗呢？」雷霆小聲地對閃電尾說，「斜疤把最好的獵物都分給他的朋友。」

閃電尾抖一下耳朵說，「我不知道，但是我很想剝了斜疤的皮。」

「青蛙！」斜疤朝空地喊去。

一隻灰色斑點的公貓馬上站起來，「有什麼事嗎？」這隻公貓的眼裡參雜了恐懼和希望。

斜疤拖出了一隻肥畫眉鳥，推到公貓面前。

青蛙急切地跑過空地，接近斜疤時慢了下來，雷霆看到這隻公貓瘦得只剩皮包骨。

雷霆這時才突然意識到，除了斜疤、甲蟲和小刺之外，其他的貓都瘦到不行。**但是斜疤從他們那裡偷來的獵物明明足夠分給所有的貓吃！**青蛙在斜疤面前停了下來，望著那隻畫眉鳥。

斜疤的眼睛發亮，「你肚子餓嗎？」

青蛙點點頭。

斜疤用爪子勾起畫眉鳥，「餓到吃得下這一隻？」

青蛙再次點點頭。

「那真的是對不起了，」斜疤把畫眉鳥又丟回了獵物堆，「如果你今天從高地上帶回來更多獵物，我就會讓你吃那隻畫眉鳥，但是懶惰的貓不配得到獎賞。」

「我不懶惰！」青蛙激動地反駁。

斜疤歪著頭，「不是懶惰那是什麼？是愚蠢嗎？」斜疤提高聲音開始咆哮，「我絕對沒有辦法忍受愚蠢，你抓回來的獵物，連小貓都辦得到。」

「不是這樣的——」

斜疤突然伸掌往青蛙的臉劃過去。

青蛙豎起毛髮往後閃，血從他鼻頭上汩汩地滲出來。

斜疤從獵物堆底部勾出了一隻壓扁的鷦鷯，沒比鼩鼱大多少，丟到青蛙的腳下說，「還有得吃就應該很高興了。」

青蛙和斜疤的眼神對峙了好一會兒。

雷霆全身緊繃，這隻瘦骨嶙峋的公貓會反擊嗎？但願如此。但是雷霆的心往下沉，只見青蛙咬起那隻鳥慢慢走到蘆葦叢下方，有另一隻貓躺在那裡。

蕨葉。雷霆一眼便認出躺在地上的那隻黑色母貓。青蛙在蕨葉身旁躺了下來，蕨葉挪動身體靠近那隻灰色斑點的公貓，伸出舌頭舔他鼻子上的血。

斜疤從獵物堆又挑了一隻肥美的松雞，穿越空地。

雷霆瞬間把頭縮回來，「斜疤朝我們這裡走過來了！」他警告閃電尾，這時小刺和甲蟲也各自咬著分配到的獵物尾隨斜疤，跟著斜疤一起趴下來享受美食。

聞著飄出貓營的松雞、兔子和鴿子氣味，雷霆感到飢腸轆轆。**但願食物的味道能夠遮掩我們的氣味。**雷霆的心加速地跳動著。

「我們走吧。」閃電尾在他耳邊悄悄地說。

「還不是時候，」雷霆用尾巴撫過閃電尾的背脊，「我們再打探打探。」雷霆現在不想離開，他想聽聽斜疤會說些什麼。

斜疤咬了一大口松雞，環顧貓營，「只要讓他們餓肚子，他們就會乖乖聽話。」他告訴小刺，邊說邊嚼。

甲蟲嗤之以鼻，「這些全都是沒骨氣的貓。」

小刺從鴿子身上扯下一大塊肉，「我就不明白老大你為什麼要分食物給他們，其實根本不必。」

「他們有他們的用處，」斜疤含糊地說，「我多少得給他們一些吃的，他們才願意留下來，光靠我們幾個沒有辦法攻擊高地上的貓。」

雷霆倒抽一口氣，什麼？斜疤打算發動攻擊？他得趕快通知灰翅和風奔。想到這裡雷霆一刻都待不下去，每一條筋肉都在催促他立刻動身。但是如果此刻忍住，就可以打聽出更多的消息。他跟閃電尾使了一個眼色，月光下雷霆看到了他朋友眼中的恐懼，「我們等他們睡著之後再離開。」雷霆小聲地說。

閃電尾點頭表示同意。

夜晚溼冷的空氣環繞著他們，高掛的月亮將沼澤地照映成了一片銀白世界，斜疤大快朵頤的氣味讓雷霆更覺得頭暈目眩。他腳下老鼠身體還是溫的，不過雷霆連吃一口都不敢，因為任何動作都會撥弄到他們藏身的草叢。雷霆只好耐心等待，終於等到斜疤垂下頭來想睡了，小刺和甲蟲早就已經撐著圓鼓鼓的肚皮呼呼大睡。斜疤的鼻子碰到地面的時候，打了一個飽嗝接著側躺在地，過不了多久便開始打呼。

雷霆訝異得感到渾身不舒服，「他怎麼還能睡得心安理得！」雷霆低聲嘶吼，咬起了老鼠尾巴慢慢匍匐前進。雷霆因為蹲太久，感到四肢痠麻，他沿著貓營的外圍慢慢爬行，閃電尾緊跟在後，草叢發出窸窣聲。

突然前方的黑暗處傳來一陣低語，「我們為什麼要忍受這一切？」

雷霆僵住了。

雷霆辨識出前方有四隻貓，他們在貓營外圍月光照不到的草叢裡。

雷霆拉長了耳朵，仔細聽他們在說些什麼，但是他們交談的聲音卻愈來愈小。閃電尾在雷霆的旁邊停下腳步，看了雷霆一眼。

這四隻貓窩在一起竊竊私語，比風吹動蘆葦的聲音還要小聲，分明是不想讓交談的內容被聽到。他們是不是刻意等到斜疤睡著之後才敢跟彼此講話？是不是在密謀跟斜疤對抗？

雷霆把臉轉向松樹林的方向，沒法開口，因為嘴裡還咬著老鼠。閃電尾點頭表示收到。這兩隻貓於是靜悄悄地離開了惡棍貓營地。

當他們要靠近樹林的時候，雷霆回頭，卻看到了一雙眼睛在黑暗中閃閃發亮，雷霆一眼就認出是紫羅蘭那雙琥珀色的眼睛，剛剛竊竊私語的四隻貓裡面一定有紫羅蘭。紫羅蘭是在看他嗎？那雙眼睛看得雷霆渾身僵直，心跳加速，**她真的好美！**

「快走！」閃電尾催促的聲音把雷霆從想像中拉回現實，雷霆於是加快腳步追了上去，進入松樹林的遮蔭裡。然而紫羅蘭的那對眼眸卻還在他的內心燃燒著，他想起斜疤說的話，**妳為什麼不放聰明點，讓我取代天雨的位置？如果妳是首領的配偶就不會餓肚子。**想到這裡雷霆不禁滿腔怒火，暗自決定要把紫羅蘭從邪惡的斜疤手裡救出來。紫羅蘭待在惡棍貓營地裡面隨時都會有危險，雷霆放下嘴裡叼著的老鼠，開口跟閃電尾說，「我們必須把老鼠先帶回我們的貓營，我們明天一早再出發去警告風奔，說斜疤打算發動攻擊。」**我一定會找到辦法把紫羅蘭救出來。**

第十一章

天空飄下了細雨，灰翅瞇起眼睛眺望高地。

灰板岩緊緊地靠在他身邊，「這種天氣你還要出去嗎？」

「對。」灰翅已經在窩裡待得夠久了，因為呼吸困難已經有三天沒出門。今天早上，灰翅起床發現他的胸部已經沒有那麼緊繃，掙扎著起床乞求風奔讓他跟著出去狩獵。

風奔同意了，但要等金雀毛把在四喬木學會的打鬥招式先教給大家才行。現在大家都在努力練習，尤其在雷霆警告他們斜疤即將發動攻擊之後，他們練得更勤了。前天蘆葦和曉鯉就花了一整個下午的時間，調教蛾飛和塵鼻新的格鬥招式，這些小貓非常認真學習，一直練習到太陽早已經下山了還不肯休息。看到大家都這麼認真，灰翅心裡很感動，尤其是每一隻小貓都有專屬的導師，將他們的潛能開發出來。**我就知道他們低估了妳，蛾飛。**

現在灰翅站在高原頂端看著其他狩獵隊成員，風奔、金雀毛和塵鼻，低頭聞著高地上散布的洞穴。灰翅抬起頭，享受清新風雨灑落鬍鬚的感覺。天邊起了雲，高地上的酷寒變得緩和起來，灰翅原本還指望酷寒的天氣可以讓惡棍貓們出不了門。

他朝斜坡下方望去，提防有陌生身影出沒高地。

灰板岩也環伺著斜坡，「要攻擊就趕快來攻擊，」灰板岩不耐煩地抱怨，「等待實在讓大家很焦慮。」

灰翅甩一下尾巴，「還好惡棍貓已經有一段時間沒有出來搶了。」這些日子以來，

他們捉到的每一隻兔子、老鼠和小鳥都帶回貓營。雖然獵物還是很少，至少他們不必再把食物分給那群骯髒的惡棍貓。

灰翅遠眺斜坡，不安地豎起全身毛髮。惡棍貓在監視他們嗎?想到這裡他的肚子突然一陣翻騰，灰板岩說得沒錯，等待攻擊跟正面迎戰比起來，確實更不安難耐。

一陣騷動引起灰翅注意，他轉而注視高地上方的兔窩區，塵鼻剛躦進了一個兔子洞。不久之後，一隻兔子從在斜坡更高一點的另一個洞口衝出來。風奔立刻向前衝，眼中充滿興奮，但是金雀毛卻擋到她的路，這隻灰色的公貓注視著剛剛兔子衝出來的那一個洞口。他高舉起尾巴，此時塵鼻立刻向前衝，這隻奔馳的年輕公貓，速度跟風一樣快，不斷逼近兔子。他縱身飛撲，凌空而降正好落在兔子的背上。他抓住兔子翻滾一圈之後，朝脖子一口咬下。

灰翅發出呼嚕呼嚕的喵聲，「塵鼻是狩獵高手。」

灰板岩甩一下尾巴，「真不敢相信他才六個月大，狩獵的技術和其他的夥伴相比，毫不遜色。」

風奔和金雀毛朝他們跑過來，塵鼻也跟著領先跑在前面。快要接近的時候，灰翅聽到了斜坡下方的石楠樹叢中，傳來松雞的叫聲

金雀毛肯定也聽到了，他猛然轉頭朝聲音傳來的方向豎起耳朵。

塵鼻在灰翅面前停下來，他的嘴裡咬著兔子，眼中充滿驕傲。

兔子溫暖的味道撲鼻而來，灰翅說：「做得好！」

風奔趕上來的時候，對塵鼻點頭，「去把兔子先藏在前面的草堆裡，」她指向前方不遠的草叢，「等我們要回貓營的時候再來拿。」

金雀毛還一直盯著斜坡下方，「你們聽到松雞的叫聲了嗎？」

「當然。」就在塵鼻把兔子放進草堆時，風奔開始朝石楠叢前進。到達石楠叢時，風奔用後腳撐起身體，向覆蓋著霜雪的石楠樹叢望去。

風奔接著轉身，彈一下尾巴，指示夥伴們一起行動。灰翅興奮地趕過去，想著他們帶著兩隻肥美的獵物回貓營時，蛾飛、曉鯉、蘆葦和斑毛一定會很開心。

「在石楠叢過去一點的草叢裡，」風奔壓低了聲音，向灰翅點頭，「我要你悄悄繞過去，把松雞趕到石楠叢，我們會埋伏在樹叢裡面。一旦你把松雞趕過來，我們就出手。」

灰翅感到一陣不悅，「難道風奔不信任他，認為他連一隻松雞都殺不了？」

風奔這時又開口，彷彿知道他心裡在想什麼，「我們不能冒任何失手的風險，」風奔說，「必須有貓負責把松雞趕向石楠叢。」

那為什麼是我呢？灰翅想跟風奔理論，但是他知道風奔會怎麼回答，這個理由他實在不想接受。**因為你的身體狀況不適合狩獵。**光是一小段下坡路就跑得上氣不接下氣，怎麼還能夠狩獵？灰翅心不甘情不願地朝石楠叢前進，繞了一大圈到了草叢的另一邊。那隻松雞在地上東啄西啄，距離石楠叢有幾條尾巴的距離。灰翅壓低身體從後方慢慢接近，那隻松雞機警地抬起頭。灰翅心跳加速立刻停止動作，松雞以為沒事，繼續在地上找東西吃。灰翅更加小心地前進，同時觀察石楠叢那邊的動向，推測風奔和其他夥伴此時應該已經就定位。他的目光鎖定松雞緩緩接近，然後加速前進，草地潮溼讓他的行動悄然無聲。松雞忙著吃東西根本沒察覺到灰翅逼進了，或許，他根本就可以殺了這隻松雞。只要往前一撲，就能把松雞制伏在地，然後一咬斃命。

機不可失！

灰翅往前一撲，全身感到亢奮！

此時後方傳來吆喝聲，灰翅嚇了一大跳，讓他笨拙地跌落地面。就在怒吼尖叫聲此起彼落時，松雞趁機振翅脫逃，徒留幾根飄落的羽毛。

灰翅轉頭。

有八隻惡棍貓齜牙咧嘴從山坡四周蜂擁而上。風吹平了他們的耳朵和身上的毛髮，還有鬍鬚也向後吹，同時也吹散了他們的氣味，因此灰翅沒察覺他們接近。

灰翅驚訝萬分，「風奔！」

就在灰翅不知所措看著惡棍貓朝他步步逼近時，草叢傳來沙沙聲，腳步聲疾馳而至，風奔、金雀毛和灰板岩從石楠叢衝出來。一隻母貓撲向灰翅，他撐起後腿對抗，母貓的重量撞得灰翅站立不穩往後跌。就在他背部撞擊地面的那一瞬間，一隻手掌壓住灰翅的喉嚨。**我沒辦法呼吸！**母貓露出邪惡的眼神壓得更用力了，灰翅拋開恐懼，縮起後腳伸到母貓的肚皮上面。母貓掐得很緊，灰翅感到頭部脹痛彷彿聽得到脈搏鼓動的聲音。灰翅哼了一聲後腳用力一蹬，把那隻緊抓不放的橘色母貓踢開了，可是灰翅自己也疼痛萬分。在那隻被他踢飛又敏捷落地的母貓爪子上，灰翅看到了自己被她扯下的毛。

恐懼瞬間轉化為能量，灰翅從地上跳起來，那母惡棍貓再次向他撲過來。灰翅瞥見母貓盯著他的肩膀，灰翅突然想到星花教大家的動作，金雀毛不久之前才傳授給他，**這隻母貓想要把我打瘸！**灰翅搶先一步，在母貓出手之前，猛一拳打在母貓的肩膀上頭。

母貓琥珀色眼睛露出驚訝的神情，她的前肢伸不直，癱軟跌趴在地上。

灰翅的四周都是尖叫和吆喝的聲音。灰板岩撐起後腿站立，對抗一隻橘色公貓和一隻玳瑁母貓的聯手出擊；塵鼻在草地上跟一隻黑公貓扭打；風奔和三隻公貓對打，節節往後退。

斜疤是其中一隻，他透露出得意的眼神，和同夥一起慢慢聚攏過來包圍風奔，讓她無路可逃。「如果我們殺了她，」斜疤吼著，「其他的貓就會投降。」風奔的眼神充滿了恐懼，橫衝直撞一邊揮拳一邊咒罵。

「小刺，瞄準她的喉嚨。」斜疤對那隻黑白公貓點頭。

灰翅見狀衝去要幫忙，但是當他靠近的時候，金雀毛卻搶先衝到過去。金雀毛注視著貓群間的一個縫隙，鑽進去把小刺推開。灰翅看見金雀毛對風奔使了個眼色，好像傳遞著無聲的言語。緊接著風奔避開斜疤，順勢朝小刺的側邊耙了一爪。小刺咒罵著追了上去，金雀毛尾隨在後。灰翅瞪大眼睛看著這兩隻高地貓急速飛奔，中間夾著一隻惡棍貓。**現在到底是誰在追誰？**他回頭看著斜疤，斜疤先是盯著金雀毛，摸不清到底現在是什麼情形，接著轉頭瞇起眼睛。

斜疤向他的同夥點頭示意，接著衝向灰板岩。灰翅驚恐地看著四隻惡棍貓壓在灰板岩身上，嘶吼咆哮，揮拳甩尾。在群貓的壓制下，灰翅聽到灰板岩發出陣陣哀號。

灰翅伸出貓爪加入戰局，他擠進中間轉身面對敵人狂打反擊。他感覺到身體底下的柔軟身軀，散發出恐懼的氣息。**灰板岩！**於是他更賣力攻擊，惡棍貓的爪子落在他身體和臉頰，痛得他張不開眼睛，但是灰翅鼓起勇氣，壓抑恐懼不斷揮拳。他感覺到灰板岩在他身體下方扭動，突然間站了起來，緊緊靠在他的身邊，一起對抗四周面目猙獰的惡棍貓。

「背對背。」灰板岩嘶吼。

灰翅似乎知道灰板岩的意思，他和灰板岩都用後腿撐起身體，兩隻貓背靠著背，對敵人掄拳出擊。雨水灑在灰翅臉上，每一拳都打得很用力，他用身體撐住灰板岩，灰板岩也一樣撐住他。漸漸地，灰翅看清了敵人的招數和身份。斜疤向他揮了一拳之後，對一隻黑棕色的公貓說，「甲蟲，攻擊他們的腳！」

惡棍貓撲向他的後腿，灰翅敏捷的閃開，靠單腳保持平衡，接用另一隻腳一踢，往那惡棍貓臉上狠狠耙了一下，那隻公貓痛得大叫向後撤退，眼神充滿憤怒。

灰翅這時突然感到胸悶。**不！**恐懼油然而生，**不要現在發病！**他還得要繼續戰鬥，灰板岩在他後面抵禦兩隻惡棍貓。一隻黑色公貓壓在塵鼻的身上，後腿同時還被一隻橘色的母貓咬住，痛得哇哇大叫。**塵鼻的動作都是對的，只可惜年紀太小打不過兩隻成年的貓。**灰翅滿腹恐懼，他喘息著，拚命想吸到氣。

「風奔！」灰板岩充滿期盼地大喊。

首領從石楠叢裡衝出來，金雀毛緊跟在後。風奔撲向塵鼻那裡，伸出爪子勾住公惡棍貓的肩膀，吆喝一聲，把敵人甩開壓制在地。

塵鼻掙扎著從黑色公貓底下站起來，面對敵人出拳狂打。

金雀毛從斜疤和他的同夥之間鑽進去，撐起身體，和灰板岩、灰翅並肩作戰，「我們把小刺趕跑了！」故意提高音量說，「沒有一時半刻他是回不來了。」

已經解決了一隻。灰翅心中暗暗盤算，**還有七隻要解決**。他舉起前掌抵擋斜疤，向他臉頰揮拳，再後退緊緊貼著金雀毛和灰板岩。他努力掙扎用力吸氣，卻感到後腳無力。**我需要空氣！**這麼一分心，鼻子上便被打了好幾下。這樣還能撐多久呢？金雀毛奮力攻擊甲蟲，灰板岩對付橘色公貓。灰翅分神看著地上時，玳瑁色母貓撲向他後腿，灰翅想躲但是晚了一步，母貓已經一口咬在他腿上。一陣如閃電般的疼痛，從腿部傳來，灰翅呻吟著倒在草地上，一陣拳打腳踢落在身上，噁心的氣息呼在臉頰，斜疤趁勢壓在他身上。

救命！

就在灰翅招架不住的時候，傳來一聲熟悉的吆喝聲。

蘆葦！一陣雜沓的腳步聲中，灰翅瞥見蘆葦銀色的身影從石楠叢裡竄出，後頭緊跟著曉鯉、斑毛和蛾飛。當他的夥伴們衝向這群惡棍貓的時候，整個情勢銳不可當。

灰翅把後腿刺向斜疤的肚皮，撐了起來，但是斜疤的利爪還是緊扣不放。接著斜疤在灰翅耳邊咆哮一聲，咬住灰翅脖子將他甩過草地。灰翅恐懼得揮舞四肢，他用力呼吸，但是胸口緊繃吸不到氣。世界好像漸漸縮小，直到他整個陷入黑暗當中。**吸氣！我要吸氣！**灰翅掙扎著要保持清醒，根本顧不了斜疤或是疼痛。

突然惡棍貓在他身上的重量消失了，灰翅像是一隻剛從河裡勾上來的魚，無助地躺在地上。他掙扎著用力呼吸，腦海裡盤旋著，萬一他吸不到空氣怎麼辦？身邊打鬥的吆喝聲漸漸退去，黑暗遮蔽了他的視線，雨水浸溼他的身體。**我是不是快要死了？**接著，他的胸口漸漸感覺沒那麼緊，他開始吸得到空氣。剛開始每一口都很淺，漸漸地吸得到更多空氣，灰翅緊張的心情這才逐漸緩和下來。周遭的世界又再度敞開，眼睛看得見臉頰下面的綠草地。他側身無力地躺在地上，漸漸意識到灰板岩就在他身邊。

「灰翅？」她傾身靠近灰翅，溫暖的氣息呼在灰翅的臉上，「灰翅！」灰板岩的聲音充滿恐懼。

灰翅呻吟著，迫切想讓灰板岩知道他沒事。

灰翅聽到四周的腳步聲在他身邊停下來，「我們把惡棍貓趕跑了，」風奔的聲音聽起來很高興，「他們不會急著想要回來的。」

「灰翅還好吧？」蛾飛關切的聲音在他身邊響起。

「我不知道！」灰板岩顫抖著回答。

灰翅用力吸了一口氣，對她眨眨眼，「我不會有事的。」聲音微弱沙啞。

蛾飛聞一聞灰翅的身體，「他被斜疤咬得很重，不過應該會恢復得很好。」

「灰板岩，妳表現得很好，把斜疤從灰翅身上拉開。」風奔低頭查看傷勢，露出關懷擔憂的眼神。

灰翅無力地翻身趴在草地上，想要站起來卻完全使不上力。

「你就躺著休息好了。」灰板岩安撫著。

「謝謝妳，」灰翅喘著氣，「救了我。」

「我必須救你，」灰板岩發出呼嚕呼嚕的喵聲，「我不能讓我的小貓沒有父親。」

灰翅一愣，「妳的小貓？」他困惑地看著灰板岩，龜尾才是他小貓的生母，但他們其實不是他親生的，灰翅摸不著頭緒。

「我懷了你的孩子。」灰板岩溫柔地解釋。

灰翅一聽全身發熱，震驚不已。

「幹嘛那麼驚訝。」灰板岩發出呼嚕聲。

灰翅抬頭看著灰板岩，難以置信，「我的小貓。」此刻他內心喜樂滿溢，就要當爸爸了。灰翅用氣喘的聲音，吃力地對灰板岩說，「親愛的，」同時把鼻子埋進她濃密溫暖的毛髮，「謝謝妳。」

「等到天黑會比較安全。」閃電尾小聲說。

雷霆看了他朋友一眼，他們倆正一起穿越松樹林。他知道閃電尾講得有理，但是他就是耐不住腳爪發癢想再回到斜疤的貓營，就算是冒險也願意。「如果等到天黑，可能會錯過許多事情。」

「還能錯過什麼呢？」微弱的陽光斑點撒在閃電尾的身上，「我們不是早就知道斜疤要偷我們的獵物，還要把我們趕出森林。」

可是我必須再見紫羅蘭一面！在高地貓群遭受攻擊之後，雷霆已經有好幾天睡不著覺。他一心想著紫羅蘭，想著她是否在打鬥中受了傷？灰翅到他們貓營裡傳達消息的時候，嘴邊就有好多道傷痕。灰翅是來跟雷霆表達謝意的，說幸好雷霆事先警告，才讓他們能有所防備。不過即使如此，那還是一場硬仗。

他刻意避開閃電尾的眼光，「如果你不想去也沒關係。」何必讓自己的朋友冒險呢？

「我不會讓你單獨行動，太危險了，」閃電尾不以為然，「我只是要你坦承你想去那裡的真正理由。」

雷霆停下腳步，不自在地抖動耳朵。

閃電尾轉頭盯著雷霆，「你想再見她一面對不對？」他抽動鬍鬚。

雷霆感到全身發熱。

「我是沒差啦，」閃電尾聳聳肩繼續往沼澤方向前進，「你以為我沒有注意到嗎？你開口閉口就講紫羅蘭的事情，你一定很擔心她，對吧？」

「對。」雷霆趕緊跟上去。

閃電尾加快腳步，「那我們就趕快去看看她有沒有怎麼樣。」

雷霆心懷感激地跟在這隻黑色公貓後面，穿越荊棘叢間的一個狹窄通道。前方的樹幹之間透露出陽光，他們就快要到達沼澤地了。

閃電尾壓低聲音，「但願我們沒有被發現。」

「灰翅說他在腐爛的蘑菇堆裡打滾，掩蓋自己的氣味。」雷霆環顧四周樹根，看看有沒有腐爛的蘑菇。

閃電尾皺起鼻子說，「我們還是躲在下風處就好了。」快要到達松樹林邊界的時候，他們放慢了腳步。

雷霆從樹林裡向外看，「我想就算我們被發現也逃得掉，惡棍貓大多不善於在樹林裡奔跑，如果我們能夠逃進森林裡，那就安全—」

「噓。」閃電尾要雷霆別出聲。

雷霆順著朋友驚訝的眼光望去，有四隻惡棍貓從沼澤地的草叢裡走出來，朝森林的方向前進。雷霆認出其中一隻是紫羅蘭，心中大吃一驚。「趕快躲起來。」他迅速趴在一棵紫杉木下方，肚皮緊貼地面。

閃電尾也跟著迅速趴在他身邊，「他們朝這裡過來了！」

雷霆鑽入樹叢更深處，惡棍貓巡邏隊持續朝他們靠近，走過他們前面的時候，一隻惡棍貓開口說話了。從樹叢縫隙中望去，開口的是一隻黑色公貓，神情焦慮緊張。

「你覺得斜疤有看到我們離開嗎？」黑色公貓問。

「不用擔心，渡鴉。」紫羅蘭走在他旁邊，「斜疤忙著訓練格鬥技巧。」有隻年輕公貓走在紫羅蘭後面，一身亮澤的赤褐色毛髮，「我們要去哪裡狩獵？」另一隻玳瑁色的母貓從後面趕上來說，「你已經問第三遍了，小赤。」

「他是因為緊張才會這樣，杜松。」紫羅蘭回答，「你知道斜疤對我們私自出來狩獵有什麼樣的看法。」

「我根本一點都不緊張。」小赤憤怒地反駁。

紫羅蘭刻意忽略地說，「我們去兩腳獸的地盤附近。」

「那遇到狗怎麼辦？」小赤倒抽一口氣。

「我們跑得比狗快。」紫羅蘭回答。

杜松抱怨，「我們根本就不應該出來狩獵，貓營裡的食物擺著任由它腐爛。」

「斜疤為什麼不分給我們吃呢？」渡鴉憤怒地咆哮，「他把最好的獵物分給小刺和甲蟲，沒肉的分給我們，剩下的就擺著讓它腐爛。」

雷霆覺得義憤填膺。斜疤任由食物腐爛，然後讓這些貓挨餓！

「斜疤本來就很壞，」紫羅蘭的尾巴掃到紫杉的樹枝，「自從星花逃跑以後，就更變本加厲。」

「我很高興星花逃走了。」杜松說。

「不曉得她的孩子好不好？」紫羅蘭輕聲低語，「蕨葉說星花生了三隻小貓。」

這些惡棍貓走進森林更深處，雷霆豎起耳朵，惡棍貓交談的聲音被松樹林擋住，愈來愈不清楚。他心跳加速感到憤怒不已，斜疤竟然任由食物腐敗？雷霆從紫杉下面走出來，「我們去惡棍貓營地查探。」

「為什麼？」閃電尾跟在後面，「你不是已經看到紫羅蘭，她沒事。」

雷霆朝閃電尾眨眼睛，「你剛剛沒聽到嗎？斜疤正在訓練他的夥伴，我們必須知道他們的新招式。」

閃電尾渾身毛髮波動著，「你不要自以為天生福大命大，」他警告雷霆，「我們剛剛差一點洩露行蹤，說不定紫羅蘭已經發現我們了。」

雷霆倒希望紫羅蘭已經發現他了，他不相信這隻毛髮亮麗的灰色母貓會出賣他，他真的想見到紫羅蘭。

「雷霆？」閃電尾直盯著他看。

雷霆趕忙將自己從幻想中拉回現實，「如果斜疤忙著訓練格鬥技巧，壓根沒有注意到有狩獵隊離開貓營，那他也不可能發現我們。」雷霆從樹叢中跑出來，朝沼澤地前進。

閃電尾緊跟在後。

雷霆蹲低身體，跑向惡棍貓營地外圍的一處草叢。他放慢腳步同時聞著空氣中的氣

味，此刻是逆風，吹拂著他的毛，也吹來了惡棍貓的氣息，同時也把他的味道向後吹往松樹林的方向。

雷霆在草叢之間穿梭而行，走到他們上次藏身之處蹲下來，閃電尾也擠到他身邊，雷霆從草叢間的縫隙望出去。

斜疤在空地的邊緣走來走去，小刺則在空地中央和一隻棕色斑點的母貓對峙。母貓的眼裡露盡是恐懼，口鼻部汨汨流出鮮血。

斜疤走近他們，「這一次記得要擋開他的第一掌。」

那隻棕色斑點的母貓僵硬地點頭，絲毫不敢將目光從小刺身上移開。

小刺露出牙齒，「我這次要對她手下留情嗎，斜疤？」他尖酸地問。

「不！」斜疤扭頭，看到小刺眼中露出興味盎然的神情，不禁跟著發出呼嚕聲，「山毛櫸必須學到如果手腳太慢就會受傷。」

一隻淡色的虎斑貓走到空地邊緣，「讓我來代替她。」

「柳樹，走開，」斜疤對她投以警告的眼神，「妳的朋友需要學習。」

雷霆不禁心生同情，眼睜睜地看著柳樹不甘心地後退，而山毛櫸硬撐著準備迎接小刺的攻擊。

這隻黑白公貓蹲低身體瞇起眼睛，山毛櫸則是壓低耳朵。

斜疤用嘲笑的眼神看著山毛櫸，「這就是妳最害怕的表情嗎？」

山毛櫸豎起全身的毛，露出牙齒準備應戰。

「這樣看起來好多了。」斜疤尾巴一甩。

小刺掄掌撲向山毛櫸，山毛櫸側向一邊躲開攻擊，她的耳朵卻被小刺抓到，翻滾在地，眼裡露出痛苦的神情。

小刺後腿撐起身體，伸掌打算重重擊打山毛櫸，但是晚了一步，山毛櫸搶先跳起來繞到他後面。雷霆的心跳加速，心中暗暗祈禱棕色的母貓能夠智取這隻惡霸公貓。雷霆屏息看著小刺轉身接受山毛櫸一連串的綿密攻擊，他節節往後退縮，山毛櫸持續朝他的口鼻連環攻擊。

突然，山毛櫸停手轉頭向後看，驚訝地發現斜疤用前掌把她的尾巴壓在地上，讓她動彈不得。就在她看著惡棍貓首領時，小刺撲向她，猛踢她的腳，把她絆倒在地上。

此時柳樹衝向前，張大眼睛充滿恐懼，但是斜疤出聲警告，「退回去。」這隻淺色虎斑母貓只能含怒眼睜睜地，看著小刺毫不留情地狂打山毛櫸。

雷霆氣得發抖，多麼想衝出去保護那隻母貓。

「夠了。」斜疤甩一下尾巴終於開口，這時小刺才放過山毛櫸。

母貓掙扎地站起來，頸毛糾結成團，身上溼答答的都是血。

柳樹趕緊向前攙扶她走向空地的邊緣。

「山毛櫸還好嗎？」

雷霆看到兩隻小貓從蘆葦叢裡衝出來，詢問母貓的傷勢。

其中一隻黑色的小公貓先到，「她看起來像是受傷了。」

另外一隻灰白色的小母貓接著停在小公貓身邊，「妳剛剛打得很棒，山毛櫸！」

這時一隻橘白相間的母貓從他們後面跑來，綠色眼睛裡盡是憂慮，她看著山毛櫸，「這不是訓練，」她低聲嘶吼，「根本就是酷刑。」

「晨曦！」柳樹投以乞求的眼神，彷彿要她別再說了，「不要嚇到你的孩子。」

雷霆豎起耳朵，聽到那隻橘白母貓回答，「我不想粉飾太平。」晨曦瞪著斜疤，「小松跟小雨必須知道他們身處在什麼樣的陣營。」

斜疤迎向母貓注視的眼睛，雷霆開始緊張，斜疤說，「如果妳不喜歡我這裡，妳就帶著妳的小貓離開啊。」

晨曦瞇起眼睛，「離開就離開，沒在怕的。」

一隻深棕色的公貓從陰影處走出來，「別再說了，晨曦，」他焦急地低聲勸阻，「我們需要貓群的保護。」

晨曦轉身面對公貓，「剛剛的情況算是在保護我們嗎？」母貓望著山毛櫸，她正僵硬地舔著自己的傷口。

斜疤眼露兇光，「或許下一個就應該是妳上場訓練了，晨曦？」

深棕色的公貓立刻擋在母貓前面，「她還在餵奶。」他低吼著。

斜疤抖動耳朵，「這樣啊，苔蘚，那就由你露兩手給我們大家瞧瞧。」

黑色小公貓露出驚恐的眼神。

小母貓也緊緊靠在苔蘚身邊說，「別去，他會傷害你。」

苔蘚用鼻子輕輕碰一下小母貓的頭說，「誰也傷不了我的，小雨。」深棕色公貓走向空地面對斜疤，先看一眼蹲在空地邊緣的小刺，接著看著甲蟲，「你們誰要跟我過招？」

深棕色公貓的聲音裡沒有絲毫恐懼，雷霆對他的敬佩之情不禁油然而生。閃電尾在他身邊不安躁動著，「我倒希望能『領教』一下這幾隻賤貓的功夫。」他低聲怒吼著。

斜疤扭動鼻子示意甲蟲上場。

甲蟲起身穿越空地，用鄙視的眼神打量苔蘚。

苔蘚以毫無畏懼的眼神相對峙。

看著兩隻惡棍貓面對面，雷霆緊張萬分。

苔蘚瞄了斜疤一眼，「你要我練習哪一個招式？」

「你想練什麼就練什麼，」斜疤不屑地回答：「不論是哪一個招式甲蟲都有辦法對付。」

苔蘚瞇起眼睛，調整腳步，挺起肩膀。

晨曦焦慮的在一旁觀看，小松和小雨緊緊靠在母親身邊。山毛櫸伸舌頭舔著自己嘴邊的血。

「小心—」

晨曦話還沒說完就被一聲尖叫打斷，這個叫聲在整個沼澤地迴盪，聽起來像是貓頭鷹絕望的叫聲。

雷霆嚇得抬起頭，尖叫聲再度響起，之後傳來狗吠的聲音。說時遲那時快，小赤從松樹林裡衝出來，跟獵鷹一樣快速穿過沼澤地。他渾身透露著恐懼，一路衝向惡棍貓營地，後面跟著的三隻狗露出興奮的眼神，衝過草叢一路狂追。

雷霆被嚇呆了，「他把狗帶進貓營了！」

「糟了，小貓！」

在雷霆來得及阻止之前，閃電尾已經衝進貓營，穿過空地，把小松和小雨一起推向濃茂的蘆葦叢裡。

晨曦被嚇得瞪圓了眼睛。

「有狗！」閃電尾出聲警告，「朝這個方向跑過來了！」

話還沒講完，小赤就已經衝進了貓營。

貓營外響起了狗兒沉重的奔跑聲，兇惡的吠叫好像要把空氣震碎開來。雷霆彷彿聽得到自己血液奔流的聲音，也跟著衝進去，跑向閃電尾身邊。

閃電尾咬起了小雨的脖子，用力把小母貓推進蘆葦叢裡。

晨曦用鼻子把小松推向他姊姊，「躲起來！」緊張地說，「不管發生什麼事都不要出來。」

「我會守護他們。」閃電尾轉身看著廣場，背對小貓臨時藏身的地方。

晨曦在一旁擺出防衛的姿勢，「你們是誰？」

「我是閃電尾。」他豎起身上的毛。

「我是雷霆，」雷霆掃視貓營，「我們是森林貓。」苔蘚從空地退出來，甲蟲和小刺跳到斜疤前面，一隻橘色公貓從陰影處衝出來，後面跟著另一隻有黑點的虎斑貓。

狗兒們衝進了草叢，窩穴裡的貓四散逃逸，眼裡充滿恐懼。狗兒們在空地裡面又跳又扭，興奮地搖尾巴，好像不相信自己竟然這麼幸運。牠對著逃竄的貓兒們齜牙咧嘴，不斷出手攻擊。

就在一隻梗犬張開尖嘴，打算咬一隻斑紋母貓時，雷霆衝出來，朝那隻梗犬用力揮了一爪。那隻狗立刻轉移目標，憤怒地朝雷霆低吠。那狗嘴裡吐出來又臭又熱的氣體，讓雷霆感到既噁心又害怕。雷霆左右掌齊發攻擊，打得那隻狗哀哀叫，但牠還是繼續步步逼近。

這時苔蘚跑到雷霆身旁幫忙，蕨葉從貓營外圍衝進來，從狗嘴下方滑到狗的肚皮底下，躺著用後腳對著狗的肚皮。她吆喝一聲，開始用後腿猛踢，雷霆聞到血腥的味道。就在狗轉身要咬在牠身體下方的蕨葉時，雷霆順勢往狗耳上劃過去。

在空地的另一邊，斜疤、小刺、甲蟲和另一隻黃眼睛的虎斑貓聯手對付一隻褐紅色的混種狗，把這隻狗逼退到貓營的入口。他們沒有停手發動猛烈的攻擊，把那隻興奮的狗打到困惑不已。

這個時候青蛙快速從雷霆身邊衝過去，差點把雷霆撞倒。一隻黑色的狗追上來，流著口水衝過雷霆身邊，兩眼盯著青蛙這隻灰色虎斑貓。這時有一隻壯碩的棕色公貓突然從蘆葦叢裡跳出來，飛撲過來朝狗嘴揮出一掌。那隻狗差一點站不穩，生氣狂吠，青蛙撐起後腿對抗，棕色公貓落地站穩腳步之後，朝狗嘴惡狠狠地又揮了一拳。這時山毛櫸也衝上來幫忙，儘管自己剛剛被小刺打傷，嘴巴還在流血。她從狗的肚子下方衝過去跟青蛙並肩作戰，棕色公貓同時加入，朝那瘋狂亂咬的狗嘴狂打。

「雷霆！小心！」閃電尾的警告聲才剛傳來，雷霆隨即被推了一把，利齒喀擦聲落在他臉頰旁邊，剛好及時躲開狗兒迎面而來的攻擊。他一轉身，發現剛剛是蕨葉把他推開，他才得以避開梗犬的攻擊。恐懼襲上全身，雷霆開始掄拳往狗臉攻擊，苔蘚緊緊地趴在狗背上。四周打鬥吆喝聲此起彼落，雷霆不禁壓低耳朵。

在空地另一邊，那隻混種狗痛苦哀號著，斜疤、小刺、甲蟲和另一隻公虎斑貓就快要把牠趕跑了。斜疤滿眼恨意，惡狠狠地朝狗鼻子用力一抓，狗鼻上立刻裂開一道傷口，鮮血噴在斜疤身上。

這隻狗發出痛苦哀號，轉身逃往松樹林的方向。

雷霆心裡燃起了希望，朝那隻梗犬揮出一爪，那隻狗痛得瞇起眼睛，蕨葉撐起後腿，朝狗臉又來一抓，那隻狗企圖咬蕨葉，但是才剛一打開嘴巴就被蕨葉猛力一抓，痛得哀哀叫。接著狗蹲低身體想甩開緊扒在牠背脊上的苔蘚，牠那狗眼裡透露出驚慌，一步一步向後退，接著突然轉身跳過貓營外圍的草叢，穿越沼澤地狂奔而去，苔蘚趁機從狗背上跳下來，跑回貓營。

我們就要贏了！雷霆轉身面向那隻僅剩的黑狗。

他呆住了。

雷霆感到背脊發涼，那隻壯碩的公貓一動也不動地躺在空地邊緣，鮮血不斷從他身上汩汩流出，灑得周圍的地面一片殷紅。

靠三隻腳撐著的青蛙，每出一掌都幾乎要招架不住。山毛櫸踉蹌地跑到他身邊，她自己已經遍體鱗傷，痛苦難當了，但仍然勉強揮出一掌又一掌。

那隻狗張開嘴巴咬住青蛙，雷霆聽到骨頭碎裂的聲音，山毛櫸揮掌攻擊狗的鼻子，那隻狗這才鬆口，把青蛙丟到地上，轉身準備對付山毛櫸。

「青蛙！」柳樹疾馳飛奔而來，她咬住青蛙的頸背部，拖到一旁免得被狗踩到。

現在只剩下山毛櫸孤軍奮戰。

雷霆和閃電尾趕緊衝過去幫忙。

但是一團棕色的身影擋住去路，原來是斜疤。

「你在幹什麼？」雷霆瞪斜疤，「她需要幫忙！」接著向閃電尾打暗號，但是小刺和甲蟲卻纏住了閃電尾，把他壓制在地上。

斜疤對雷霆大吼，「不要輕舉妄動，否則殺了你。」

雷霆完全摸不著頭緒，「為什麼要這樣？」

斜疤看著山毛櫸不懷好意地說：「該是讓山毛櫸證明自己不是個吃閒飯的東西的時候了。」

「你不能這樣！」雷霆試著想衝過去，但是斜疤狠狠壓住雷霆的肩膀，雷霆掙扎著想要站起來，卻再度被斜疤壓下。

山毛櫸跌跌撞撞地看著斜疤，當那隻狗張開大口咬住她的肋骨時，山毛櫸眼裡露出難以置信的表情。她厲聲尖叫，接著狗咬著山毛櫸開始甩來甩去，像是在對付獵物一般。山毛櫸淒厲地叫著，拚命揮拳，眼神極度痛苦。這時雷霆聽到一聲吆喝，蕨葉衝了過來，像蛇一樣跳上狗的肩膀，攻擊狗的眼睛。

那隻狗痛苦大叫，把山毛櫸丟在地上，並且努力想要把蕨葉從背上甩下來。雷霆終於擺脫了斜疤，向那隻狗衝過去，不過那隻狗已經開始逃跑，兩隻眼睛流血，不斷地哀號，接著衝出貓營，跟著牠的同伴往松樹林的方向逃跑。

「山毛櫸？」蕨葉低頭查看山毛櫸的傷勢，但是她已經軟趴趴地癱在地上。

青蛙爬向山毛櫸，兩隻後腿在地上拖著，「她還有呼吸嗎？」他看著山毛櫸，低聲地問。

雷霆趕忙靠近，低頭嗅著山毛櫸的口鼻。雷霆感受不到她的氣息，她的身體也已經沒有起伏了，「她已經走了。」他喃喃地說。

蕨葉的喉嚨發出悲戚的聲音。

閃電尾站起身，生氣地瞪著小刺和甲蟲，「你們本來可以救她的！」

「為什麼要救？」斜疤在空地的中央開口說話。

他的貓營夥伴瞪著他，露出了難以置信的眼神。

甲蟲抖一抖身上的毛說：「她既不能打架也不會狩獵。」

小刺走到斜疤的身邊，「總之就是一個吃閒飯的。」

蕨葉瞪著斜疤，氣得背上的毛都豎立起來。她眼裡滿是怨恨的怒火，「是你害死的。」

斜疤嗤之以鼻，「不要怪我，」他噴鼻息說道：「我可沒有把狗引到這裡來。」

蕨葉這才愣住了，「小赤！」她往空地四周察看，「他跑哪兒去了？」

「他逃跑了。」小刺的語氣充滿嘲弄。

「這個膽小如鼠的東西。」甲蟲破口大罵。

「是鼠腦袋，」斜疤糾正，「要不然怎麼會把狗帶回自己的貓營？」

小刺瞇起眼睛說，「或許他是故意的。」

甲蟲一副興味盎然的表情，「他不是一直很愛抱怨嗎？這一招會不會是借刀殺人，想要把狗引過來對付你，」他對斜疤眨眨眼，「或許這是一個摧毀貓營的計劃。」

「不！」蕨葉向前一步，「小赤絕對不會想傷害我們。」

柳樹瞇起眼睛，「那他為什麼要把狗帶回家？」

小刺抖動耳朵，「如果我被狗追，我會往別的方向跑，不是跑回自己的家。」

雷霆環顧貓營，地上以及圍籬到處血跡斑斑，每隻貓都瞪大眼睛，飽受驚嚇。青蛙癱在地上，眼睛痛苦無神；苔蘚的眼圈周圍都是血；蕨葉的身上傷痕累累；柳樹全身的毛髮也凌亂不堪。看情形，每隻貓都是傷兵，誰也沒有辦法照顧誰。

一隻橘色母貓聞一聞棕色壯碩的公貓，「石頭死了。」她哀戚地望著公貓身上凌亂的毛髮。

斜疤眼睛一亮，「這都是小赤惹的禍。」

雷霆咆哮，「現在不要爭論是誰的錯，你陣營的貓受傷了，有兩隻因此送命，為什麼會發生並不重要，你必須負起照顧他們的責任。」雷霆瞪著斜疤說。

斜疤的頸毛全豎了起來，「你好大的膽子竟敢教我該怎麼領導！話說回來，倒是你怎麼會出現在這裡？」他露出尖牙利齒。

雷霆不安地移動腳步，小刺向他步步逼近，「我認為他是探子。」

甲蟲亮出利爪，「他是來製造麻煩的。」

斜疤壓平耳朵嘶聲說：「你擅自闖入我們的領土，照理說我應該把你的耳朵扯下來。」

雷霆面對惡棍貓首領，覺得一肚子氣。此時，天空烏雲密布，「你的同伴需要的是幫助，而不是另一場戰爭。」

「這是他們咎由自取，」貓營裡到處都是受傷的貓，而斜

疤甚至連看也不看他們一眼，「總之，他們不需要軟弱的部族貓幫忙。」

雷霆看著斜疤，難以置信，「我們剛剛幫你把狗趕跑了！」

閃電尾走到雷霆的身邊，對斜疤說：「你的貓都在挨餓，連保護自己都有問題，」他轉頭望著山毛櫸，「你擺明了不顧他們的死活。」

「我為什麼要管他們的死活？」斜疤背脊上的毛波動著，「他們是懦夫，打起架來跟小貓一樣。」

雷霆氣得四肢發抖，「他們打起架來跟狐狸一樣！」斜疤應該要保護這些貓，而不是鄙視他們，難道他對他們一點責任感都沒有嗎？

蕨葉走進空地，張大眼睛瞪著斜疤，眼裡盡是憤怒，「你根本就不在乎我們，從來沒有。」

這時候晨曦從蘆葦叢裡把小松跟小雨帶出來，嚴肅地看著蕨葉。苔蘚站在晨曦的旁邊，毛髮直豎，盯著斜疤，「蕨葉說得沒錯，你叫我們去偷，偷

來的食物卻只給自己和你的朋友享用。」說到這裡，苔蘚的眼神移向小刺和甲蟲。兩隻惡棍貓怒目回瞪，同時走向斜疤。苔蘚繼續說：「你對我們不好已經有好長一段時間！我們根本就是在挨餓，而你卻放任食物腐敗。」

晨曦走向蕨葉，「他們說得對，」她神情緊張，眼神在黑貓和斜疤之間游移，「你說要訓練戰鬥技巧，但根本是在凌虐我們。」

蕨葉跟晨曦點點頭，轉身瞇起眼睛著對斜疤說：「我們忍你忍太久了，」她嘶吼著，「你說那些部族貓是軟腳蝦，但剛剛是誰幫了我們？說不定，加入貓營我們會比較幸福！而現在可以確定的是，沒有你我們一定會更幸福。」

加入貓營會比較幸福？雷霆開始認真思考起這個問題，其他陣營能容納這裡所有的貓嗎？**他們願意收留他們嗎？**

一隻公虎斑貓穿越空地來到斜疤身旁說，「我們為什麼不離開呢？」他發出嘶吼：「這些沒有良心的貓並不感謝你，斜疤，那就讓他們試試自食其力是什麼樣子？」

斜疤瞇起眼睛，「阿蛇，這真是個好建議，在這裡只是浪費時間。」斜疤朝小刺和甲蟲甩一下尾巴，「你們都跟我一起走嗎？」

「我們幹嘛要留在這裡呢？」小刺抬起下巴說。

甲蟲抖一抖身體跟著附和：「就讓這些害蟲自生自滅吧。」

雷霆瞪著斜疤。**我絕不會像這樣丟下自己的貓群不管！**「他們是你的夥伴！而且都受了傷，他們說得沒錯，你讓他們失望透了！你怎麼那麼鐵石心腸。」

斜疤聳聳肩。「如果你這麼擔心，那你就照顧他們吧！」

雷霆愣住了，斜疤講的話正好道出他心裡的想法，這個問題他無法回答。**我有能力照顧這些貓嗎？**光是現在，森林裡的獵物就已經快不夠自己陣營裡的貓吃了，可是他也絕對不能丟下這些傷貓不管，他們的確需要幫助。

苔蘚滿眼怒火。「我們不需要照顧！」他低吼。

「比起被你照顧，我們更能照顧好自己！」蕨葉挺起胸膛。

晨曦用尾巴圈住小松和小雨，這兩隻小貓在發抖，原本毛茸茸的身體，現在寒毛豎立。晨曦開口：「我們實在不應該忍你忍那麼久。」

雷霆對這些貓感到肅然起敬，但是他們又該如何度過眼前的傷痛呢？他們之前就在挨餓狀況，現在又傷痕累累。雖然他們說是要自力更生，但他們辦得到嗎？

無論如何，至少他們擺脫斜疤了，雷霆看著斜疤。「沒有貓會想念你的。」

斜疤看著小刺說：「我們走吧，這裡散發著恐懼的臭氣。」說完斜疤又環顧四周的夥伴一遍，然後走出貓營。

小刺、甲蟲和阿蛇跟隨在後。

突然，有隻橘色的母貓尾隨過去，「我可以跟你們走嗎？」

斜疤轉頭瞇起眼睛看著她，「難道妳不想留下來陪這些遜咖嗎，燕子？」他用嘲弄的語氣問這隻母貓。

燕子壓平耳朵，「我不想跟獵物一樣地活著，」她怒吼：「我是狩獵貓。」

斜疤用贊同的眼神對她眨眨眼。「那妳最好跟我們走。」斜疤穿越蘆葦叢中的空隙，小刺、甲蟲、阿蛇和燕子一字排開，跟著他走出貓營。雷霆恨得爪子癢癢的，巴不得追上去，把這一群懦夫的耳朵扯下來。不過才剛結束一場大戰，太多貓受傷了，雷霆不想再啟戰端。

這時蕨葉突然開口說話，嚇了雷霆一大跳。

「我們應該去把礫心找來。」

雷霆對蕨葉眨眨眼睛。

「我以前在高影的貓營裡，看過礫心治病。」她繼續說：「靜雨臨終之前就是礫心在照顧她。如果有礫心在，他應該可以幫得上忙。」

「妳說得對，」雷霆跟蕨葉點點頭，「我不知道礫心能不能忙得過來，但是他一定會盡力。」

「我去把他找來。」閃電尾走向貓營入口。

苔蘚跟在後面準備動身。「要我也跟你一起去嗎？」

閃電尾邊走邊回答，「森林我很熟，我自己去會比較快。」

雷霆看著他的朋友快步走出貓營，心中很佩服他的果斷。雖然剛剛才和狗大戰一場，這隻黑公貓還是充滿了勇氣與決心。**我很幸慶能夠有這樣堅強的後盾，事實上我的整個貓群都很幸運。**他走向石頭嗅聞著，死亡的氣味讓雷霆倒退一步、寒毛豎立；接著他看著山毛櫸的屍體，不覺又打了一個寒顫。如果斜疤讓他們吃飽，並且和他們並肩作戰，現在這些貓就還活著。狗的確很危險，不過跟獾比起來，狗笨多了。一個忠誠團結的貓營一定可以智取並打敗他們。

「雷霆？」小雨小小的喵聲在後面叫著，雷霆轉頭。這隻小貓看著雷霆，「斜疤會回來嗎？」

雷霆猶豫了一下，小貓看起來很害怕，雷霆很想跟小貓保證一切都很安全，但真的是這樣嗎？誰知道斜疤下一步會怎麼做？

晨曦低頭舔小母貓的頭。「我們都不清楚，親愛的，」母貓一邊舔一邊說：「但是不管發生什麼事，苔蘚跟我都會保護你們的。」

雷霆胸口像是有塊大石頭般，覺得責任沉重。他必須幫忙這些貓，但該怎麼幫呢？就在他想辦法的時候，貓營入口的蘆葦叢有動靜，難道是閃電尾回來了？雷霆抬起頭，頓時感到心跳加速。他看到紫羅蘭走進來，嘴上叼著一隻鴿子，睜大眼睛神情驚恐。

紫羅蘭把獵物放在地上，「我們聞到血的味道！」她環顧貓營，看到遍地都是受傷的夥伴，不禁壓平耳朵。她衝到躺在貓營圍籬下的青蛙，他周圍的地面都是血，「發生什麼事？」

還沒有貓開口答腔，杜松和渡鴉跟著走進貓營，嘴裡各咬著一隻老鼠。他們放下嘴裡的老鼠，看到眼前貓營殘敗的景象，不禁寒毛聳立。

渡鴉的鼻子抽動著。「是狗的味道！」

杜松也嗅聞著。「你們有沒有看見小赤？他本來跟我們一起在兩腳獸地盤狩獵，然後他說他想要進去一條巷子看一看，我們說好晚一點大家再會合，結果他就失蹤了。」

柳樹瞇起眼睛。「就是小赤把狗引過來的。」

「引來這裡？」杜松的尾巴恐懼地抽動著，「他有沒有受傷？」

蕨葉焦慮地望了柳樹一眼。「他溜了。」

杜松和紫羅蘭互相交換眼神。

「膽小如鼠。」柳樹生氣地嘶吼。

紫羅蘭向淺色虎斑貓的後面望去，發現了山毛櫸的身體。「她死了嗎？」她急忙跑過去嗅聞她凌亂的皮毛。

「石頭也被殺了。」苔蘚一跛一跛走向壯碩公貓。

杜松睜大了眼睛，「小貓還好嗎？」她心急如焚地看了貓營一圈，終於看到小松和小雨依偎在晨曦的身邊。

晨曦用尾巴把小貓們圈得更緊。「雷霆和閃電尾把他們藏在安全的地方。」

「妳說誰？」杜松打量著雷霆，但是雷霆絲毫沒有注意這隻玳瑁色母貓的綠眼珠正盯著他看，因為他正注視著紫羅蘭。

這隻美麗的母貓看著雷霆，琥珀色的眼睛裡充滿感激。「你救了小貓?你是雷霆還是閃電尾？」

雷霆緊張地挪動腳步，覺得全身發熱。「我是雷霆，不過閃電尾也有幫忙。」說完雷霆低下頭不敢再看紫羅蘭，那樣會讓他的心跳愈來愈快。

蕨葉走向前補充說：「他們還幫忙我們把狗趕跑。」

雷霆低頭看著自己的腳。「要是能保護在場的每一隻貓就好了。」雷霆這時抬頭正視紫羅蘭的眼睛，突然感覺到害羞。

紫羅蘭用溫柔的眼神看著雷霆，「謝謝你。」她低語。

一隻黃斑母貓跛著腳走向前，肩膀上還沾有血跡。「斜疤遺棄了我們。」

一隻橘色公貓在空地邊緣掙扎著站起來。「斜疤說我們膽小如鼠。」他的聲音聽起來很受傷。

紫羅蘭甩一下尾巴。「反正狗嘴吐不出象牙，餘火，我們才不膽小呢。」

斑紋母貓不確定地望著紫羅蘭。「或許我們剛剛跟狗打架的時候，應該要更賣力。」

「蜜蜂！」紫羅蘭走向這隻母貓，聞一聞她流血的肩膀，「你們看看自己，全都好好看看自己，你們剛剛打架的時候一定跟老鷹一樣勇敢！」

蜜蜂焦慮地看著紫羅蘭。「斜疤走了，現在我們該怎麼辦？」

紫羅蘭抬起下巴。「先處理傷口，這些食物大家分著吃，」她把鴿子推向前，「今天大家都不要餓著肚子睡覺。」

她話還沒說完，貓營外面就響起一陣腳步聲，閃電尾衝了進來，礫心緊跟在後，嘴裡咬著一大團蜘蛛網。他停下來審視大家的傷勢，眼裡充滿憂慮。接著他跑向青蛙，這隻斑點灰貓是唯一站不起來的。礫心把蜘蛛網放在青蛙的旁邊，開始聞他身體，接著伸

掌從脊椎骨一直摸到後腿，不禁神色黯然。

雷霆趕到礫心身邊。「傷勢很嚴重嗎？」濃濃的血腥味充滿雷霆的鼻腔。

「我可以清理傷口止血，」礫心壓低聲音，「可是他的脊椎變形了。」

雷霆背脊發涼，這場大戰後，他現在才感受沼澤風的寒冷。「是已經斷掉了嗎？」

「希望沒有，」礫心小聲回答，「可能是發炎腫脹，還要再觀察。」

紫羅蘭這時加入談話。「有什麼我可以幫忙的嗎？」她眨著眼睛問礫心。

礫心從那團蜘蛛網中取出一些給她。「每一處傷口止血前，都要先清理乾淨，務必要——」

紫羅蘭沒等他把話講完。「我了解。」她隨即咬著那些蜘蛛網，走向蕨葉聞一聞她的身體問：「妳哪裡受傷了？」

這時，礫心提高音量大聲宣布。「每一隻貓都要把自己身上的傷口清理乾淨，如果有自己清理不到的地方，就請朋友幫忙。」

晨曦立刻走向蜜蜂身邊，小松和小雨跟在後面。

苔蘚開始聞起餘火的身體。「你的下巴有一個傷口。」他告訴那公貓。

「你還是先處理自己的傷口要緊。」餘火點頭指向苔蘚眼睛周圍汩汩流出的血。

紫羅蘭轉身對雷霆說：「你有受傷嗎？」

「沒有——」話還沒說完，雷霆突然感到前腳一陣劇痛。他抬起前腳一看，竟然有一道傷口，難道是被那隻梗犬咬到？他實在是想不起來了。

紫羅蘭急忙跑向他。「被狗咬傷可能會變得很嚴重。」她坐下來用雙掌把雷霆受傷的前掌抬起來，開始舔了起來。

雷霆連忙把前掌抽開，全身發熱。

紫羅蘭驚訝地看著他。「對不起，」她焦慮地抖動耳朵，「我只是想幫忙。」

雷霆的舌頭彷彿打了結。「我自己會清理傷口。」他結結巴巴地說。

紫羅蘭聳聳肩。「那好吧，」接著她轉向閃電尾問：「你有沒有受傷？」

閃電尾搖頭回答：「我毫髮無傷，不過這純粹是走運。」

小松跟小雨緊緊靠在晨曦的身邊，看著晨曦用舌頭清理蜜蜂耳朵後面的傷口。小松望著貓營入口，小雨則幾乎藏進橘白母貓的懷裡。

這時候灰濛濛的天空下起雨。

看到小貓驚恐的眼神，雷霆內心十分糾結。萬一斜疤又回來了？或者狗又跑回來鬧呢？這是有可能的，因為他們已經發現了這裡住著一群貓。更糟的是，萬一引來更大一群狗怎麼辦？雷霆看著這些身受重傷、營養不良的貓，他們根本禁不起再次的攻擊。

「你們不能在這裡再待下去。」雷霆喃喃自語。

紫羅蘭轉頭看著雷霆問：「你說什麼？」

「這裡已經不再安全了，」雷霆用堅定的眼神看著紫羅蘭，「你們必須找一個新家。」

紫羅蘭在滂沱的大雨中眨眼睛看著雷霆。「哪裡是我們容身之處？」

第十四章

灰翅跟在閃電尾後面，雨不斷打在他的臉上。這隻黑公貓跑到高地貓的陣營，氣喘吁吁、全身溼透。灰翅本來勸他先找個地方躲雨，等身上的毛乾了再說，但是閃電尾抖一抖身體，要求立刻見風奔。

「她跟金雀毛出去狩獵了。」灰翅說。

「那就你跟我來，」閃電尾氣喘吁吁繼續說，「惡棍貓們需要我們幫助。」

「惡棍貓？」灰翅露出難以置信的眼神。

他跟著閃電尾跑入松樹林，思緒不斷盤旋。閃電尾往下坡跑，朝轟雷路的方向前進。灰翅開始感到胸悶，他放慢速度，閃電尾回頭確認狀況，灰翅還若無其事地點頭表示沒事。**我一定要調整好速度，現在我不能倒下去，雷霆需要我。**

惡棍貓為什麼需要幫忙呢？幾天前他們不是還來攻擊我們的狩獵隊？閃電尾拉拉雜雜地交代了狗的事情，又提到斜疤，還說現在惡棍貓們的處境很危險。**難道是斜疤拋棄了他的同伴，離開沼澤地了？**

灰翅內心燃起一線希望，如果斜疤離開了，那高地上的日子就可以恢復正常了。不必增派守衛，狩獵的次數也可以減少，這樣就可以再度睡得安穩了。

閃電尾停在轟雷路旁等候。灰翅也在一處沾滿雨水的草叢旁停下腳步，突然有隻怪獸衝向他們，呼嘯而過的時候，閃電尾趕緊擋在灰翅前面，擋住怪獸飛奔而馳所揚起的砂礫。灰翅感到一陣不悅，**你不必保護我**，他繞過閃電尾，衝上光滑的石子路，一直跑到轟雷路另一邊有松樹遮蔭的地方。

松樹底下淋不到雨，灰翅不禁鬆了一口氣，只有幾滴雨水穿透茂密的松針掉下來。閃電尾追上來，甩甩身體。

灰翅用前掌撥開鬍鬚上的水滴，腦中突然浮現一個念頭，愣了一下。「蕨葉沒事吧？」

「她受傷了，不過傷勢不嚴重，」閃電尾穿越松樹林，「有礫心在，他會照顧蕨葉。」

前方出現溝渠，灰翅跳過去。「受傷的貓很多嗎？」

「幾乎都受傷了，」閃電尾回答，「還有兩隻死掉。」

死掉！那一定是很慘烈的攻擊。「斜疤去哪裡了？」

閃電尾聳聳肩。「我不知道。」

「他為什麼要離開呢？是被狗趕跑的嗎？」

「不，」閃電尾告訴他：「在狗攻擊貓營之後，斜疤拋棄了他的夥伴。」

灰翅豎起毛髮，感到震驚不已。「拋棄夥伴？」

「斜疤走了，大家都很開心。」

終於！灰翅感到很欣慰，現在蕨葉自由了，「那斜疤是單獨離開的嗎？」

閃電尾搖頭。「甲蟲、小刺、阿蛇和燕子跟斜疤一起走。」

灰翅心一沉，斜疤不像他想的那麼孤立無援。萬一他又回來荼毒他的夥伴該怎麼辦？「我們必須把他們盡快遷離沼澤地。」但是要遷到哪裡呢？

他們到達沼澤營地的時候，雨勢已經漸漸趨緩，潮溼陰暗的午後逐漸進入夜晚。閃電尾帶著灰翅走進貓營，灰翅看著幽暗的空地，不禁腳底發麻。從營牆外圍草叢的破洞，看得出狗是從那裡闖進來的。潮溼的地面充滿血腥味，受傷的貓擠成一堆躲在空地邊緣的草叢裡，灰翅進來的時候大家都提高警覺。

他向大家點頭。「我叫灰翅，我是來幫忙的。」

蕨葉從低垂的蘆葦叢裡走出來打招呼。「灰翅，」她的眼睛看起來疲累空洞，「閃電尾告訴你了嗎？斜疤離開了。」

「我知道，」灰翅看到蕨葉沒事，這才鬆了一口氣，他用鼻子碰碰蕨葉的頭，「妳還好嗎？」

蕨葉轉頭。「我妹妹死了。」蕨葉看著躺在空地邊緣的斑點母貓。

「那就是妳妹妹？」

「她是我必須回到這裡的原因。」

閃電尾環顧空地。「雷霆在哪裡？」

「他跟杜松和渡鴉在挖墳墓，」蕨葉朝向營牆的一個缺口點頭示意，「他們就在外面。」

一隻漂亮的灰色母貓穿過空地而來，她耳朵和腳的外圍有濃密的黑毛，琥珀色的眼睛看起來很溫暖。「你是灰翅嗎？」

灰翅點頭打招呼。「是的。」

「謝謝你來，」紫羅蘭走到灰翅前面，「我是紫羅蘭，雷霆告訴我你可能有辦法找地方安置我們。」紫羅蘭望了一眼滿目瘡痍的貓營，「這個地方不安全，我們不能再待下去了。」

灰翅的耳朵不安地抖動著。一隻橘色公貓正一跛一跛地走在另一隻玳瑁母貓身旁，他認出他們就是之前攻擊高地的貓，就在前幾天，他們剛交手過。紫羅蘭充滿期待地看著灰翅，灰翅一時不知道該說什麼，「我會盡量想辦法。」他說完，轉頭往營牆外望去，「我必須先和雷霆商量商量。」

「那當然。」紫羅蘭走向一隻虎斑母貓，在她身邊蹲下來。這隻母貓在發抖，眼裡透露著悲傷，紫羅蘭靠過去安慰她，輕舔她的臉頰。

灰翅朝墳墓方向走，在低垂的草叢下方，看到礫心灰色的身影，「礫心！」

這隻年輕公貓正忙著照料傷患，聽到自己的名字立刻轉頭，嘴裡還咬著一團蜘蛛網。他對灰翅眨眨眼打招呼，又立刻轉頭回去繼續照顧那隻受傷的公貓。

「他忙著照顧傷患，」蕨葉解說：「他一到這裡之後就忙個不停，清理大大小小的傷口，用蜘蛛網止血。」

「這些貓受到的是一流的照顧。」灰翅發出呼嚕呼嚕的喵聲。其實他一點也不意外礫心會這麼用心，毫無保留地醫治這些惡棍貓。灰翅往營牆外圍草叢的空隙走去，轉頭對閃電尾說：「你留下來好好照顧他們。」

閃電尾點點頭。「我會好好守住貓營入口。」

灰翅走向一條小路，路上都是被壓平的草，到處泥濘，不久就看到雷霆橘色的身影，在漸趨昏暗的夜空下，顯得特別亮眼。在草叢隙縫中，一隻公貓屈身在一個地洞裡，用腳掌把土挖出來，旁邊另一隻公貓一起幫忙。就在灰翅走到墳墓的時候，一隻玳瑁母貓走向墳墓，跳下去，用爪子把爛泥巴挖出來，堆在墳墓邊緣。

雷霆把母貓挖上來的泥巴推開，旁邊的一隻黑色公貓負責把墳墓裡的泥灰扒出來。

灰翅難過地看著一旁平躺的兩具屍體，瘦削的骨架包裹著一層鬆垮的外皮，雨水淋在鬍鬚上，但這些鬍鬚卻再也不會抽動了。

雷霆抬頭看著灰翅。「謝謝你過來。」他起身，把沾滿汙泥的爪子往肚皮上抹。

「斜疤真的走了嗎？」灰翅問。

「至少現在不在這裡了，」雷霆回答：「但是我們必須先把過世的貓埋起來，再把活著的貓帶離這裡。」

雷霆身旁的一隻惡棍貓坐起來。「那些狗有可能會再回來。」

雷霆點頭指向剛說話的黑貓。「這是渡鴉，」接著他朝在墳墓裡挖土的母貓望去，「那是杜松。」

「嗨！」渡鴉點頭打招呼。

「你好。」杜松看了灰翅一眼，接著對雷霆眨眼睛，「你覺得這樣挖得夠深了嗎？」

「還要再挖得更深一點，免得狐狸把屍體挖出來，」雷霆站起來，腳上都是泥巴，「我跟灰翅講一下話，這裡就留給你們兩個收尾可以嗎？」

「我們沒問題的。」杜松一邊說話一邊又挖了一坨爛泥巴。

雷霆用尾巴示意，要灰翅跟過來，走進草叢中。

灰翅跟在後面，一直走到沒有貓聽得見他們說話的地方。

「我們要怎麼安置他們？」雷霆低聲問。

「他們不能繼續待在這裡了，這一點無庸置疑，」灰翅遙望著一片空曠的沼澤，「這個貓營已經不安全了。」

「我們可以把他們帶到高影的貓營，」雷霆建議，「因為離這裡不遠。」

灰翅皺起眉頭。「但是可能會因為離這裡太近，那些狗會聞出他們的行蹤，然後一路跟到高影的營地。」

「那如果帶到河貓那裡呢？」雷霆提出新想法。

「對這些受傷的貓來說，這一段路太長。」

雷霆望了一眼這被蹂躪過的貓營。「青蛙傷勢嚴重，甚至連走路都有問題，我也不知道我們該怎麼幫他穿越轟雷路。」

「這個到時候再說。」灰翅挪動腳步思索著：對這些惡棍貓來說，高地可能是最安全的地方，那裡的圍籬很厚，比較容易防守，而且每一隻高地貓都知道怎麼把狗從貓營引到石楠叢、金雀花叢和兔子窩，消耗狗的體力讓他們筋疲力竭、摸不著頭緒。但是他該怎麼說服風奔接納這些惡棍貓呢？對這些曾經攻擊過他們、搶奪過他們獵物的惡棍貓，風奔能歡迎他們嗎？灰翅皺起眉頭，心想無論如何都要想辦法說服風奔。這應該不會是長久之計，只要等到惡棍貓傷勢都復原了，或是找到了新家，他們就不必繼續再待在高地。想到這裡灰翅開口說：「到高地上如何？」

「到高地上的坑地？」雷霆的眼睛一亮，「他們在那裡會很安全，我看過高地貓怎麼對付狗。」

灰翅點頭說，「就先決定帶他們去高地，明天再想想下一步該怎麼走。」

這時他們後面的草叢傳來沙沙聲，灰翅回頭一看，原來是紫羅蘭。

她以充滿期望的眼神看著灰翅。「我們可以加入你們的陣營嗎？」

灰翅愣住了，**風奔是絕對不會同意的！**

紫羅蘭一定感受到了灰翅的猶豫。「我們不必全都加入同一個貓營，也許有一些可以加入你的陣營、有一些留在松樹林、一些住在橡樹林，不是還有河貓嗎？有一些可以去河那邊生活。」紫羅蘭看著雷霆說：「或許我可以加入你的陣營？」

灰翅抖動耳朵，雷霆這時瞪大眼睛看著紫羅蘭充滿期待的眼神，四目交會的瞬間，這兩隻貓彷彿迷失在彼此的目光裡。

這時雷霆開口說：「我必須跟我的夥伴商量。」他身上的毛不自在地抖動著。

紫羅蘭洋溢著幸福的表情，低頭害羞地說：「謝謝你！」

「雷霆！」杜松的聲音從草叢傳過來，「我們挖好了。」

「我馬上過來！」雷霆喊回去，同時看著灰翅，「事情就這樣定了嗎？我們今天晚上就帶他們去高地，明天再討論有哪些貓要去哪個陣營。」

「沒錯。」灰翅點頭。這好像是唯一的辦法，但是風奔會同意讓這些惡棍貓在她那裡待上一晚嗎？灰翅覺得自己想太多了。眼前最重要的，就是把惡棍貓們從這裡帶走。

「我去把其他的貓叫過來，」紫羅蘭的話打斷了灰翅的思緒，「他們應該會想跟自己的同伴道別，」說到這裡紫羅蘭躊躇著，神情黯然地說：「斜疤以前都是叫我們把屍體帶到垃圾堆，讓烏鴉和老鼠吃掉。」

灰翅聽完嚇一跳。這些把同伴屍體當成烏鴉食物的惡棍貓，能夠跟高地和森林中的貓和平相處嗎？

✦
✦
✦

當大家和山毛櫸、石頭道別，並把屍體埋好以後，夜色已經吞噬了沼澤地。雨勢漸趨緩和，但是月亮仍然被烏雲遮住。閃電尾在黑暗中來回踱步，好像急著要離開。灰翅把所有的惡棍貓召集前來，「你們有辦法走到高地嗎？」

灰翅看著大家，每隻貓臉上都充滿期待。

柳樹看著此刻還躺在空地邊緣的青蛙。

礫心蹲在這受傷公貓身邊。「青蛙需要用抬的。」

到底還有誰夠強壯呢？灰翅看看這些惡棍貓，苔蘚幾乎完全沒有受傷，渡鴉看起來狀況也還不錯，杜松剛剛挖墳墓一定是累了，但是灰翅看到了她熱切的眼神。如果再加上閃電尾，他們幾個應該可以把青蛙抬在中間。「苔蘚、渡鴉、杜松和閃電尾，你們幾個願意幫忙抬青蛙嗎？」

「當然願意。」苔蘚立刻跑到青蛙的身邊，渡鴉和杜松也馬上跟過去。等閃電尾一靠近，苔蘚就把頭伸到青蛙的肩膀底下，渡鴉咬起青蛙頸部的皮，痛得青蛙哇哇大叫。

「小心一點，」礫心提醒大家，眼裡露出憂慮，「他的脊椎骨受傷，動作太大恐怕會使傷勢惡化。」

渡鴉把青蛙推向苔蘚的肩膀。

青蛙又發出一聲尖銳的哀號。

礫心緊張得毛髮豎立，「停！」

慢慢地，苔蘚和渡鴉把青蛙輕輕放到地上。

雷霆對礫心眨著眼睛，「我們該怎麼辦？不能把他丟在這裡。」

礫心看著遠方，若有所思的樣子。這個表情灰翅並不陌生，礫心必定是在想辦法。

「青蛙，」柳樹蹲在他旁邊，「你不會有事，我們不會丟下你的。」

「我們搬動的時候，他必須躺平。」礫心喃喃低語。

灰翅皺眉。「這怎麼可能？」

礫心眨眼睛看灰翅，黑暗中眼珠閃閃發亮，「有辦法了！」礫心跑到貓營的入口，「我們必須找到一片夠大的樹皮，我在松樹林裡面看到好多，樹皮的弧度剛好可以護著他的身體，而且夠平，他可以躺在裡面，讓我們拖他去高地。」

閃電尾豎起耳朵。「我現在出去找。」

「我也去。」苔蘚跟著穿過空地。

「苔蘚要去哪裡？」小松焦慮地看著父親離開貓營。

「不是很遠的地方，」晨曦安撫小貓，「他很快就會回來。」

小松抬起下巴說。「我要跟他去。」說完小貓開始穿越空地，跟隨父親。

紫羅蘭向前衝咬住小貓的尾巴，「你得留下，」把他拖回媽媽那裡，「晨曦這一整天已經夠煩的了，別讓她再擔心你。」

小松努力掙脫這隻深灰色的母貓，不敢多說。高舉尾巴，悻悻然走回晨曦身邊。

灰翅看著前方的松樹林，烏雲遮蔽下，一片黑影幢幢。

大家都沒開口，靜待礫心、苔蘚和閃電尾回來。

終於貓營外面響起腳步聲，灰翅一愣。他趕緊衝到貓營入口，結果先看到的是閃電尾的尾巴，他嘴裡咬著一片樹皮，倒退著走，苔蘚和礫心則是在對面用推的。閃電尾把樹皮放在青蛙身邊，灰翅聞一聞，還有新鮮樹汁的味道，顯然這片樹皮還沒掉在地上太久，應該還非常堅韌。

礫心蹲在青蛙旁邊。「我們必須把你移到樹皮上面，會有一點點痛，不過忍一下就過去了。」

「我頂得住。」青蛙咕噥著。

柳樹走到青蛙的身邊，憂心忡忡的看著礫心，「你會很小心，對吧？」

「當然。」礫心小心翼翼地咬住青蛙的脖子，用眼神示意閃電尾和苔蘚一起幫忙。就這樣礫心在前面拉，他們在後面推，一起把青蛙移上樹皮。

青蛙呻吟著，眼裡充滿痛苦，全身無力地被放置在樹皮的弧度裡。紫羅蘭環繞樹皮踱步，看起來有些擔憂，「我們有辦法拖嗎？」

雷霆鼓起胸膛，「能不能拖只有一個辦法。」雷霆低下頭咬住樹皮的一端開始向後拉，樹皮移動了，杜松趕緊過去幫忙，咬住另一端，就這樣兩隻貓一起把青蛙拉向貓營空地。

灰翅看著雷霆跟杜松把青蛙拉出貓營口，後面緊跟著一堆傷貓。灰翅不禁緊張起來，他們真的能夠把青蛙一路拖到高地嗎？到達高地的時候他又該怎麼跟風奔開口呢？

✦✦✦

「青蛙？」隊伍前方傳來柳樹緊張的叫聲，灰翅趕緊跑到隊伍前方察看。此時，頭頂上方雲層漸漸散去，閃爍的星星依稀可見，他們已經到達高地。在黯淡的星光下，高地上的坑地依稀可見，像是山丘上的一片暗影。

柳樹低頭查看樹皮，青蛙的身體癱軟在上面。

「他怎麼一動也不動？」柳樹用求助的眼神看著礫心。

礫心聞一聞青蛙的鼻子說：「他還有呼吸，但是很微弱。」

「求你幫幫他！」柳樹顫抖著尾巴哀求。

柳樹驚恐的語氣讓灰翅內心感到很糾結。

礫心看著柳樹，「我可以處理外傷、止血，但是青蛙是身體裡面的傷，我就沒有辦法。」

柳樹眼裡露出憤怒。「可是你把他從那麼遠的地方帶過來，」接著望著前方不遠的低地，「就差這麼一步，他一定要撐過來。」

青蛙輕輕呻吟。

柳樹急忙跑到他身邊。「青蛙，一定要堅持住，我們就快到了，你一定會沒事。」

灰翅看到青蛙的尾巴垂到地上。

柳樹跳過樹皮把尾巴好好地擺到青蛙身體旁邊。

青蛙沒出聲。

「青蛙？」柳樹趕緊低下頭，不斷舔舐青蛙的肩膀，「你快說話！醒來！要睡等到安全了再睡。」

礫心把前掌放在青蛙的身上。

看到礫心黯淡的眼神，灰翅的心往下一沉。礫心掌下的青蛙一動也不動，已經沒有了呼吸。

「青蛙！」柳樹一聲哀號。

「很遺憾，」礫心沙啞地說，「他已經死了。」

「不！」柳樹張大眼睛向後退。

紫羅蘭立刻衝上前，安慰渾身發抖的柳樹。「怎麼那麼多夥伴都死了！」

雷霆走向前，「這會是最後一位。」他看著灰翅，星光下灰翅的眼睛似乎並非這麼有把握？

灰翅低頭表示哀傷。「現在已經沒有必要再把青蛙拖到貓營了。」他輕聲說道，「我們應該把他埋在這裡，並且做個標記好讓他不被遺忘。」

就在灰翅說話的時候，從山腳下傳來一陣雜沓的腳步聲。灰翅轉頭一看，在月光下是風奔和金雀毛一路跑來。灰翅急著跑去見他們，不想讓風奔在不知情的狀況之下，迎面撞見這一群惡棍貓。

「原來是你，灰翅！」風奔放慢腳步接近時，毛髮不安地波動著，她看見了灰翅後面這一群惡棍貓。風奔嚴聲質問：「他們在這裡想幹什麼？」

金雀毛瞇起眼睛，仔細觀察這一群狼狽不堪的貓。

灰翅不斷挪動腳步。「他們的貓營遭受狗的攻擊，斜疤拋棄了他們，只帶走了他的黨羽。有三隻貓死掉，大部分都受了傷，我告訴他們今天晚上可以待在這裡。」灰翅毫不退縮的眼神看著自己陣營首領的眼睛，「他們的貓營已經不安全了，他們需要我們的幫忙。」

風奔壓低耳朵，看著杜松、渡鴉和餘火。「前幾天他們還搶我們的獵物，那時候怎麼看不出來需要什麼幫忙。」

灰翅態度堅決。「當時他們是沒得選擇，不服從斜疤的下場就是死。」灰翅看了蕨葉一眼，想起她對斜疤的畏懼，「但是斜疤現在已經跑了，這些貓就跟我們沒兩樣。」他但願自己說的這番話是對的。

「真的假的？」風奔走過灰翅身旁，繞著杜松、渡鴉和餘火怒目而視，「現在是要我們信任你們嗎？」

「我們不會傷害你們。」渡鴉趕緊回答。

風奔不以為然地噘起嘴。「上次我們碰面的時候，如果你也這麼想就好了！」金雀毛走到風奔身邊。「看他們現在的樣子也傷害不了我們。」

風奔瞪著金雀毛。「所以依你的意思，我們應該收留他們嗎？」

「至少等過了今晚再說，」灰翅懇求著，這時寒風刺骨，灰翅開始發抖，「他們需要一個落腳的地方。」

晨曦走向前把小雨和小松推到風奔前面，哀求著說：「至少讓我的孩子留下來好嗎？」

「我不要！」小雨把前掌插進草地裡。

「我們要跟妳在一起！」小松急切的眼神看著母親。

苔蘚走到他伴侶身旁說：「晨曦，沒關係，我們自己可以保護他們。」

晨曦沒理會苔蘚說的話，眼睛盯著風奔繼續哀求，「孩子們還小，留在高地上會凍死，求妳收留他們，他們不可能傷害妳。」

風奔看著小貓，眼神有些猶豫。

灰翅趕緊跑到風奔身邊勸說：「母親和小貓一定要在一起，不能分開，把他們全都留下來。他們現在對我們已經不是威脅，而是需要保護的一群貓。如果狗追蹤他們的氣味追趕上來，或者，斜疤又跑回來，那該怎麼辦？」

風奔聽了寒毛直豎，「如果狗在追蹤他們，那就更沒有理由把他們留下來。」

「我們可以把狗趕跑，」金雀毛突然開口講話，嚇了灰翅一跳，「就算是斜疤來了，我們也沒在怕，」金雀毛看一看小貓繼續說：「我們不能拒絕他們。」

雷霆走向前。「如果妳允許的話，閃電尾和我也可以留在這裡，如果有麻煩我們可以彼此照應。」

灰翅充滿期待地看著風奔。「讓我們證明我們比斜疤還強，斜疤遺棄了他們，這種事情我們做不出來。」

風奔眼光一閃。「我們不需要證明任何事情。」

柳樹走向前低下頭。「我了解妳為什麼不想收留我們，但是求你讓我把弟弟埋在這裡，我們就離開，他應該要安息。」

風奔順著柳樹的視線，看到躺在樹皮上面的一團毛球。「你們就這麼一路把他拖來這裡嗎？」

「我們原以為可以救他一命。」柳樹哀戚地說。

風奔眨眨眼，突然感到視線模糊，似乎眼前這幕悲劇讓她有點吃不消。「好吧。」風奔用沙啞的喵聲說道：「今天晚上大家都留下來，我會加派巡邏，一切的事情都等到明天早上再說。」

天上的烏雲漸漸退去，惡棍貓們沐浴在星光底下。

灰翅跟風奔點頭，「風奔，謝謝妳！」他感到如釋重負，這些惡棍貓至少今晚是安全的。

至於明天早上會發生什麼事？灰翅實在不想再傷腦筋，他轉身對柳樹說，「我們找一個有遮蔽的地方，把青蛙埋起來。」

清天看著紫藍色夜空中的月亮，走進漆黑的森林，結霜的樹枝透著銀色亮光。

花開走在他旁邊，腳踩過樹葉發出清脆的聲音，他們正要去四喬木。「你覺得風奔會要求你再多收留幾隻惡棍貓嗎？」夜晚的溫度低，花開講話時嘴裡還冒著熱氣。

「希望不會。」清天抖一抖身上的毛，一想起一眼就覺得良心不安，儘管他是星花的父親，清天還是不禁自責怎麼會笨到相信他，這次他一定要更加努力保護自己的陣營。

「她想聽聽各陣營跟新夥伴相處得怎麼樣。」距離上次風奔跑來要求他接納斜疤的惡棍貓，已經過了十多天。當時清天沒答應，這點讓風奔很不開心。但是清天跟風奔解釋，他才剛剛在前一天晚上接納了一隻惡棍貓，名字叫做小赤。當時他在貓營的邊界被發現，渾身毛髮凌亂受到極大的驚嚇，聲稱自己在兩腳獸地盤被一群狗攻擊。清天猜想攻擊惡棍貓營地的那些狗和攻擊小赤的狗應該是同一批。清天原本打算要把小赤送回兩腳獸地盤，但是星花堅持要讓這隻骨瘦如柴的公貓留下來靜養。儘管快水和蕁麻持相反意見，認為惡棍貓不能盡信，但是其他的貓卻有不同的看法。他們認為這隻可憐的公貓很明顯營養不良，身上的毛又被狗咬得東缺一塊西缺一塊，大家表決結果，同意讓小赤留下來。

當風奔來要求他多收留幾隻惡棍貓的時候，清天簡單地說：「我要養活的貓已經夠多了。」這是實話，其實清天還在擔心，快水仍然不信任星花，對其他惡棍貓一定也放心不下。為了避免快水的憂慮蔓延開來，清天決定限制接收惡棍貓的數量。

走著走著，前方出現一根倒塌的樹幹擋住去路，清天放慢腳步讓花開先跳過去，自己殿後。他腳下踩著冰涼溼滑的落葉，心中盤算著或許他應該再多接納一隻惡棍貓。現在斜疤已經不再來搶他們的獵物，獵物堆上的食物是夠吃的。小赤也證明自己的確是狩獵高手，抓到的獵物不但足以餵飽自己，還有多的能分給其他夥伴吃。

清天聞到了四喬木低地傳來的霉味，到達低地邊緣的時候，清天停下腳步往下看。風奔已經在空地中央來回踱步，灰翅坐在空地邊緣等待，河波這次帶了斑皮一起來，高影坐在他們的旁邊，礫心則好奇地聞著坡地邊緣被霜凍傷的植物。在淡淡的月光下，清天看到雷霆橘色的身影，很訝異他的肩膀變得那麼壯碩結實。印象中的他還是一隻活潑、愛爭辯的小公貓，現在怎麼已經這麼成熟了。

清天不斷地挪動腳步，感到愧疚不已。過去一個月來，星花生的孩子讓他感受到父子之間的那種緊密連結。他了解到他跟雷霆的關係應該有所改善才對，但是當雷霆質疑他沒有扮演好父親角色的時候，他不但沒有好好跟兒子談，反而是一堆藉口跟辯駁。**為什麼他白白浪費了扮演好父親角色的機會？**

但是當他看到雷霆帶葉青穿過空地，去找風奔講話的時候，不禁感到驕傲不已。即使是沒有他的教導，雷霆還是成為了優秀的首領。

何必再想以前的事呢？他能夠改變的只有未來。

清天領著花開衝下斜坡，穿越荊棘叢，走進廣場。其他各營首領紛紛轉頭看著清天在月光下飛奔而來，「大家晚安！」清天愉快親切地打招呼。過去一個月以來，這是清天第一次對前途感到無限樂觀，斜疤已經走了，各個貓營日漸茁壯；獵物開始從窩裡跑出來，每隻貓都得以填飽肚子。

風奔以挖苦的口吻說。「你看起來好像過得很不錯。」

葉青嗤之以鼻。「那是因為他沒有收容斜疤貓營裡的惡棍貓。」

清天訝異地眨著眼睛，他們為什麼這麼憤憤不平？難道惡棍貓給他們惹麻煩了嗎？「請問是哪裡不對勁了嗎？」

高影尾巴一甩。「各個陣營現在都很不安定，你應該試試看睡在一隻惡棍貓的旁邊是什麼感覺。上個月還來搶獵物，現在卻又跟你睡在同一個營裡。」

「這的確是不容易，」清天表示同情，「可是現在這些惡棍貓是在幫我們狩獵，而不是搶我們的獵物。」

河波的眼睛在月光下閃閃發亮。「的確，晨曦和苔蘚都是狩獵高手，」他說道：「雖然還沒學會游泳，不過正在努力學習，再過一個月他們就會抓魚。」

灰翅豎起耳朵，「小松和小雨的情形怎麼樣？」他關心地問：「他們適應得還好嗎？」

斑皮發出呼嚕呼嚕的喵聲，「他們就像兩隻小鴨子，等不及要學游泳。」

雷霆眨眼說：「他們應該還太小吧？」

河波抖動鬍鬚。「現在只准他們在有貓的陪伴下，在水淺的地方玩耍。等到他們能夠適應水勢，才會讓他們正式學游泳。」

風奔不耐煩地抽動尾巴。「我很高興晨曦和苔蘚還有他們的小貓能適應團體生活，」她悶聲咕噥著：「但願蕨葉、柳樹和蜜蜂也能這樣就好了。」

清天注意到灰翅的身體不安地波動著，難道是聽了風奔的話心煩？

「他們已經很盡力了。」灰翅抗議。

風奔看了灰翅一眼，「灰板岩說蕨葉拒絕進入兔子洞。」

「曉鯉也一樣啊，」灰翅提醒風奔，「不是每一隻貓都喜歡鑽到地底下。」

風奔沒有理會灰翅。「曉鯉告訴我柳樹經常在石楠叢裡迷路，害我們經常狩獵打到一半還要派人去找她。」

「負責訓練他們的貓正跟他們一起加緊練習，柳樹很快就會熟悉這裡的路徑。」

風奔打斷他的話。「蜜蜂的狀況最糟，」她繼續抱怨，「蕨葉和柳樹至少在努力，蘆葦盡量配合。不過蜜蜂實在太懶惰，她以為加入貓營就表示獵物會平白從天上掉下來。她搞不清楚要合作，事情才能運作。」

高影點頭，「杜松和渡鴉也會狩獵，不過他們只願意彼此在同一組，不想跟負責訓練他們的鋸峰和冬青一起行動。就算我把他們和其他的貓一起編到狩獵隊，他們兩隻到半路就自己脫隊。」

清天皺眉，「不過他們至少會分享抓到的獵物，對吧？」清天覺得有點擔心，斜疤

的惡棍貓不是來搞破壞的吧？

「他們有把獵物抓回來跟大家一起分享，」高影承認，「可是他們喜歡偷偷躲起來吃東西，並且把自己的窩蓋在離其他貓很遠的地方。」

「這點並不意外，」雷霆甩動尾巴，「我看過斜疤貓營裡的實際狀況，斜疤故意讓他的夥伴挨餓，還命令他們彼此傷害。要讓這些惡棍貓們信任我們，可能還要花上一些時間。」

葉青瞇起眼睛。「這就是餘火狩獵的時候，都獨來獨往的原因嗎？」

雷霆看著葉青。「他還不習慣跟其他夥伴在一起狩獵。」**尤其更不可能跟雲點同一組**，雷霆低聲咕噥著，想起了餘火拒絕團體行動的畫面。

葉青哼了一聲。「還有，他抓到獵物，都是先在貓營外面自己吃掉，我從來沒有看見過他抓什麼東西回來。」

風奔焦躁地踱步。「這些惡棍貓遵循不同的法則，他們永遠也學不會我們生活的方式。我們彼此照顧而且分享食物，他們大概永遠也不懂忠誠與分享會讓貓營更強大。」

灰翅抬起頭看著燦爛的星空，「要有耐心，」他低聲說：「我們自己不也是花了好長一段時間，才學會彼此合作。這些惡棍貓才跟我們一起生活十多天，再多給他們一些時間適應吧。」

灰翅這番話講得有道理，清天內心充滿溫暖，深深覺得自己的兄弟仁慈又有耐心。

灰翅繼續說，「還有一點大家不要忘記，我們以前也接納過新成員，」他說，「風奔，妳以前就是一隻惡棍貓，」說完朝這隻高地貓充滿敬意地點頭，「還有妳，花開。」

清天看著玳瑁母貓，心想他們一定都還記得，當初自己要適應貓營生活的情形。

葉青露出不耐的神情。「我們以前也當過惡棍貓沒錯，但是我們沒有跟斜疤這樣的壞蛋混在一起，他們竟然選斜疤當首領，要我們相信他們實在很難。」

高影嚴肅地看了這隻森林貓一眼。「不久前他們還到處偷東西，現在要相信他們實在不容易。」

「貓會改變，」清天抬起下巴，他對星花和小貓的愛已經改變了他。星花雖然是一眼的女兒，但是她忠心又善良，絕對不輸給任何一隻貓。出身並不足以論斷一隻貓，也許仁慈善良會改變惡棍貓？「我們不能憑藉以前他們所做的事情來判斷他們，最重要的是他們此刻決定要做什麼。」

風奔不以為然。「你說得容易，清天，那是因為你沒有收容任何斜疤的惡棍貓。」

「我已經跟妳解釋過了，」清天為自己辯駁，「我有太多張嘴等著餵飽，而且我並不是沒有接納過惡棍貓。」

葉青壓低耳朵挖苦地說：「譬如說，一眼？」

清天壓抑住不悅，他們非得要這樣揭他的瘡疤才行嗎？難道他們能預知一眼後來會變得那麼貪婪和殘忍嗎？「大部分的夥伴都沒什麼問題！」清天看著花開點頭說：「花開是很棒的夥伴，荊棘、蕁麻、白樺和赤楊就跟其他在貓營出生的貓沒什麼兩樣。」

花開挺起胸膛說，「小赤是我們新加入的夥伴，他是狩獵高手，捉到的獵物遠多於自己吃的分量，我很信任他。」

灰翅露出訝異的眼神。

雷霆豎起耳朵。「你剛剛說**小赤**嗎？」

清天背脊的毛髮豎了起來，「是啊，」他不安地回答：「怎麼了嗎？」

灰翅朝他們眨眨眼。「小赤也是斜疤貓營裡的惡棍貓。」

清天大吃一驚，直盯著花開，「這件事情妳知道嗎？」

花開搖搖頭。「小赤只說他被狗追，需要一個安全的地方躲藏，我還以為他是從兩腳獸地盤來的。」

風奔一副興味盎然的表情。「他騙了你們。」

「他沒說謊，」清天豎起脖子上的毛，「他從沒說過自己是從兩腳獸地盤過來的，他只交代說他被狗從那裡追過來，是我們自己推測他家就在兩腳獸地盤。」

「但他沒有澄清，」風奔向前逼問，「你現在還信任他嗎？」她直視清天的眼睛。

清天迴避風奔的眼神，覺得渾身不自在，他可以理解為什麼小赤要誤導他。如果小赤承認自己是斜疤的同夥，那他們肯定不會收留他。然而小赤畢竟還是誤導他了，這種行為可取嗎？

河波站起來。「我們對新夥伴提高警覺並不奇怪，」他說道：「他們以前的確想要傷害我們，但誰沒犯過錯。我們都知道斜疤有多麼殘忍，他害死了蕨葉的妹妹，請問在場的任何一位，在面對惡勢力的時候，誰能真的能不屈服、勇於面對？」

風奔露齒不屑地說：「去偷去搶我辦不到！」

「辦不到嗎？如果是為了保護妳自己的小貓呢？」高影瞇起眼睛質疑。

清天感受到灰翅的眼神投向他。「河波說得沒錯，」清天說：「我們害怕或生氣的時候都容易犯錯。但是只要和好朋友在一起，就會發現自己善良的本性。這些惡棍貓在這裡，一定也會改變以前的行為模式。」

但是就在他講這些話的時候，他想到了小赤，此刻小赤就在他的貓營裡面，這點讓他覺得毛骨悚然，一隻惡棍貓在貓營裡跟他的小貓在一起！清天努力克制想要立刻衝回家的念頭，不斷用剛剛自己說過的話提醒自己：**荊棘、蕁麻、白樺和赤楊就跟其他在貓營裡出生的貓沒什麼兩樣？**話雖如此，他還是很不安，如果小赤跟一眼一樣呢？萬一他煽動貓營裡的貓跟他作對呢？會不會弄到自己最後無家可歸？他會不會傷害微枝、花足和露瓣呢？

「清天？」灰翅擔憂的看著他，「你還好嗎？」

在清天開口前，風奔搶先說：「他剛剛才突然體會到跟敵人生活在一起的感受。」灰翅眼裡充滿怒火。「這些貓是來跟我們求助的，」他瞪著風奔，「就算他們不喜歡鑽到地底下去抓兔子，經常在石楠叢裡迷路，那又如何？」接著灰翅轉向葉青，「他們可能需要些時間，才有辦法融入狩獵隊，或者把窩蓋得靠近一點。」說完灰翅又轉向高影，「他們來跟我們求救，要是我們真的以為自己比他們好，那就更應該要以身作則幫助他們！」

河波抬起下巴。「我們先信任惡棍貓才能贏得他們的信任，他們來找我們尋求安全的庇護，而我們也收留了他們。他們當然也會以善行相報，難道不是這個樣子嗎？」

葉青嗤之以鼻。「你的意思是說，如果我們信任狐狸，狐狸就不再是狐狸了嗎？」

「我們現在討論的不是狐狸，」清天駁斥，「我們講的是貓。」但是就在說話的同時，清天的心裡卻不斷出現這個畫面，小赤虎視眈眈地看著他的三隻小貓在空地玩耍。一隻隱瞞真相的貓，信得過嗎？

河波走到空地中央說：「清天是對的，如果要這些惡棍貓按照我們的方式過活，必須先讓他們相信，我們的生活方式的確會讓日子更好過。他們必須了解，和平、分享與榮耀對團體生活絕對是好的。對團體有幫助，當然也能提升個人的幸福。信任在先，才能贏得信任；先展現仁慈，才能帶動仁慈。」

清天調勻呼吸。**信任在先，才能贏得信任**。小赤會是個好夥伴，就像花開、荊棘和蕁痲一樣。

我只要信任就對了。

雷霆甩動尾巴。「我知道紫羅蘭是可以信任的，她在我的貓營裡很快樂而且很感恩，我相信過不了多久餘火也會融入團體生活的。」

風奔皺著眉頭說：「希望你說的沒錯。」

礫心舉起尾巴說：「沒有貓喜歡改變，但是改變卻不斷發生，這些惡棍貓可能是我們最好的禮物。」礫心看著天空，好像期待著上天會有什麼啟示。

清天跟礫心一樣仰望天空，距離上次他們的祖靈顯現已經有好一大段時間，清天心想，不知道風暴或亮川對這些惡棍貓有什麼看法。風暴有一次來到夢裡告訴清天，說他和星花在一起，祂感到很開心。風暴說的話安慰了清天，如果風暴現在也能開口，或許清天就能夠判斷他是否能夠信任小赤。但是天上的星星只是靜靜地閃爍著，空地上也沒有任何貓靈顯現的跡象。「我們回家吧。」清天建議，霜愈來愈濃，他感到愈來愈冷。

「該說的大家都說了。」灰翅警戒地看著風奔。

風奔蓬起身上的毛。「我想大家都各自回家吧，再這樣子站下去，遲早會凍僵。」

河波舔一舔嘴唇說：「貓營裡還有一隻鱒魚等著我們回去吃。」

斑皮發出呼嚕呼嚕的喵聲。「如果還沒被小貓們吃掉的話，這群孩子最近沒那麼愛吃老鼠，特別喜歡吃魚。」

貓兒們紛紛啟程走上斜坡，清天跟著花開走向空地的邊緣。

「清天？」雷霆從背後喊他。

清天停下腳步，困惑地回頭看雷霆。

雷霆站在空地中央，等待的眼神看著清天，其他的貓已經紛紛走進了荊棘叢。

「你先走吧，」清天對花開點頭示意，「回到貓營以後，替我看一看星花和小貓，跟他們講我一會兒就回家。」花開點點頭先行離開，清天走向雷霆，豎起毛髮納悶著，

「有什麼事嗎？」

雷霆眼神陰鬱。「我只是想要警告你。」

清天愣住了。

「小赤把一群狗引到惡棍貓營地。」雷霆對清天眨眨眼。

清天的心跳加速，**難道快水和蕁麻說對了？**「小赤是故意的？」

「不，但是這是一個非常嚴重的錯誤，」雷霆焦慮的眼神看著山坡頂端的森林，「你只是要特別留意他。」

清天打了一個寒顫。「謝謝你告訴我。」

雷霆別過頭去。「我不是要挑起紛爭。」

「我怎麼會這樣子想？」清天訝異地眨眨眼。

「我們對貓的信任是會改變的。」雷霆迴避清天的眼神。

罪咎感像一把刀子插入清天的肚腹。雷霆曾經警告過他不要相信星花，他的理由很正當，因為星花曾經傷過他的心，但是清天當時聽不進去，還對他很兇。「我們各有不同的立場，」清天承認，「不過一切都是我的錯，我應該要扮演好父親的角色，」說到這裡清天停下來，等雷霆的眼神轉回來再繼續說，「我剛出生的孩子讓我理解到，我實在虧欠你很多。」

「你沒虧欠我什麼，」雷霆喃喃低語：「我想我大概不是你想要的那種兒子。」

「不是這樣的！」清天的聲音有點含糊，他知道雷霆從頭到尾一點錯都沒有，**真正難搞的是我**，「我太愚昧了，看不出你有多特別。現在的你讓我感到驕傲，兒子，很遺憾錯過那一段時光，我應該好好陪伴你的。」

「那你就更應該好好對待你的新家庭。」雷霆的聲音裡聽得出一絲苦楚。

「我愛我的新家庭，」清天承認，「正因為我的新家庭，我才了解到自己有多麼愛你，對不起，我以前沒能對你展現父愛，」清天靠近雷霆，「但是我希望以後如果你需要幫助，儘管來找我。不管是憂愁也好，喜悅也好，我都希望能一起分享。現在說什麼想要當好父親的這種話，已經太遲了，但是我衷心希望，有一天我也能夠跟灰翅一樣，成為你生命中的重要角色。」

雷霆的神情謹慎，有一度，清天還以為雷霆想要說什麼話來回應他，但是雷霆最終卻只是聳聳肩。

「謝謝你，清天。」雷霆低語，轉身就走了。

清天看著雷霆走向斜坡，鑽進了荊棘叢。他明白雷霆還沒準備好對他敞開胸懷，或許這一天永遠不會到來，但是這又怎麼能怪雷霆呢？想到這裡，清天不由得悲從中來，是他讓自己的長子失望了，而且不管他再怎麼努力，那些錯過的往日時光再也回不來了。清天走向森林，心中暗暗決定，和雷霆的關係既然已經成為了不可挽回的過去，那對這個新的家庭，他一定更要好好珍惜。他一定要讓他們知道，他愛他們更勝於自己的生命。

第十六章

灰翅做了一個夢。

他腳下踩著松針發出清脆聲響，聳立四周的樹幹突然消失在陰影中，刺鼻的松樹汁味道充滿鼻腔，灰翅抬頭，黑暗吞噬了樹頂，他胸口緊繃，**我在這裡幹嘛？**接著四面的陰影向他襲來，愈靠愈近。**高地在哪？**他嘗嘗空氣的味道，內心焦慮不已。**我要回家。**灰板岩隨時都有可能要生了。黑暗緊緊包圍著他，讓他開始氣喘起來。灰翅眨眼睛，拚命想看清眼前的一切，掙扎著要吸到氣。灰板岩在哪裡？貓營的夥伴們呢？為什麼這裡只剩他一個？

突然間，一道光劃破黑暗，閃著星光的形體從他眼角的林間顯現。灰翅猛一轉身，拚命呼吸想要看個究竟。是貓靈祖先來了嗎？是不是來啟示他什麼事情？「龜尾？」他朝遠處黑暗中閃著光暈的模糊身影喊去。那個身影卻消失不見，「寒鴉哭是祢嗎？」有一隻閃閃發亮的公貓在遠方突然出現又立刻消失，「祢在躲我嗎？」灰翅感到沮喪不已，他陸陸續續聽到貓叫聲，看到光點之後猛然轉身，卻總是來不及看清楚是誰。「你們要做什麼？」灰翅的心愈跳愈快，呼吸也愈來愈困難。最後貓叫聲漸漸聽不見，黑暗也逐漸散去，前方出現亮光，黎明帶來了柔和瑰麗的光暈。

「灰翅！」灰板岩痛苦的叫聲從樹林間傳來，「幫我。」

「妳在哪裡？」灰翅朝前方的亮光奔去，他氣喘吁吁，在林間穿梭，「灰板岩，我來了！」如果能把這些樹都弄不見，就可以找到她，**只希望我能夠一直吸得到空氣。**

「灰翅！」

他突然驚醒，睡眼惺忪地連忙站起來。眨眨眼，他看到早晨的陽光照在窩邊的牆上，胸口終於放鬆了。他深吸一口氣之後，感覺如釋重負。

身邊的灰板岩挪動身體，痛苦地喊著：「灰翅，孩子們就要出來了。」

灰翅低頭看見灰板岩喘著氣，隆起的肚子緊緊靠著他，一時間睜大眼睛不知所措。

「快去找蘆葦過來！快！」灰板岩大吼。

灰翅這才衝出貓窩，三步併兩步穿越空地，朝蘆葦的窩裡探頭，「蘆葦？」

蘆葦蜷在曉鯉身邊，閉著眼睛。

「蘆葦！」灰翅放大音量。

蘆葦抬起頭，朝光線眨眼睛，「什麼事？」

「小貓就要出生了！」灰翅說。

曉鯉立刻坐起來。「我去找風奔，她比較有經驗。」

灰翅眨眨眼，想起了上次星花生小貓的時候，也是風奔幫忙接生的。就在曉鯉從他身邊衝過去的時候，灰翅問蘆葦，「你以前幫忙接生過嗎？」

「以前我還是惡棍貓的時候接生過。」蘆葦的神色黯然。

灰翅一愣。「那後來呢？」

「小貓們平安無事，」蘆葦往前走，刻意迴避灰翅的眼神，「但是母貓死了。」

灰翅的心一沉，快步跟上這隻銀色虎斑貓，「為什麼？怎麼會這樣呢？」

「那隻母貓在懷孕之前本來就生病，」蘆葦轉身看著灰翅，「灰板岩的身體跟老鷹一樣強壯，她不會有事的。」蘆葦穿越空地。

灰翅試圖保持鎮靜，想起龜尾當初生小貓的情形，他是在小貓出生之後才趕到現場，往事歷歷好像昨天才發生的一樣。灰翅想克制自己不要太過興奮，如果他的情緒太高昂，呼吸就會變得困難。現在情況緊急，不容許他有片刻的耽擱，灰板岩需要他。灰板岩會不會死掉？小貓會不會有什麼意外？現在他突然完全可以體會清天的心情，當初星花被綁架的時候，那該是多麼的焦慮啊。

雜沓的腳步聲穿過空地而來，風奔飛也似地超越灰翅，跟著蘆葦進入貓窩。灰翅伸頭察看情形，兩隻貓蹲在灰板岩身邊，她側躺著，圓鼓鼓的肚子上下起伏。

「不會有事的。」風奔告訴灰板岩。

「我們兩個以前都有接生過小貓。」蘆葦接著說。

「這世界上再也沒有比這更簡單的事情，」風奔說：「母貓生小貓是每天都有的事情。」

看到灰板岩痛苦的眼神，灰翅不禁緊張，「她一定很痛苦！」灰翅倒抽一口氣。

風奔轉頭對灰翅眨眨眼，「灰翅，你到外頭去等。」

「可是—」

「你在這裡一點忙也幫不上。」風奔堅持。

「可是我想陪在灰板岩身邊。」灰翅望著風奔。

「你到外面的廣場走一走，」蘆葦告訴灰翅，「盡量呼吸新鮮空氣，等一下你迎接小貓的時候，才不會上氣不接下氣。」

灰板岩呻吟著，四肢發抖。

「第一隻快出來了，」風奔把臉轉向灰翅，「到外頭去等！」

灰翅順從地退出貓窩，儘管每一根神經都催迫他進去陪在灰板岩身邊，但是蘆葦說得有理，他需要呼吸新鮮空氣讓自己鎮定下來。然而灰翅實在心神不寧，只好在草叢裡走來走去。高地上清新的風吹動他的毛髮，感覺有點冷，灰翅遠眺地平線，淡藍色天空逐漸出現粉紅光暈，旭日正從遠方樹影中逐漸升起，看來又要轉涼了。

「灰翅？」蕨葉跑過來，「曉鯉說小貓就快要出生了。」她看著灰翅貓窩的方向。

灰翅點點頭，這時貓營裡一陣騷動。金雀毛在自己的窩裡眨眼睛；塵鼻和蛾飛在岩石旁一塊陽光照射得到的地方伸懶腰；斑毛在吃剩的獵物堆當中東翻西找，蜜蜂這隻母惡棍貓則在一旁瞇著眼睛，那眼神似乎透露著輕蔑？

蕨葉開口打斷他的思緒，「你想要小母貓還是小公貓？」她的眼裡充滿興奮。

灰翅毫無表情地看著蕨葉，「我沒有想過這件事。」**公的或母的都很棒**。

「柳樹說禿葉季出生的小貓最強壯，」她舉起尾巴，「我就是禿葉季出生的。」

灰翅根本沒有在聽，不過看到這隻年輕的母貓這麼開心，總是一件好事。自從山毛櫸死了以後，蕨葉就一直提不起勁，儘管積極參與貓營事務，蕨葉卻總是步伐緩慢、眼神哀傷。今天早上好像是灰翅認識她以來，看到她真正開心的一次。她的毛皮光滑，結實的肌肉覆蓋了原本突出的骨架。「高地的生活好像很適合妳。」灰翅說。

蕨葉發出呼嚕呼嚕的喵聲，「我喜歡在這裡生活，成為你們的一份子跟待在斜疤的營裡天差地別。每個夥伴都很友善，風奔又那麼有智慧。」說到這裡蕨葉停頓了一下，「可是有時候我看風奔看著我的樣子，好像還是信不過我。」蕨葉神色黯然，「是不是我做錯什麼？」

灰翅對蕨葉深感同情，「妳沒有做錯什麼，只是風奔需要一點時間，可是一旦她信任妳，就會跟母親一樣對妳。」

蕨葉別過頭去，黯然地說：「我媽媽遺棄了我和山毛櫸。」

「就是因為這樣你們才加入斜疤貓營的嗎？」

蕨葉尾巴下垂，沒有回答。

勾起了這一段不愉快的記憶，灰翅感到過意不去，「好了，現在妳在這裡，我們就是妳的家人。」

「柳樹也是嗎？」蕨葉看著柳樹這隻淺色虎斑母貓，睡眼惺忪地從窩裡出來，「還有蜜蜂也是嗎？」

「那當然，」灰翅壓低聲音看著那隻黃黑斑紋的母貓，她依然用睥睨的眼神看著斑毛吃一隻已經不新鮮的田鼠，「不過你得說服蜜蜂多擔負營裡的責任，每一隻貓都要幫忙巡邏和狩獵。」

蕨葉不安的移動腳步說：「我會試看看，但是蜜蜂說她不——」

「灰翅！」風奔打斷了蕨葉的話，「快來看你的小貓。」

「已經出生了嗎？」灰翅興奮地穿過空地，鑽進窩裡。

灰板岩躺在床上，在微光中對灰翅眨眨眼，眼裡充滿喜悅。看到灰板岩的眼神，灰翅的內心幸福滿溢。灰翅接著往灰板岩的身旁望去，三隻小貓正在懷中吃奶。灰翅走近，一隻又一隻地聞著。一隻深灰色的小公貓推著一隻淺灰色的虎斑母貓，小母貓旁邊的另一隻小公貓呼嚕嚕地叫著，黑白相間的毛皮看起來蓬蓬的。

「小貓很漂亮。」灰翅的喉嚨呼嚕嚕地震動著，內心充滿了愛。很訝異這種感覺竟然如此熟悉，原本還以為，對於自己的骨肉感覺肯定不一樣，灰翅這才驚覺他自己有多麼愛龜尾的孩子，這麼一想又覺得更幸福了。**原來我感受過的愛有那麼多！**灰翅深情地看著灰板岩，「我保證好好教他們狩獵，教他們保護自身的安全，必定讓他們跟自己的媽媽一樣既強壯又勇敢。」

灰板岩也回望著灰翅，「小貓們真是幸運，有你這樣的爸爸。你扶養過這麼多孩子，他們每個都很成才。」

風奔點點頭說，「我們該走了，讓你們一家好好相處，」風奔說完低下頭舔舔灰板岩的臉，「妳表現得很好。」

蘆葦跟灰翅點點頭說：「我現在要帶支狩獵隊出去狩獵，灰板岩很快就會肚子餓的。」這隻銀色虎斑說完走出貓窩，風奔也跟著出去。

灰翅靠在灰板岩身旁，看著灰板岩餵奶。小貓們發出震動的呼嚕聲，灰翅也加入，

整個貓窩洋溢著滿滿的幸福感。

「灰翅？」有一個小小的喵聲把打盹的灰翅吵醒，灰翅張眼望向貓窩入口，原來是金雀毛的臉，「鋸峰和高影來探望小貓。」

灰翅站起來，把自己鋪床的青苔推向灰板岩，希望她能感到更溫暖舒適，小貓們依偎在媽媽的肚子旁邊。灰板岩睡著了，還打著呼，灰翅繞過小貓，跟著金雀毛離開。

天空中飄著細細的雪花，落地就看不見了。高影和鋸峰站在外面，身上有松針附著在毛髮上，他們的腳下還擺著一隻肥美的鴿子。

「我們給你帶了禮物。」鋸峰點頭打招呼。

灰翅蓬起身上的毛，鼻子被凍得有點痛，「謝謝你。」

「恭喜！」高影大聲祝賀，眼睛看著灰翅後面的貓窩，「我可以進去看嗎？」

「他們睡著了，」灰翅提醒，「不過我覺得灰板岩應該會很樂意。」

「我會儘量不吵到他們。」高影保證，然後就鑽進了貓窩。

鋸峰站在鴿子的旁邊，「我們在邊界遇到蘆葦，他說灰板岩生了，高影認為這是好預兆，想親自過來看一看。」

灰翅挺起胸膛，「這一胎生了三個。」

「這下子夠你忙的。」鋸峰說出過來人的心聲。

灰翅抖動尾巴，「別忘了我幫忙養育過礫心、梟眼和麻雀毛，還有雷霆。」

「我當然沒忘，」鋸峰抽動鬍鬚，「被你帶大的小貓，各個貓營裡都有。」

灰翅感到很自豪，他開心地看著鋸峰，不知不覺竟然懷念起以前的時光。「現在想來真是難以相信，當初我竟然不願意離開山區，」灰翅望著貓營外的金雀花叢，金雀花叢過去是崎嶇的高地，在冰冷的藍天下一望無際，「現在除了這個地方之外，我沒有辦法想像我的家還能夠在哪裡。」

「所以來到這裡你很開心？」鋸峰的聲音有些疑慮。

「當然！」灰翅轉頭看著弟弟。

鋸峰低頭看著自己的腳，「我跑掉的時候，靜雨派你來找我，對於這一點我一直有罪惡感。你本來想留在部落裡的，你之所以離開，其實是為了來找我。」

灰翅眨眨眼看著這隻灰色公貓，「還好當初你跑掉，」灰翅興奮地說：「要不是你跑了，我也不會來到這個地方，體會到自己竟然這麼愛龜尾……甚至之後遇到的灰板岩。」話才說完，灰翅立刻就感到一絲遺憾，「希望部落裡一切安好……」

「靜雨和陽影說他們找到的獵物都還夠餵飽肚子。」

灰翅把頭歪向一邊，「來到這裡，才知道生活不僅僅只是活下來而已，」風吹亂了他身上的毛，「儘管最近的獵物稀少，我們都知道新葉季帶來的獵物，會遠遠多於山區。高地和森林將會再度綠意盎然，溫暖的陽光會照在我們的背上。」

「溫暖的感覺很舒服，」鋸峰深表贊同，「而且也知道自己的小貓不會挨餓。」

灰翅想像著自己的小貓在石楠叢裡面奔跑，暖洋洋的風吹在他們身上，同時開心地品嚐第一口兔子肉的滋味。「你當初是一隻勇敢的小貓，」灰翅告訴鋸峰，「是你的自信把我帶到這兒來，為此我永遠感謝你。」

「真的嗎？」鋸峰的眼神變得柔和，「難道你從來都沒有怪我，害你走上這一段危險的旅程？」

灰翅安慰弟弟，「自從我第一次追捕兔子，嘗到第一口松雞的味道，我就不怪你了。」灰翅舔一舔嘴唇，回憶起跟龜尾分享松雞等情景，突然感到一陣心痛，開始胸悶咳嗽，他趕緊蹲下來，愈咳愈厲害，渾身顫抖，呼吸困難。

「灰翅，你沒事吧？」鋸峰蹲在他身邊。

灰翅發出氣喘的聲音，顫抖著讓咳嗽緩和下來。他的呼吸變得很短淺，他趕緊抬起下巴。為什麼自己的呼吸這麼急促？剛剛並沒有跑步，**難道是病情愈來愈嚴重？**灰翅感到忐忑不安，不敢再往壞處想，「可能是今天太興奮了。」灰翅輕描淡寫地說。

鋸峰焦慮的看著灰翅，「對。」

灰翅站起來，胸口感覺不再那麼緊，不禁鬆了一口氣。我沒病，他告訴自己，**我只需要好好休養一兩個月。**

「風奔！」高地上傳來一聲驚叫，灰翅緊張得站起來，覺得全身發熱，他聽出了是蘆葦驚恐的叫聲，「救命！快來！蕨葉受傷了！」

第十七章

蕨葉！灰翅的心揪成一團。難道是貓營遭受攻擊？「保護小貓！」他告訴鋸峰，內心忐忑不安，幸好，呼吸現在還順暢。

他飛奔過空地，同時回頭看自己的貓窩，**絕對不能讓我的孩子受到任何傷害**。曉鯉和斑毛已經朝貓營口飛奔，全身毛髮豎起。蛾飛緊跟在後，嘴裡咬著一團蜘蛛網，心裡已經盤算著要怎麼醫治蕨葉的傷口！

灰翅跟在曉鯉和斑毛之後衝出貓營。

風奔快速跑到斜坡上跟他們碰面。

「貓營有危險嗎？」灰翅衝到風奔前面停住。

風奔搖搖頭，「有東西攻擊蕨葉，不過已經跑掉了，蘆葦現在跟蕨葉在一起，正在想辦法止血。」

斑毛不停地繞著風奔，曉鯉在石楠叢裡衝進衝出地尋找，「蕨葉在哪裡？」

「聞看看哪裡有血的味道！」蛾飛從他們身邊跑過去，嘴裡咬著蜘蛛網，說話含糊不清。

斑毛和曉鯉連忙跟過去，灰翅看著風奔，「是被狐狸咬傷的嗎？」

「蕨葉還沒說，」風奔尾隨其他的貓，跑向一處金雀花叢，灰翅和風奔並肩奔跑，繼續聽她說：「蘆葦當時跟我和金雀毛在一起狩獵，我們聞到了血的味道，還以為是受傷的兔子。蘆葦向前衝，沒過多久就聽到他大喊蕨葉的名字，我們趕過去，看到蕨葉躺在草地上，身受重傷。」

灰翅努力壓抑內心的恐慌，到底是誰幹的？難道是狗來到高地上遊蕩？**我的孩子！**想到這裡灰翅突然又感到胸悶，他努力克制住呼吸，跟上風奔的腳步來到金雀花叢後方的一個低窪處。

蕨葉躺在草地上，黑色毛皮上染得都是血，在夕陽底下閃著亮光。她的口鼻還汨汨流出鮮血，耳朵也是。蕨葉的眼神充滿痛苦和驚嚇，茫然地看著圍繞在她周圍的貓。

灰翅覺得心好痛，這隻勇敢的貓曾經為了救星花冒了多大的危險。

斑毛被蕨葉的傷勢嚇得倒退一大步。

灰翅從曉鯉和金雀毛中間擠進去，蘆葦正低頭忙著照料，灰翅問，「傷勢怎麼樣，她還好吧？」

「我們要先幫她止血。」蘆葦說。

這時蛾飛從灰翅身邊擠進來，伸出腳掌壓在蕨葉顫抖的身上，那裡有一處傷口，血立刻滲過她腳掌上雪白的毛。

風奔很生氣的甩一下尾巴，「別在這裡礙事。」她用鼻子想要把蛾飛推開。

蛾飛定在那裡，腳掌依然壓住傷口，「妳剛剛沒聽見嗎？我們必須先止血。」

「那就趕快去多找一些蜘蛛網過來。」風奔命令。

蘆葦彈動尾巴，「讓蛾飛留在這裡幫忙，」他對風奔嗆說：「她知道該怎麼做，派曉鯉去找蜘蛛網。」

灰翅看到風奔露出驚訝的眼神，她轉頭對曉鯉示意，「妳聽他的吧。」曉鯉早就已經往下坡衝，鑽進石楠叢消失不見。

金雀毛緊張地移動腳步，「是誰幹的？難道有狗跑到這裡遊蕩？」

「這些傷口像是貓爪抓的。」蘆葦憂心忡忡地回答。

灰翅用目光搜索高地，**難道是斜疤？**他帶著黨羽回來報仇？

風奔舉起尾巴說，「金雀毛，你帶斑毛去尋找入侵者。」

「不，」蕨葉用小到幾乎聽不見的喵聲說，「不是入侵者。」

灰翅僵住了，沒想到蕨葉還能開口說話！他低頭靠近她，只見蕨葉滿嘴是血，灰翅看著她的眼睛問，「妳知道對妳下手的是誰嗎？」

蕨葉用迷茫的眼神望著他，努力聚焦。

灰翅又更靠近她一點，「妳不會有事的，」但願如此！「蘆葦會照顧妳，但我們必須知道到底發生什麼事。」貓營裡的其他成員會不會也有危險？

蕨葉抬起頭，顫抖著看灰翅的眼睛說，「是蜜蜂。」

「蜜蜂！」風奔倒抽一口氣。

灰翅又更靠近一點，思緒起伏著，「怎麼會這樣呢？」

蕨葉呻吟地說，「她說我是個叛徒，加入了高地貓營竟然還那麼開心，她還說斜疤一定會認為我膽小如鼠，她說要回去找斜疤。」

風奔發出一聲怒吼，「我早就知道不能相信惡棍貓！」

蕨葉畏縮地說：「妳可以相信我。」她的聲音沙啞。

灰翅用鼻子靠著蕨葉的臉頰，血的味道充滿他的鼻腔，「風奔知道可以相信妳，」灰翅故意不理會風奔的碎唸，「妳在加入我們的之前，就已經是我們的朋友，現在儘管放鬆心情，讓蘆葦照顧妳。」

「蜘蛛網呢？」蘆葦轉頭看到曉鯉正咬著蜘蛛網走過來，不禁鬆了一口氣。

曉鯉在他們身邊停下來，把嘴裡的蜘蛛網放在腳前。

蘆葦自己拿了一些，同時遞給蛾飛一些，「輕輕地放到傷口上面。」

蛾飛點頭開始將蜘蛛網敷在蕨葉身上，蘆葦則把蜘蛛網敷在蕨葉的肩膀上。

「蜘蛛網夠用嗎？」斑毛問。

「愈多愈好。」蘆葦回答。

曉鯉又跑去找更多的蜘蛛網，風奔在草地上踱步，她甩尾對斑毛和金雀毛示意，「把蜜蜂抓回來，帶回貓營。」

灰翅站起身，「這樣好嗎？」他又掃視了高地一遍，「萬一她跟斜疤在一起怎麼辦？只派兩隻貓是不是太危險？」

風奔瞇起眼睛，「我們一定要想想辦法！」

斑毛不耐煩的移動腳步，「或許柳樹知道這件事。」

金雀毛皺起眉頭，「她現在跟塵鼻出去狩獵了。」

風奔一聽突然感到背脊發涼，「那就更要找到她，萬一這件事是她和蜜蜂一起策劃的呢？」

「不可能！」蕨葉反駁，「柳樹跟蜜蜂不一樣，她喜歡這裡。」

灰翅點頭，「柳樹一直都樂於幫忙狩獵，收集鋪床的青苔，以及守護貓營，我不相信她會傷害我們。」

金雀毛的耳朵焦躁地抖動著，「不管怎麼說，先去找塵鼻要緊。」

話還沒說完，高地下方就出現貓的身影。

「他們來了！」金雀毛鬆了一口氣，趕緊跑向他們。

風奔警覺地觀察停下來跟金雀毛講話的柳樹，「我還能相信惡棍貓嗎？」

灰翅看了蕨葉一眼，**妳可以相信蕨葉**。不過他了解風奔的擔憂。風奔的心裡一定在想，其他的惡棍貓會不會跟蜜蜂一樣？要不要去警告其他陣營？斜疤營裡的惡棍貓之所以加入我們，會不會就是來找碴的？就在灰翅思緒翻攪時，柳樹朝他跑過來。

柳樹停下來看著蕨葉，眼裡充滿憤怒，「這真的是蜜蜂幹的嗎？」

灰翅低下頭看著地上說，「沒錯，是她。」

柳樹氣得身上的毛豎起來，抖動耳朵眺望高地怒道：「我要去找她，她怎麼可以傷害蕨葉？背叛接納她的貓？」

風奔狐疑地看著這隻淺色虎斑母貓，「妳還不知道為什麼嗎？」她挖苦地說，「妳跟她都是一樣的，都是惡棍貓。」

柳樹張大眼睛看著首領，「要是我知道蜜蜂會做出這種事，妳以為我會悶不吭聲嗎？」她抽動鼻子對著蕨葉說：「我會讓蜜蜂付出代價的。」說完就往下坡走。

金雀毛擋住她的路，塵鼻也沒打算讓她走，「太危險了，蜜蜂有可能已經找到斜疤，搞不好就等著我們去報復，這有可能是一個陷阱。」

風奔瞇起眼睛說：「要去就讓她去，或許斜疤還等著她呢。」

柳樹轉身看著風奔，氣得眼裡冒火，「妳要我怎麼證明？留下來沒有辦法贏得妳的信任，說要走，妳又說那是背叛－」

「妳真的以為出這種事，我還能相信妳嗎？」風奔瞪著柳樹。

柳樹氣得頸毛直豎。

灰翅也因為氣氛緊張而毛髮豎立，搞不懂風奔為什麼這麼不近人情？柳樹跟其他貓一樣忠心，狩獵和巡邏都盡心盡力，他對風奔說，「妳當然可以信任－」

金雀毛走到兩隻母貓中間，「我們必須把蕨葉帶回貓營。」他堅定地說：「如果這只是紛爭的開端，那就必須把她移到安全的地方，我們必須加派守衛嚴防攻擊，柳樹和斑毛就負責站第一班的崗。」

風奔正準備要開口，灰翅猜她大概又想說些什麼－不放心讓柳樹站崗之類的話。但是金雀毛使了個眼神，要風奔不要說話，他自己接著說：「柳樹沒有做錯事，我們必須信任她，沒有信任，我們就是一盤散沙。」

「非常好，」風奔簡潔回應，接著看著蘆葦問：「我們有辦法搬動蕨葉嗎？」

蘆葦檢查蕨葉身上的傷口，那傷口蛾飛已經處理過了。蘆葦點頭表示可以，灰翅向後退一步，曉鯉、金雀毛、柳樹和斑毛合力把蕨葉抬到肩膀上，小心翼翼地抬回貓營。

蛾飛走在灰翅和塵鼻的旁邊，身上沾滿了蕨葉的血跡。

風奔走在他們前面，緊跟著抬蕨葉的那一群。這時灰翅轉頭問蛾飛，「妳還好嗎？」

蛾飛點頭。

塵鼻小心翼翼地聞著自己的姊姊說：「妳的樣子看起來像是剛剛打完架。」

蛾飛抖一抖身上的毛，看著受傷的蕨葉，眼裡充滿擔憂，「可憐的蕨葉，希望她沒事。」

灰翅驕傲地看著這隻小母貓說：「剛剛妳很勇敢。」

塵鼻一陣戰慄，「剛剛妳碰蕨葉傷口的時候，難道不覺得噁心嗎？」

「不會，」蛾飛聳聳肩，「我覺得這是應該做的事啊，不幫忙我會感到很難受。」

「走吧，」灰翅用尾巴輕輕彈一下這兩隻貓，「萬一斜疤真的要採取什麼行動，我們可不能在高地上被他逮個正著。」

✦✦✦

「我認為斜疤應該不會再來騷擾我們了。」灰板岩輕聲說著，白尾、銀紋和黑耳這三隻小貓躺在灰板岩的懷裡。窩裡很溫暖，但窩外，入夜之後，就覆上厚重的霜。

金雀毛和曉鯉才剛剛去換柳樹和斑毛的班，灰翅心裡暗暗疼惜他們。他們得在貓營口的石楠叢旁邊站崗，面對又長又冷的冬夜。灰翅緊靠著灰板岩和小貓，「斜疤或許並沒有計畫做什麼，蜜蜂加入他並不意味著他就會發動攻擊。」

黑暗中灰板岩的眼睛閃閃發亮，「斜疤現在已經有五個同夥了，」灰板岩用尾巴緊緊箍住小貓們，「他有可能會繼續吸收新成員。」

「我們在這裡很安全，」灰翅告訴灰板岩，「金雀毛和曉鯉正在看守貓營。」**本來是我要站崗**，但是風奔不讓灰翅守夜，灰翅原來不想讓別的貓代替他，但就是說不過風奔和蘆葦這兩張嘴。

「我是真的想守夜。」灰翅堅持。

「你應該回去陪你的孩子。」風奔說。

蘆葦也點頭，「窩裡的空氣比較溫暖，夜晚外面的冷空氣對你的呼吸不好。」

灰翅生氣地瞪著這隻銀色公貓，但是沒有辯駁，他知道蘆葦的話有道理。就算是在自己溫暖的窩裡，有灰板岩和小貓陪伴，他還是覺得胸口緊繃，好像有不知名的怪獸伸出爪子要把他肺裡的空氣全擠出來。**過一會兒就會沒事的**，灰翅這樣安慰自己，即使內心恐懼不已。灰翅向前靠，聞一聞白尾身上柔軟的毛，深灰色小傢伙在睡夢中喵了一聲，翻過身去；銀紋伸長著尾巴，在他身邊磨蹭著。

黑耳抬起頭，睡眼惺忪地看著灰翅，「要起床了嗎？」

灰翅輕輕舔著這隻黑白小公貓的臉頰，「還沒，繼續睡。」

黑耳把頭枕在姊姊的背上，閉起眼睛。

灰板岩看著灰翅，「他們安全嗎？」

灰翅把臉貼在灰板岩的臉頰，「他們不會有事的，」他輕聲保證說，「只要我還有一口氣在。」

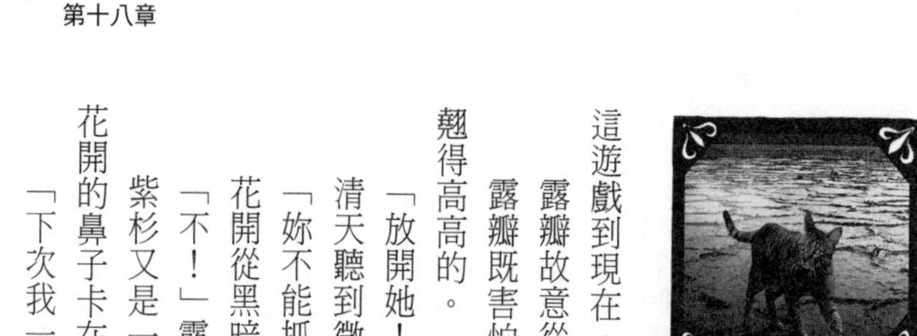

第十八章

清天趴在懸亙在貓營上方的一根彎曲的大樹枝，樹皮上的結霜讓清天的肚皮感覺很涼。夜間突如其來的寒流仍然籠罩著森林，清天從樹枝往下看，微枝、露瓣和花足在空地上跑來跑去，每次一經過紫杉就張大眼睛，既興奮又害怕地看著樹叢間的陰影。

清天抖動鬍鬚覺得興味盎然，這幾隻小貓從中午開始就玩這遊戲到現在，花開就蹲伏在紫杉下方。

露瓣故意從灌木叢邊跑過，此時紫杉木顫動，花開衝出來抓住她，把她拖進去。

露瓣既害怕又興奮地尖叫，花足和微枝趕過來救援。他們鑽進樹叢，毛茸茸的尾巴翹得高高的。

「放開她！」

清天聽到微枝大聲斥喝。

「妳不能抓她！」花足嘶吼著。

花開從黑暗處發出恐怖的叫聲，「我要吃了她！」

「不！」露瓣半撒嬌半哀號地求饒。

紫杉又是一陣顫動，微枝從灌木叢裡倒退出來，拖著露瓣；花足掙扎著脫身，趁著花開的鼻子卡在樹叢下方時，對這隻玳瑁貓揮掌。

「下次我一定要抓到你們！」花開在小貓們逃到空地另一邊時，假裝恫嚇他們。

清天看了覺得很驕傲，這些小貓圍在一起，不時望看紫杉那裡，清天猜想，他們大概是在擬定復仇計畫。

麻雀毛和荊棘在空地邊緣一邊看著小貓，一邊在獵物堆裡找東西吃。自從斜疤不再來偷他們的食物，貓營裡就沒有貓餓肚子了。儘管獵物還是很稀少，但是清天很開心看到夥伴們的狩獵技巧愈來愈純熟。小赤昨天抓了一隻鴿子回營，那是他爬到樹上抓到的。他還說要表演給大家看，要怎麼躲在樹枝彎曲處等待鳥兒靠近。

當然，清天問過小赤關於斜疤的事，而小赤也羞愧地低下頭，承認自己的確是斜疤的同夥。他乞求清天相信他之所以沒有表明出處，實在是因為他太想待在清天陣營了。清天是想相信他，但是小赤當初確實誤導了清天；清天同時也不能忘懷，小赤把狗引到斜疤營地。這是一個致命愚蠢的錯誤，如果他也把狗引到這裡，後果將不堪設想。

在貓營的邊緣，快水撥開一攤水窪上層結冰的水面，低頭喝水。「快來，你們一定渴了吧，」她對著小貓喊：「你們都已經跑了一整個上午了。」

小貓們眼睛一亮，衝到快水身邊的水窪，拚命喝水，而快水則是小心翼翼地咬著一塊薄冰穿越空地，途中經過白樺、赤楊，他倆正在往清天貓窩的坡堤下互相梳理毛髮。冰塊上的水滴在白樺的尾巴上，白樺打了一個冷顫，「妳是要給星花送水嗎？」

快水點頭跳上坡堤。

蕁麻和小赤走進貓營，腳上還沾有點點霜雪，小赤嘴裡咬著一隻老鼠。

蕁麻對清天說：「金雀毛朝我們這裡過來了，我們剛剛才看到他在邊界附近。」

清天站起身，從樹枝上一躍而下。他輕盈地落在小赤身旁，看著貓營出口的方向。

露瓣、微枝和花足跑向清天。

「我們可以去接他嗎？」微枝興奮地喵嗚問。

清天甩動尾巴，「你們還太小不能離開貓營。」

露瓣翻了個白眼，「你每次都這樣講！」

「我們不是一天一天在長大嗎？」花足抗議，「到底到什麼時候才算夠大？」

蕁麻用鼻子碰一下花足的臉，「等到可以跟狐狸打架。」

「或是惡棍貓。」小赤補充。

微枝擺出要打架的樣子面對小赤，「那就讓我跟你練習練習！」微枝要求，「你以前不是惡棍貓嗎？」說完他就撐起後腿揮出前掌，攻擊小赤的嘴巴。小赤假裝站不住腳，趴在地上。露瓣趁機跳到他身上，發出興奮的尖叫，花足負責攻擊小赤的尾巴，用前掌抓住，後腳猛踢。微枝整個身體猛撲上去，小赤轉身準備脫逃，被小貓們團團圍住，發出呼嚕呼嚕的喵聲。

清天不安地挪動腳步，**我真的能夠信任他嗎？**

看著自己的孩子們壓在小赤的身上，清天心裡打了個寒顫。小貓們樂不可支地放聲尖叫，小赤則不斷求饒，「不！求你們放了我！」小貓還那麼小，這隻紅褐色公貓其實可以輕而易舉地把小貓從身上甩下來。如果是一隻狗，更可以一口把小貓咬成兩截。

蕁麻打斷清天的思緒，「我要去接金雀毛進來嗎？」

「什麼？」清天對這隻灰色的公貓眨眨眼，沒聽清楚他說什麼。

「我不需要接，」金雀毛走進來，跟清天打招呼，「只要你們歡迎我就好了。」

「當然歡迎你，」清天趕緊走過去迎接，看到金雀毛嚴肅的神情，清天不禁擔心起來，「出了什麼事嗎？」

金雀毛看了小貓們一眼，走到空地邊緣，壓低聲音對尾隨在後的清天說：「我們營裡有一隻惡棍貓，今天跑回去投靠斜疤。」

清天湊近，緊張得毛髮聳立，「是誰？」

「蜜蜂。」

所以這些惡棍貓們不值得信賴嗎？恐懼像冰爪子揪住清天的肚子，「那其他的惡棍貓還忠心嗎？」

「他們表明自己是忠心的，蕨葉傷得很重，蜜蜂在逃之前攻擊她，」金雀毛坐下來，把尾巴繞到腳掌前，「風奔擔心其他惡棍貓會起而仿效，要我來提醒各首領。」

「你們知道蜜蜂為什麼要回去投靠斜疤嗎？」

「她說我們膽小如鼠，她情願和斜疤這樣真正的貓一起過活。」

清天看了小赤一眼。

金雀毛也順著他的視線望去，「你信任他嗎？」

清天思緒翻騰著，「他到目前為止沒做什麼錯事。」

「他有幫忙做事嗎？」金雀毛小聲問。

「有。」小赤經常自願輪值早班巡邏隊，捉到的獵物不但自己吃還分給夥伴。

金雀毛看著清天，「風奔很擔心惡棍貓滲透到我們的陣營，是為了製造事端。不過我不相信，因為柳樹一心想著找蜜蜂報仇，如果他們是站在同一線的，蜜蜂為什麼要把蕨葉傷得那麼重呢？」金雀毛停了一會兒又繼續說：「不過，在確定惡棍貓的居心之前，還是小心一點好。」

清天點頭走回空地，「微枝！露瓣！花足！你們已經玩了一整天，應該累了，去找星花，好好休息。」

小貓們停止玩耍，困惑地看著爸爸。

「可是太陽根本還沒下山。」微枝抱怨。

「立刻就要下山了，」清天用堅定的語氣說：「等一下就要降霜，回到窩裡待著比較溫暖。」

「可是我們玩得正開心。」花足抗議。

露瓣甩一下短短的尾巴說：「這根本不公平！」

清天皺起眉頭，「立刻回去。」三隻小貓這才慢慢地從小赤身上爬下來，心不甘情不願地往下坡走去，清天不禁感到有些內疚。

微枝用怪罪的眼神回頭看清天，「我們又沒做錯什麼事。」

「我知道，」清天的內心有點糾結，「回去陪星花，我等一下帶吃的回去。」

就在小貓爬上坡時，蕁麻向清天跑過來，「出了什麼事？」點頭指向消失在蕨叢裡的小貓，「為什麼你不准他們繼續玩？」

小赤從地上站起來，抖抖身體走向獵物堆。

清天看他離去才開口，「金雀毛說，有一隻惡棍貓回去找斜疤。」低聲跟蕁麻說。

蕁麻的眼光投向小赤，「你覺得他也會做出這種事嗎？」

清天抖動耳朵，心中有了個想法，「我不知道，但是我要找出真相。」

金雀毛起身點頭，「我要走了，在天黑之前，我還得去警告雷霆和河波。」

當這隻高地貓走向出口時，清天從背後喊，「蕨葉應該沒事吧？」

「她很強壯而且復原得很快。」金雀毛頭也不回地繼續前行。

「希望她一切安好，」清天看著金雀毛穿越荊棘叢圍籬，「謝謝你來。」

蕁麻背脊的毛波動著，「你要怎麼調查小赤是不是忠心？」

清天瞇起眼睛，「我有個計劃……不過需要你的幫忙。」

✦
✦
✦

玫瑰紅的曙光從禿樹枝之間撒下來，清天躲在橡樹根部的突起處。他在夜間月亮還高掛空中的時候，就離開貓營，一路跟蹤蕁麻和小赤的氣味來到這裡，這兩隻貓一整晚都在狩獵。

「為什麼？」小赤感到疑惑，不知為何清天把他拉到一邊，叫他整晚都得在外狩

獵。

「這是為了測驗你的技巧，」清天回答：「還有勇氣。蕁麻會陪你一起去，你可以狩獵但是不准吃，抓到的每一隻獵物都是要留給同伴的。」

剛開始小赤還一臉迷惑，後來點頭說：「好，沒問題。」

冰冷的天空下，清天清楚看見小赤的身影。清天藏身的橡樹根部位居下風處，不管是蕁麻或小赤都看不見他。

他看著蕁麻繞著小赤走來走去，「我們偷吃一隻獵物好不好，」蕁麻央求，「我好餓，清天不會知道的。」

「我答應過清天要把抓到的每一隻獵物都帶回貓營，」小赤回答：「你若真的想吃就吃，可是我不吃。」

蕁麻翻了個白眼，「你真的是鼠腦袋，」說完蕁麻把一隻死老鼠從樹葉底下翻出來咬了一口，「真好吃，」他一邊看著小赤一邊咀嚼，「你確定不吃？」

清天把身體向前靠，鮮血的氣味撲鼻而來，聞得自己都流口水，小赤此刻一定是又餓又冷。

小赤從蕁麻身邊走開，「我答應過清天，就要說話算話。」

清天皺起眉頭，小赤是不是太聰明了？知道蕁麻在試探他？是加強測試張力的時候了。清天從樹根後頭現身，走向那兩隻公貓。

蕁麻已經發現清天接近他們，小赤沒有留意清天已經來了，還在專心找尋獵物。蕁麻迅速把嘴裡的老鼠吞下去，把吃剩的老鼠推向小赤。

清天走向他們，豎起頸毛，「不是跟你說過可以狩獵但是不准吃嗎？」

小赤猛然轉身，看見清天嚇了一大跳。他的目光飄過老鼠殘骸，不禁流露出罪惡感，接著他瞄了蕁麻一眼。

蕁麻鎮定的朝小赤眨眨眼，「不是早就告訴過你不能偷吃嗎？」

小赤露出難以置信的表情看著蕁麻，「可是—」話說了一半，他轉向清天，繼續說：「很抱歉，我們實在是太餓，想說吃一隻老鼠也算不了什麼。」

清天訝異地把頭側向一邊，小赤竟然把同伴犯的錯都攬在自己身上。清天故意皺起眉頭，「你應該值得信任才對啊。」清天怒吼。

「我跟你保證，這種事不會再發生。」小赤開始撥開樹葉，露出一堆獵物。有一隻兔子、幾隻鼩鼱、外加一隻老鼠、兩隻畫眉鳥，還有一隻歐掠鳥放在最上層，「我們抓到很多獵物，沒有夥伴會餓肚子的，如果真的不夠吃，我就把自己的那份讓出來。」

這隻貓未免也太會演了！清天滿肚子狐疑，為什麼小赤會這麼有榮譽感呢？清天瞇起眼睛，「這樣還不夠！」他怒斥：「回貓營之前，再去多抓一些。」清天說完隨即轉身離開，再度躲在一處蕨叢，偷偷觀察小赤。

蕁麻把樹葉再蓋回獵物上，「你為什麼要幫我頂罪？」

「不知道，反正這麼做好像是應該的。」

蕁麻瞇起眼睛說：「清天就不會做這樣的事。」

「不會嗎？」小赤訝異地看著蕁麻。

「你知道在所有的陣營裡，清天是最壞的一隻貓，這你知道吧？」蕁麻沒等他回答繼續說：「其實他在監視我們兩個！他叫我們兩個出來狩獵打了一整晚，竟然還不相信我們。事實上他誰都不相信，儘管我對他一直忠心耿耿，他對我也一樣不信任。」蕁麻嗤之以鼻，「對清天效忠根本就在浪費時間，清天跟斜疤沒兩樣。你知道清天殺死過同伴嗎？還不只一隻。大家對清天都敢怒不敢言，都是因為害怕所以忍耐。」

「可是他對星花和小貓不是很好嗎？」

「那是理所當然的，」蕁麻憤怒地說：「因為他們是清天的親屬，不過清天對前任伴侶生的孩子就沒那麼好，聽說孩子的媽還跑掉了。」

清天躲在一旁聽得頭皮發麻，他要蕁麻測試小赤的忠誠度，但壓根沒準備會聽到這麼殘酷的實情。

「那一胎只有一隻小貓存活了下來。」蕁麻繼續說。

「你是說雷霆嗎？」小赤現在看起來有些緊張，「那其他的小貓怎麼了？」

蕁麻緩步繞著這隻惡棍貓打轉，「下落不明。」他幽幽低語。

小赤不安地挪動腳步，「你幹嘛跟我講這些？」

「因為你以前是惡棍貓，」蕁麻說：「我也是，還有很多其他的夥伴也一樣，我們認為你也會了解。」

「我們？」小赤看起來一臉困惑。

「我們有許多夥伴都對清天不服氣，」蕁麻承認，「所以當我們發現，把斜疤趕跑的這件事你也有份，我們的內心開始出現希望。」

「什麼希望？」

「希望你也能幫助我們做同樣的事，把清天趕跑。」蕁麻停下來專注地看著小赤。

小赤向後退，頸毛直豎，「你叫我把清天趕跑嗎？」

「你要做的事情就是幫助我們，」蕁麻繼續引誘，「只要清天一走，就不會有其他的貓對你頤指氣使，不會有誰要你整晚狩獵，更不會讓你餓著肚子去餵飽其他夥伴。」

「不，」小赤齜牙，「清天是個好首領，你們很幸運有這樣的領袖。你們認為清天很糟糕，那是因為你們沒有和斜疤相處過。」小赤甩動尾巴，湊近蕁麻，鼻子抵住鼻子，「我真不敢相信你竟然認為我會背叛清天！」

蕁麻瞇起眼睛說，「如果我們讓你當首領呢？」

小赤嘶的一聲，撲過去。

蕁麻尖叫一聲，鼻子被劃過一道。他連忙向後跳，伸掌防衛，「好啦！忘了我剛剛說的話。」

小赤發出怒吼，繼續擺出攻擊的蹲伏姿勢，「你這個叛徒。」

蕁麻向後退，「剛剛也只不過是隨口說說—」

小赤撲到他身上，嘶聲怒吼。

清天的心往下一沉，從藏身的地方跳出來，衝向這兩隻貓。伸出爪子勾住小赤的頸背部，把他從蕁麻身上拉開。

小赤掙脫，憤怒地看著清天，「你為什麼阻止我，他是叛徒！他慫恿我把你趕跑！他——」

清天打斷他的話，「是我叫他這麼做的。」

小赤瞪大眼睛，「你！」他露出難以置信的表情，「為什麼呢？」

在清天開口解釋之前，小赤垂下尾巴，「你在試探我！」他的聲音聽起來很失望。

清天全身的毛皮波動著，覺得有罪惡感，「金雀毛來報信說蜜蜂回到斜疤身邊，臨走前還攻擊蕨葉，所以我必須確認你不會做相同的事情。」其實說這一番話的時候，清天的聲音顫抖，聽起來有點心虛。

小赤對清天眨眨眼，清天不安地等待這隻惡棍貓接下來會怎麼做。他是不是把他逼得太過火?他會不會就這樣走掉?清天肚子緊繃，實在不想失去這麼忠心誠實的夥伴。

「小貓，」小赤終於沙啞地說：「你看到我和小貓們一起玩耍，所以你必須確定可以相信我。」說這話的時候，小赤眼裡露出同情與諒解。

清天低頭看著地面，「我必須防範不好的事情發生在他們身上。」

小赤一派輕鬆地說：「我會拚命保護你的孩子的。」

清天抬起頭，看到這惡棍貓眼底的真誠，「我相信你。」說完清天對蕁麻點頭說：「我覺得是時候了，可以讓小赤正式加入，成為我們的一員。」

第十九章

雷霆用後腿站立，肚子還被榛木叢的樹枝刺到。他忙著把蕨葉枝條塞到上方的榛木枝椏之間。

「這個很堅固。」紫羅蘭遞來另一根枝條，雷霆用前爪接住，把這一根與前一根接在一起。

雷霆的腿很痠，不過這一切都是值得的。就快下雪了，雷霆嗅到了森林樹葉上結了厚厚的一層霜。他們正在編織蕨葉以抵擋寒風，讓榛木叢底下的貓窩保持溫暖。夜裡如果氣溫真的很低，奶草、三葉草和薊花可以離開荊棘叢裡的育嬰室，跟其他的成員擠在一起取暖。三葉草和薊花已經大到可以離開育嬰室，搬到榛木叢底下自己睡了。

雷霆將前腳放下來稍事休息，紫羅蘭旁邊的蕨葉好像愈疊愈高，雷霆訝異地眨眼。

「雲點採了很多過來。」紫羅蘭一邊解釋，一邊點頭指向黑白色公貓的尾巴，他正鑽進一棵傾倒樹幹旁的蕨叢。

雷霆看著榛木叢，「這些都用得到的。」榛木叢之間還是有縫隙，正午已過，這些事情必須在今天太陽下山之前完成，今晚夥伴們睡覺的時候就會感到很溫暖。雷霆看著奶草說：「妳有沒有找到更多的青苔？」如果再用青苔補強，防寒的效果會更好。

奶草從傾圮的樹上跳下來，她已經收集不少青苔，現在又咬了一塊，疊在原本收集的那一堆上面。「這棵樹上的青苔已經被我扒光了，我得到山谷上方再去找一些。」

雷霆望著山谷上方，「妳自己要小心。」自從金雀毛帶來蜜蜂背叛的消息，雷霆就

一直小心提防。閃電尾和葉青正在空地裡訓練三葉草和薊花，只不過他們現在練習的不是狩獵技巧，而是格鬥技巧。

梟眼從傾倒樹木的樹枝堆裡走出來，「我會留意奶草的安全，」他保證，「我正要帶粉紅眼出去，要告訴他我最近發現爬上懸崖的一條新路。」

粉紅眼跟著梟眼走進禿葉季早晨的曙光中，「原本的路線我還應付得來。」

「粉紅眼，你的視力已經愈來愈糟了，」梟眼說：「往前跳的時候，你只要踩錯一步就會掉到山下。這條新路比較好走，可以落腳的懸岩間的距離比較緊密。」

粉紅眼哼了一聲，跟著梟眼穿過金雀花叢，「我眼力還行，往下跳幾塊懸岩還難不倒我。」

奶草跟在他們後面，「我會站從山谷上面往下喊，如果我看到斜──」話講到一半，奶草看見紫羅蘭正在看她。

「看到斜疤，」紫羅蘭猜出了奶草想講的話，她接著說：「妳講他的名字沒關係，我跟你們一樣也都不喜歡他。」她拿起另一根蕨葉，「你們要到什麼時候才能了解，我已經不是惡棍貓了？」

奶草低下頭，「當然，」她發出呼嚕呼嚕的喵聲，「很高興妳是我們的一份子。」

就在奶草走出貓營時，雷霆看著紫羅蘭，很開心夥伴們已經接納她，不過這也是意料中的事。紫羅蘭對每個夥伴都很好，每天早上都幫粉紅眼整理床鋪，換掉舊青苔；每次狩獵紫羅蘭都參加，而且還把最鮮美多汁的獵物留給三葉草和薊花。

要是餘火也跟紫羅蘭一樣那麼合群就好了，這隻橘色公貓喜歡獨來獨往，每天早上離開貓營，回來的時候什麼話也沒有講，自己就已經先吃飽了，對獵物堆沒有任何貢獻，昨天晚上更是一整晚都沒回家。

「怎麼了嗎？」紫羅蘭打斷了雷霆的思緒，「請問你要把工作告一段落，還是要這樣一整天繼續盯著我？」紫羅蘭的聲音聽起來有一點撒嬌。

雷霆頓時全身發燙，趕快看向別處，他忘了自己剛剛一直望著紫羅蘭漂亮的臉蛋。

紫羅蘭撐起後腳站立，把剛拔下的蕨葉枝條穿到榛木枝上，「沒關係，」紫羅蘭輕聲說：「我也喜歡看你。」紫羅蘭講這句話的時候，只顧做事，甚至沒多看雷霆一眼。

雷霆急著想要說些什麼，感到興奮莫名。好幾個失眠的夜晚，雷霆都在想著，不知道紫羅蘭對他是不是也有相同的感覺。第一眼見到紫羅蘭，雷霆就感到相當驚豔。紫羅蘭加入他的陣營之後，他發覺紫羅蘭溫暖、仁慈，而且樂意幫助夥伴。不過他就是不知如何對她說出心裡的感受，或許今天就是表白的大好機會。

「紫羅蘭？」雷霆看著紫羅蘭，她正要伸手去拿另一支蕨枝條。

紫羅蘭停下動作，與雷霆四目相望，「怎麼了嗎？」她琥珀色的眼眸露出期待。

「你覺得我們可不可以……」雷霆緊張到不行，接下來該說什麼？他舌頭根本就像死掉的獵物動彈不得，「或許……」雷霆囁嚅著，心裡七上八下的，只是愣怔地看她。

三葉草的聲音嚇了雷霆一大跳，「雷霆你看！」

雷霆轉身看到這隻小母貓蹲伏在自己弟弟旁邊，面對閃電尾豎起頸毛和他們對峙，

葉青則繞著他們走來走去。

薊花對雷霆眨眼睛說：「閃電尾剛剛教我們聯手打仗。」

葉青瞇起眼睛，「準備好了嗎？」

三葉草點點頭，薊花彈動尾巴。

葉青和閃電尾交換眼神，兩隻貓一起撲向小貓。

三葉草和薊花立刻撐起身體，背靠背用後腳站立，揮舞前掌對閃電尾和葉青展開攻擊。閃電尾和葉青不斷的移動，但是三葉草和薊花也跟著迅速抵擋。他們一作勢咬過來，立刻就被這兩隻小貓揮掌擊退。小貓聯手打鬥的架式看起來很像身手老練的戰士。

雷霆大聲讚美，「太厲害了！」說完他走向這兩隻小貓，內心充滿了驕傲。

葉青和閃電尾向後退，這兩隻小貓跟著前腳著地。

「只要腳站得穩，打起來就很容易。」三葉草喘吁吁地說。

「我們兩個可以打退一整個巡邏隊。」薊花誇口。

紫羅蘭在雷霆後面，對這兩隻小貓眨眼睛，「即使是惡棍貓也沒有辦法對抗你們的攻擊。」

三葉草抬起下巴，「如果斜疤敢再來，我們可以保護整個貓營。」

薊花的目光一沉，「他還會來攻擊我們嗎？」

雷霆嚴肅地看著薊花，「我不知道。」他心想貓營裡的夥伴是有能力保衛貓營沒錯，但是餘火跟他們睡在一起這件事，讓雷霆感到忐忑不安。自從蜜蜂攻擊蕨葉之後，雷霆就經常做惡夢。萬一餘火別有用心怎麼辦？萬一他也計劃背叛，又該怎麼因應。

紫羅蘭推了一下雷霆說：「我們最好繼續未完成的工作。」紫羅蘭看了一眼榛木叢，雲點正把剛採下來的蕨葉放到原本在地上的那一堆。

「我們可以幫忙！」薊花從雷霆身邊跑過去榛木叢幫忙。

三葉草跟著也衝過去，「我編蕨葉的速度比你快。」

雲點用溫暖的眼神看著這兩隻小貓，「你們負責靠近地面的樹枝，」他囑咐，「高的地方我來負責。」

就在他們開始進行防寒工事的時候，雷霆對閃電尾說：「你把他們教得很好。」

閃電尾聳聳肩，「這個招式是葉青想出來的。」

雷霆向葉青點頭表示感謝，「自從你開始訓練他們，就看出很大的成效。」

「我自己也很開心。」葉青回答，望著雷霆後面的那兩隻小貓，在搶同一片荊棘。

「是我先拿到的。」三葉草怒吼。

「妳是聽到我說這一片看起來很堅韌才來跟我搶。」薊花大聲反駁。

葉青翻白眼，「我們已經訓練他們怎麼跟惡棍貓打架，現在應該要訓練他們的言行舉止不要跟惡棍貓一樣。」他甩了一下尾巴，走向他們，「三葉草！讓給妳弟弟不要搶，這裡還有很多。」

閃電尾望著樹林，「餘火還沒回營，」接著若有所思地看著紫羅蘭，「能不能請妳勸勸他，拜託他融入團體生活。」

紫羅蘭看著地上，「我不是沒勸過，」她嘆了一口氣，「只不過他說他喜歡獨來獨往。」

「既然這樣他又為什麼要留在我們這裡呢？」閃電尾說。

雷霆想閃電尾大概也對這隻特立獨行的惡棍貓放心不下，「也許我們可以建議他離開我們。」

紫羅蘭的眼裡閃現憂慮，「請再多給他一個月時間，他會改變。他的心地不壞，只是暫時還不適應團體生活。以前雖然跟斜疤住在一起，都是斜疤在發號施令，我們認為除了自己以外誰也不會照顧我們。現在要去照顧別人，一時之間還真的不容易。」

紫羅蘭用哀求的眼神看著雷霆，閃電尾同時也看著他，從這隻黑色公貓嚴肅的眼神裡，他知道閃電尾不像紫羅蘭這麼想再給餘火一次機會。他感到左右為難，趕快岔開話題，「不曉得河波跟他貓營裡的惡棍貓相處得如何？」雷霆替河波感到憂心，他們只有四隻貓—河波、夜兒、斑皮和碎冰。雖然河裡的魚很多，要餵飽多出來的四張嘴應該不成問題。但是如果晨曦和苔蘚，跟蜜蜂一樣，有意要背叛的話該怎麼辦？河波跟他的夥伴，一定會傷得很重。

紫羅蘭開口建議，把雷霆嚇了一大跳，「我們為什麼不去河貓那裡看個究竟？」

「好主意，」閃電尾表示贊同，「我們可以一起去。」

紫羅蘭看了閃電尾一眼，「我想雷霆和我去就行了。」

閃電尾眼中帶著笑意，「我想我應該留在貓營裡幫忙。」他抖動鬍鬚，一副心知肚明的表情。

雷霆不自在地變換腳步，心裡想著這一路到河邊該說些什麼話呢？在巡邏隊或是在貓營有其他夥伴在場的時候，跟紫羅蘭說話還算沒有壓力，但是，「你確定只有我們兩個可以嗎？」

閃電尾走向榛木叢，「不用擔心，雷霆，如果被惡棍貓的攻擊的話，紫羅蘭一定會保護你的。」

「我不是害怕惡棍貓的攻擊。」雷霆不假思索地回答。

閃電尾抖動鬍鬚，調侃雷霆，「那你為什麼看起來那麼擔心呢？紫羅蘭又不會咬你。」

「話別說得太早。」紫羅蘭哼了一聲朝金雀花隧道走去，然後回頭對雷霆說：「你到底要不要來？」

閃電尾對雷霆做了個鬼臉，「你動作最好快一點。」

雷霆瞪了閃電尾一眼，尾隨紫羅蘭離開貓營。

他們爬上山谷，一路上出奇的安靜，一直到谷頂碰到梟眼和粉紅眼時才有交談，那時這兩隻貓正向下望著陡峭的山壁。

「就算我看不到谷底又有什麼關係呢？」粉紅眼對梟眼說：「我只要知道下一步該在哪裡落腳就可以了，不是嗎？」

「你只要跟著我，記住該怎麼走就對了。」梟眼說。

雷霆爬上谷頂的時候，粉紅眼跟雷霆點頭，「你們要去狩獵嗎？」

「我們是要去看河波，看看剛加入的惡棍貓成員跟他們相處得怎麼樣。」

紫羅蘭踏上谷頂時，抖一抖身上的毛，「可以再見到晨曦和苔蘚一定很開心。」

粉紅眼把頭側向一邊，紅紅的眼睛在寒冷夕陽下閃閃發亮，「他們是有孩子的那一對，是吧？」

雷霆點點頭，「我不覺得他們會成為河波的困擾，」他告訴粉紅眼：「能夠離開斜疤的陣營，他們比誰都開心。我想河波一定會善待他們的。」

梟眼的頸毛波動著，「我們也很用心地接納餘火，但他卻偏偏要把自己當成局外人。」

紫羅蘭抬起下巴，不開心地往河邊的方向走，「餘火需要多點時間，就只是這樣而已。」

雷霆小跑步地跟上去，經過奶草身邊時跟她點頭打招呼，她正在收集櫸樹根部的青苔。雷霆警戒地嗅聞著，空氣中只有禿葉季的霉味，這才鬆了一口氣。在樹林往下坡通往河岸的方向，雷霆跟上了紫羅蘭。

「天氣很好。」他笨拙地說。

紫羅蘭看他一眼，沒答腔。

雷霆努力想要說些什麼，聽起來沒那麼生硬的話題，「妳喜歡森林裡的生活嗎？」

「我想森林不錯啊。」紫羅蘭穿過覆霜的蕁麻叢。

「說的也是。」雷霆感到一陣不痛快，是紫羅蘭出的主意要他們倆同行的，為什麼她不幫忙想想可以聊的話題？於是雷霆又再度嘗試開啟話題：「妳以前有到過河邊嗎？」

「有。」紫羅蘭跳下陡降的河堤，踩過枯葉繼續前行。

透過樹叢雷霆看得到波光粼粼的水面，他加快腳步，想著愈快到達河邊陣營愈好。

「你走得很急。」紫羅蘭說道，這時雷霆超越過她。

「我想要在太陽下山之前趕到河貓營地。」**我不想像一隻被逼到樹上的兔子一樣進退兩難。**

紫羅蘭停下腳步。

雷霆轉頭看著她問，「妳在等什麼？」

紫羅蘭露出玩笑的眼神，「我們剛剛用蕨葉補貓窩圍牆空隙的時候，你有話沒說完，」紫羅蘭湊近雷霆，芳香的氣息撲鼻而來，「你說『你覺得我們可不可以……』我在想你沒講完的話，我們可不可以怎麼樣？」

雷霆覺得全身發燙，「我是說我們可不可以當朋友。」

紫羅蘭看起來很受傷，「我還以為我們早就已經是朋友了。」

雷霆看著自己的腳，「我們是朋友沒錯，」此時此刻比面對一整群惡棍貓和狗還要艱難。「我認為妳很特別，第一眼見到妳我就這麼想。」雷霆抬起頭強迫自己把話說完：「我愛妳，等以後我們更熟悉彼此之後，我希望妳成為我的伴侶。」

紫羅蘭盯著雷霆看了好一會兒。

雷霆覺得自己的胸口好像快要爆開了，「怎麼樣？」

紫羅蘭發出呼嚕呼嚕的喵聲，「我太喜歡這個主意了。」紫羅蘭靠近雷霆，彼此輕觸口鼻，那柔軟的感覺，讓雷霆興奮得全身顫抖不已。

「我在想—」

紫羅蘭打斷雷霆的話，「我們先去找河波，至於我們倆的未來慢慢再談。」話一說完，紫羅蘭隨即走向河邊。

雷霆心跳加速，快步跟上，他的步履輕盈得像羽毛一樣。雷霆跟上紫羅蘭一起到了河邊，準備跳上河面上的墊腳石。

就在雷霆靠過來時，紫羅蘭說：「我還以為閃電尾就要幫你開口了。」

雷霆發出呼嚕呼嚕的喵聲，他們倆默默走了一段路，氣氛一點都不尷尬。雷霆想到閃電尾，我還以為閃電尾就要幫你開口了。這不是沒有可能，閃電尾是一個仁慈善良的好朋友，雷霆希望紫羅蘭也會跟他一樣珍惜與閃電尾的友誼。

「妳喜歡閃電尾嗎？」雷霆試探地問。

「當然喜歡，」紫羅蘭回答：「他對你很忠心，而且還把三葉草訓練成狩獵高手及戰士。」

「他有一天會成為領袖的。」雷霆說。

紫羅蘭停下腳步，「他要自立門戶嗎？」紫羅蘭訝異地睜大眼睛。

「不是，」雷霆要她放心，「不過要是有一天我出了什麼事，閃電尾就是繼任的首領。除了我以外，只有他能把大家凝聚在一起，他總是知道應該怎麼處理危機，他總是以貓營夥伴的利益為優先考量。」

紫羅蘭張大眼睛看著雷霆，「你怎麼會出什麼事情？」語氣中帶著憂慮。

「沒有啦，」雷霆保證，「我是說萬一。」

「我絕不可能讓你出什麼事！」紫羅蘭生氣地說：「有一天你還要當我孩子的父親，我需要你。」紫羅蘭堅定地望著雷霆。

雷霆從紫羅蘭的眼底看到款款深情，不禁心中小鹿亂撞，「我也是。」他低語。

正當雷霆湊近鼻子要碰觸紫羅蘭臉頰的時候，旁邊卻傳來水聲。他一回頭，看到河波正涉水而來，嘴裡咬著一條鱗片發亮的魚。

「餓了吧？」河波把魚放在他們腳前。

雷霆皺起鼻子，「不了，謝謝，我比較喜歡吃老鼠。」

河波聳聳肩，「森林裡的獵物有變得比較多嗎？」

雷霆點頭，「三葉草和薊花狩獵的技巧愈來愈成熟，幫了不少忙。」

「奶草一定感到很驕傲。」河波說。

「我們都感到很驕傲，」雷霆望著對岸河貓住的地方，「惡棍貓們適應得還好嗎？」

河波跟著他的視線望過去，「晨曦和苔蘚很喜歡這裡的生活，」他的語氣裡充滿溫

暖，「跟我來，我帶你們去看看。」

河波咬起地上的魚，躍向河面上的踏腳石，三兩下就熟練地跳到對岸。

接著雷霆跟著河波，紫羅蘭也緊跟在後，冰冷的水打在雷霆的腳上，雷霆被凍得發抖。河波怎麼會有辦法在這裡游泳？雷霆跟著河波走過蜿蜒的小路穿越蘆葦叢，終於到達河貓的營地。

小松和小雨正在水淺的地方涉水玩耍，碎冰在一旁，看著他們往水中一處草叢來回往返走動。

就在河波走近的時候，小雨開心地對河波大喊，「看！」小母貓用尾巴指著冒出水面的三顆頭，「苔蘚和晨曦在游泳！」

雷霆跟著河波走到河邊時，感覺紫羅蘭身上的毛都豎了起來。

碎冰指向這三隻游泳的貓。

斑皮在晨曦和苔蘚之間冒出頭來喊著，「腳掌不要停，不斷划水！」

苔蘚拚命地划水，眼裡盡是驚恐。

晨曦則輕鬆地在波浪之間穿梭，水珠不斷從耳朵滴下來，她的背部浮出水面，就跟水獺一樣光滑。

河波發出呼嚕聲，「再過不久他們就能潛水抓魚了。」

紫羅蘭站到雷霆身邊，「他們在水裡不會很冷嗎？」她好奇地問。

「只要一直動就不會冷。」河波回答。

「那要怎麼弄乾身體呢？」雷霆又問，想到這樣溼答答的一定很不舒服。

「只要快速把身體抖一抖，然後到蘆葦叢裡去跑一跑。」河波回答，接著用嘴指著地上的魚說，「再飽餐一頓就可以了。」

斑皮開始游向河岸，接著是晨曦，苔蘚尾隨跟上。

苔蘚上了岸，身上滴著水，露出如釋重負的表情。

小松興奮地跑到爸爸身邊，「你游得很好！不像上次一直沉下去。」

小雨涉水到她媽媽身邊，「快把身體抖一抖！」這隻小母貓眼裡滿是興奮。

晨曦於是快速抖一抖，水花濺得小貓樂不可支、大聲尖叫。

河波呼嚕呼嚕地說：「他們天生是當河貓的料。」

小雨看著雷霆，「下一個就輪到我學游泳了。」

碎冰皺起眉頭，「還要等你大一些才行，水流太急了。」

苔蘚跟著抖動身上的毛，渾身都是水滴。

小松高高舉起尾巴，「我會比你先跑到蘆葦叢。」苔蘚都還來不及開口，小公貓就一溜煙跑掉，小雨跟著追上去，接著是苔蘚。

「等等我！」晨曦溼腳掌啪搭啪搭地跟上去，斑皮跑在最後。

當他們消失在蘆葦叢之後，雷霆看著河波，「他們在這裡好像過得很愉快。」

河波聳聳肩，「有什麼理由不愉快呢？有河有魚，夜晚又有溫暖乾爽的窩。」

雷霆望著對岸，**但願餘火住在森林裡面，也同樣有這種幸福感。**

河波尾巴一彈，「你看起來很憂慮。」

「我想你已經從金雀毛口中聽說了，」碎冰抖動耳朵，「這就是你今天來這裡的原因嗎？來看看我們這裡的惡棍貓有沒有惹麻煩？」

「是這樣沒錯。」雷霆承認。

河波看著紫羅蘭，「看來妳在森林裡過得很快樂。」

紫羅蘭靠向雷霆，「我從來沒有像現在這麼快樂過。」

「那餘火呢？」碎冰看著雷霆，「他適應得怎麼樣？」

雷霆不安地回答，「他還是喜歡獨自狩獵。」

他感受到紫羅蘭全身緊繃快速地說，「他沒問題的。」但她語氣聽起來似乎連她自己都不確定。

碎冰哼了一聲，「我無法相信不跟我一起狩獵的貓。」

河波神情嚴肅地看著雷霆，「如果餘火無法跟同伴一起狩獵，或許他就不應該留在貓群裡面。」

「不要講這種話！」紫羅蘭的反應有點激烈。

雷霆吞了吞口水，突然感到嘴唇很乾，他既不想得罪紫羅蘭，但又覺得河波講的話有理。**如果他叫餘火離開的話，那他要去哪裡？會不會幫斜疤又多添了個爪牙？**

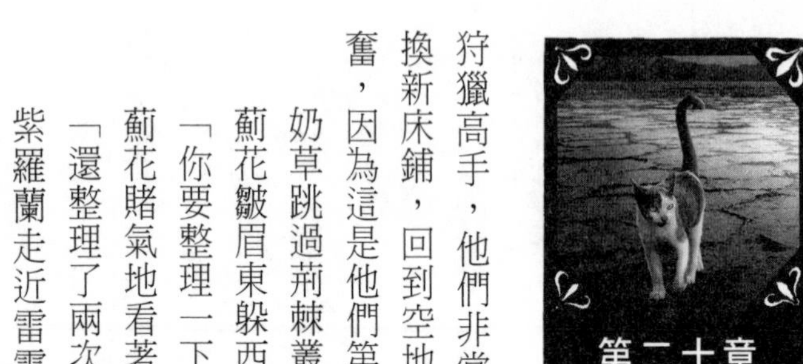

雷霆蓬起身上的毛禦寒，貓營邊緣積雪的表面結了一層霜，月光下閃閃發亮。

薊花和三葉草蹦蹦跳跳穿越空地，興奮不已。

薊花跑到雷霆前面停下來，興奮看著他，「我們全都要去嗎？」

「大部分都會來。」雷霆回答。小貓們受了訓練已經成為狩獵高手，他們非常熱切想要分擔貓營的工作。早晨他們就外出採集蕨葉要幫粉紅眼換新床鋪，回到空地時，身上雪花點點，嘴裡還咬著蕨葉莖桿兒。然而今晚他們特別興奮，因為這是他們第一次離開貓營遠行。

奶草跳過荊棘叢旁邊的積雪，跑過空地，過來舔著薊花身上凌亂的毛。

薊花皺眉東躲西躲。

「你要整理一下儀容。」奶草喝斥。

薊花賭氣地看著媽媽，「我們已經整理過了。」

「還整理了兩次。」三葉草也回嘴。

紫羅蘭走近雷霆身邊，每次只要紫羅蘭靠近他，那股溫暖氣息總是讓雷霆心跳加速。「他們一定是所有小貓裡面看起來最體面的。」紫羅蘭要奶草不用擔心。

奶草聽了開心地挺起胸膛，這時三葉草睜大眼睛興奮地問：「微枝、露瓣和花足都會去嗎？」

門。」

雷霆搖頭，「他們還太小，必須跟星花一起留在窩裡，怎麼冷的天不適合小貓出門。」

三葉草看起來很洩氣，「意思就是說，我們也見不到銀紋、黑耳和白尾囉？」

奶草用尾巴撫平三葉草背上的一撮毛，「他們連一個月都還沒滿，會跟灰板岩一起待在窩裡。」

薊花皺眉繼續問：「小雨和小松會來吧？」

「他們非來不可！」三葉草抬起下巴，「他們是惡棍貓！今天晚上在四喬木召開的會議，就是要歡迎所有新加入貓營的惡棍貓。」

「他們會到，」雷霆保證，「因為他們已經夠大，耐得住寒冷。河波說他們幾天前就開始等不及了。」

選在滿月開會是河波的建議。雷霆希望河波的計畫能夠奏效─藉由一場正式的歡迎儀式，泯除大家對惡棍貓的疑慮。他看著空地另一邊，餘火靜靜坐在那裡，他瞇著眼睛，橘色的毛髮襯著白雪，看起來特別顯眼。但是一場歡迎儀式就能夠把他從惡棍貓轉換為同營夥伴嗎？他會就此不再獨來獨往，跟著大家一起狩獵嗎？雷霆焦慮地抖動耳朵。**不過至少今晚他願意去開會，這應該是一個好預兆吧？**

雲點從蕨叢隧道走出來，「我們準備要出發了嗎？」

閃電尾和葉青早就在營口踱步，粉紅眼靠著梟眼，白眼珠在月光下顯得特別亮眼。

雷霆對雲點點頭，「出發。」

閃電尾和葉青閃到旁邊讓雷霆先走，紫羅蘭隨行在側。到了開始要攀爬懸岩往上，雷霆伸出爪子，因為懸岩的表面都結冰了。他先跳上了一塊岩石，等著大夥一一通過。大家很吃力的往上爬，雷霆在後面緊緊跟著。

雷霆抬起頭檢查有沒有失腳滑倒的，紛飛的雪花就這樣飄落在他臉上。三葉草和薊花兩個比賽看誰能先跑到山谷頂端，薊花一個不小心沒站穩開始往下滑，雷霆心裡一驚想用身體擋住，但是閃電尾比他快一步，咬住小貓的脖子，把他拽回岩石上，護著小貓讓他自己站穩。

「如果到不了，走得再急也沒有用。」閃電尾嚴肅地責備薊花。

薊花低下頭，「對不起。」然後慢慢地爬到另一塊懸岩上。

雷霆走在最後，搖頭甩掉鬍鬚上的雪花，伸出爪子牢牢扣住地面以防滑倒。最後終於到了山谷頂端，他才鬆了一口氣，跳上積雪的谷頂邊緣。

粉紅眼眨眨眼望著森林的方向，好像要望穿樹叢間的黑影。

雷霆越過粉紅眼，到前面帶路穿過樹林，「大家靠近一點。」地上的樹根被積雪覆蓋，但是要找到通往四喬木的路並不難。雷霆抬起頭看著覆蓋著雪的樹幹，每一棵樹對他而言都那麼熟悉，就像是老朋友一樣。這片森林現在就是他的家，就跟高地上的兔子隧道和石楠小徑一樣，都不陌生。

雷霆踩著地上的積雪，往森林的深處走去。快到達四喬木空地的時候，他看到雪地上有剛剛走過的足跡，雷霆張開嘴，辨認出是河波的氣味。河貓走過這裡，味道很明顯是剛剛才留下來的。

雷霆加快腳步，心想不知有沒有可能在河貓到達四喬木空地之前就趕上他們。雷霆到達四喬木空地邊緣時，河波已經開始往下坡走。雷霆看到夜兒穿梭在草叢之間，碎冰和斑皮跟著她，更後面是苔蘚和晨曦，蕨類植物遮掩了小松和小雨矮小的身影，但是聽得到他們的聲音。

「我們可以整晚都不用睡覺嗎？」冷空氣中傳來小雨的喵聲。

「最好都不要睡，」小松興奮地尖叫，「等回到家的時候，我們就去冰上玩。」

雷霆眨眨眼，難道河流結冰了？

河波的聲音從隊伍前面傳回來，「小貓不准到冰上玩耍，萬一河面裂開，你們就會掉到河裡面。」

奶草聽了嚇得發抖，「還好我們不是住在河邊，要不然我是絕對不會讓薊花和三葉草離開我的視線。」

葉青從奶草身邊走過，用鼻子在奶草的臉頰上碰一下說：「如果他們在河邊長大，現在就跟鴨子一樣會游泳了，小貓學得很快。」

三葉草從葉青和奶草身邊鑽過去，「別再講了，趕快走。」她往空地望去。

空地中有許多貓走來走去，月光照得雪地上貓影幢幢。

「大家都來了！」薊花跑到空地邊緣。

雷霆順著薊花的視線望去，清天穿梭在自己的夥伴之間，尾毛蓬起。風奔坐在空地邊緣，瞇起眼睛看著其他的貓，金雀毛則是不斷來回走動。雷霆很高興看到灰翅在夥伴們身邊，儘管他看起來非常瘦削。蛾飛繞著蕨葉打轉，焦慮地聞著蕨葉受傷的身體。高影坐在鼠耳和礫心之間，而陽影則在杜松和渡鴉這兩隻惡棍貓中間，豎起耳朵，毛髮平順，看起來很自在。河波從蕨叢中走出來，進入空地時，大家都轉頭看著他們。

「走吧。」雷霆從空地邊緣衝進蕨叢，樹叢上面的積雪紛紛掉到他的背上，雷霆加快腳步，同時也聽到夥伴們陸續穿越草叢的聲音。

雷霆抬頭挺胸，衝進廣場。

高影走向雷霆問，「他們來了嗎？」接著高影眼光移向雷霆身後，看見餘火和紫羅蘭從蕨叢裡走出來，才鬆了一口氣。

「每一隻貓都到了。」雷霆回答。

高影看著杜松和渡鴉，「他們喜歡這樣的安排。」

河波也加入談話，「小雨和小松覺得很興奮。」

雷霆看著在場的每一隻貓，他們眼裡都流露出興奮的表情，精神不覺為之一振。一陣微風襲來，雪花紛飛。漆黑的夜空中星光閃爍，月光穿透橡木禿枝灑落空地。

「我們開始吧！」高影走到空地中央，看著在空地邊緣的風奔，「妳準備好了嗎？」

風奔踏雪而來，停在黑色母貓身邊，「你認為幾句話就會把他們變成我們的一份子嗎？」風奔故意提高音量，同時看著蕨葉和柳樹。

這兩隻貓豎起身上的毛，彼此緊緊相依。

雷霆訝異地看著風奔，「難道妳還不信任她嗎？她已經吃了這麼多苦頭。」蕨葉的身上還看得見許多傷疤，身上的毛很凌亂，眼睛是腫的，鼻子上還有乾掉的血跡。

蛾飛看著自己的媽媽，「妳怎麼這麼頑固？蜜蜂之所以會傷害蕨葉，就是因為蕨葉不跟她走。」

柳樹抬起下巴，「我們一定會贏得妳的信任的。」

灰翅走向前，「信任需要時間，風奔，但是如果妳不敞開心胸，那就永遠感受不到。」他低聲說道，聲音小到幾乎聽不見。

雷霆看著灰翅的眼睛，覺得他的眼神裡透露著疲憊。他從沒見過灰翅像現在這樣虛弱，不禁感到憂心忡忡。

風奔彈一下尾巴，「那我們就開始舉行儀式吧。」她快速地說。

蛾飛的身體波動著，雷霆看得出她很不開心。雷霆可以理解蛾飛的心情，但是灰翅說的話有道理，信任是需要時間的。雷霆望著紫羅蘭，即便他對紫羅蘭一見鍾情，但過去被星花背叛的慘痛經驗，還是提醒他得小心謹慎。紫羅蘭跟其他惡棍貓一起走向前，她那雙琥珀色的眼睛深情地望著他。雷霆朝她點頭，壓抑住內心的興奮之情，默默地從閃電尾和葉青中間走出來。

在溫馨的氣氛中，大家把惡棍貓圍在中間。風奔走到金雀毛旁邊，灰翅在斑毛和曉鯉中間，清天站在蕁麻旁邊，眼睛盯著小赤。

這隻橘紅色公貓不安地移動腳步，雷霆看到柳樹眼裡流露出嫌惡輕視的表情。

✦✦✦

河波站在中間看著這些惡棍貓，整個氛圍感覺很祥和。風停了，四周安靜到只聽見貓兒移動時摩擦雪地的沙沙聲。

「你們是否是願意效忠自己的新貓營？」河波看著每一隻惡棍貓。

「願意。」柳樹率先回答，其他的貓也都喃喃表示願意。

雷霆瞇起眼睛，觀察餘火。他跟其他的惡棍貓一起開口了嗎？河波再度說話，雷霆豎起耳朵。

「你們是不是願意跟貓營裡的夥伴一起狩獵？在危難的時刻保護他們，強盛的時候支持他們。」

「願意！」渡鴉蓬起身上的毛，眼睛看著高影。

小雨開口說：「我還太小沒辦法狩獵，」聲音聽起來有些擔憂，「這樣我是不是就沒辦法成為貓營的一份子？」

河波喉頭發出震動聲，轉而看著這隻小貓，「等到妳長大，妳願不願意為我們狩獵？」

「願意！」小雨興奮地點頭。

「那妳就是我們的一份子，」河波抬頭看著星空，「我們天上的祖靈也見證了今晚的儀式，祂們都聽到了你們剛才的諾言。為了你們自己，也為了我們，希望你們能信守承諾。」

雷霆開心地發出呼嚕的震動聲，他身邊的閃電尾也流露出滿足的神情。大家紛紛開口表示接納，惡棍貓們則眨著眼睛看著彼此。

河波眨眼睛看她，「那妳想改什麼名字？」

晨曦高舉尾巴說：「我要改名字，改成聽起來比較像森林貓的名字。」

「曙霧。」這隻橘白相間的母貓挺起胸膛。

「我想改名叫柳尾！」柳樹開口。

「我要改名叫蕨葉草！」蕨葉在她的朋友旁邊大叫。

清天走到河波旁邊，「改名字是個好主意！」他期待地看著小赤，開口問，「你要不要改名？」

小赤發出興奮的震動聲，「從今天起就叫我紅爪。」

清天點頭表示贊同，「這個名字聽起來像是個狩獵高手。」

河波轉向苔蘚，「你要改名字嗎？」

「要！」苔蘚開心的抖動鬍鬚說：「我要改名為苔尾。」

「那我要叫做松針！」小松在他父親身邊叫著。

河波期待的眼神看著小雨。

小母貓低頭看著自己的腳很認真地思考，一陣安靜之後抬起頭說，「一定要改名字嗎？」她的眼神看起來很擔憂，「我還是喜歡小雨這個名字。」

河波一副興味盎然的樣子，「那妳就用這個名字吧，想用多久都行。」

小雨圓圓的藍眼睛裡充滿感激，她看著河波說：「謝謝你。」

高影點頭看著杜松和渡鴉，「你們要取新名字嗎？」

杜松點頭，「妳願意幫我們取名嗎？」

高影蹙眉，陷入沉思。

陽影看著高影提議，「柏枝這個名字怎麼樣？」

「那鴉皮這個名字聽起來如何？」礫心跟著開口。

高影看著新夥伴，「這兩個名字你們喜歡嗎？」

杜松大聲回答，「喜歡。」

渡鴉點頭問，「我明天可以以鴉皮的新名字，加入第一班巡邏隊嗎？」

高影的眼睛閃著光芒，「如果你願意就由你來領隊。」高影看著陽影、泥掌和鼠耳，好像在徵求他們的同意。結果大家都點頭，鋸峰站出來說：「你可以帶我們到新的地方去狩獵。」

冬青甩動尾巴，「你說過在轟雷路附近有一個很棒的地方可以抓青蛙。」

雷霆皺起鼻子，松樹林貓吃**青蛙?**

蘆葦走向前，「我早就是高地貓了，我認為我的名字也應該反映事實。」

「我也是！」曉鯉急著附和，「我想改名字叫迅鯉。」

風奔驚訝地看著他們說：「可是—」

蘆葦打斷了風奔要說的話：「我知道妳不喜歡改變，風奔。可是如果從今天起妳就叫我蘆尾，我會很感謝妳。」

「蘆尾，」風奔重複念了這個名字，渾身感到不自在，「好吧。」

河波問雷霆，「你的貓也要改名字嗎？」

雷霆看著紫羅蘭回答，「你得問問他們的意見。」

紫羅蘭熱烈地望著雷霆，彷彿其他貓全都不存在似的，「叫我紫曙。」她說。

「紫曙，」雷霆夢囈般地唸著這個新名字，「聽起來好美。」

這時候河波轉過來對餘火說話，把雷霆從幻想中拉回現實，「那你呢？你要改名嗎？因為你現在是雷霆陣營的一份子了。」

餘火看著河波，「就算我和他們睡在同一個貓營，不代表我就要改變原來的我。」

高影的尾巴顫抖，趕緊打圓場，「我覺得他的名字不用改，小雨就保留了自己原來的名字。」

河波不管高影說什麼，繼續盯著餘火，用溫和但堅定的語氣追問，「你到底認不認為自己是雷霆陣營的一份子？」

餘火以挑戰眼神看著河波，「就因為雷霆讓我睡在他的貓營裡面，我就要表現得像是他的親戚嗎？」

雷霆聽了全身發抖，他的說法充滿敵意，繼續把他留在山谷貓營安全嗎？河波繼續逼問，「你剛剛答應要為同伴們狩獵，在危難的時刻保護他們，強盛的時候支持他們，這樣子難道還不像是親戚嗎？」

餘火哼了一聲，「以前斜疤從來沒對我們有任何期望，我們愛怎麼過生活是我們自己的事。」

雷霆覺得很生氣，衝上前去質疑，「跟斜疤在一起的時候，你們從來沒有過自己的生活，向來都是斜疤說什麼你們就得照做！」

這時，高聳岩石上傳來挑釁的怒吼。

雷霆猛然轉身，瞪大眼睛看見斜疤精瘦的身影。這隻惡棍貓背後襯著月光，俯視空地的每一隻貓。雷霆背脊的毛全豎了起來，這隻惡棍貓是來找碴的嗎？

「我沒有強迫任何一隻貓非得要服從我，」斜疤說：「他們想走隨時可以走。」

「這是謊言，」蕨葉草跛著腳走向前看著斜疤，「你說過如果我不回來，你就要傷害山毛櫸。」

「所以呢？」斜疤翹起嘴唇，露出不屑的樣子，「反正山毛櫸死掉了。」就在斜疤說話的時候，蜜蜂從他後面走出來。

蕨葉草弓起身體，嘴裡發出嘶嘶的聲音。

接下來岩石下方出現更多貓的身影，是小刺、甲蟲和阿蛇從陰暗處現身，與空地裡的貓相互對峙。

雷霆挺身向前，怒視斜疤，「你們怎麼敢來這裡！」

斜疤沒理雷霆，望著他身後的往日舊夥伴。苔尾和曙霧緊靠著自己的小貓，柳尾不安的移動腳步，紅爪的眼裡流露出恐懼。斜疤開口挑釁，「謝謝你們照顧我貓營裡面最脆弱的成員，不過現在該是他們回家的時候了。」

雷霆全身緊繃，這些惡棍貓剛剛才宣示要對新夥伴效忠，他們不會現在就落跑吧？斜疤會不會又使出什麼招數逼迫他們就範呢？

風奔向後退，豎起全身的毛，用不信任的眼光看著柳尾和蕨葉草。

風奔認為他們會背叛我們！雷霆聽見自己脈搏鼓動的聲音，**拜託證明給風奔看！**餘火從貓群中走出來跳上岩石，雷霆心中一驚，「我跟你走。」餘火告訴斜疤。

斜疤露出得意的眼神，「你當然要跟我走，蜜蜂都跟我說了，你的新夥伴都是一些膽小沒用的貓。」斜疤看著雷霆繼續挑釁，「要不連你也跟我們一起走，你的身手矯捷，大可不必留下來跟這些只會咕咕叫的鴿子在一起。」

雷霆怒吼，「你休想！」雷霆做出備戰的姿態，準備好要保護自己的同伴，同時心裡盤算著應該怎麼因應。紫曙就跟他一起，閃電尾也是，每一隻和他一起長大的貓都要與他共同並肩作戰。

但是其他的貓呢？他看著柏枝和鴉皮，雷霆對他們認識不深，如果他們陣前倒戈加入斜疤，該怎麼辦？灰翅的身體大不如前，真的要打起來，光是保護他就已經很費勁。

突然之間，雷霆覺得可能會寡不敵眾，一陣冷風吹過樹梢，拂掠過這些彼此對峙的貓。

「我絕對不會再跟你住在同一個貓營。」苔尾的聲音從冷冽的空中傳來。

「我也不會！」曙霧站在她伴侶身邊。

「我現在是清天貓營裡的一份子！」紅爪走到清天的身邊，「我對清天效忠。」

雷霆看著柏枝、鴉皮、柳尾和蕨葉草，每一隻都和自己的新夥伴站在同一陣線，豎起頸毛。

雷霆鬆了一口氣看著斜疤，「你帶餘火走吧，」他吼著：「這裡留下來的不是惡棍貓營地裡最弱的貓，而是最強的。」雷霆為他們感到驕傲。

斜疤怒視雷霆，「你大可以把他們都留下，」他嘶吼著：「不過你不要以為自己贏了，滾回你們的貓營裡吧，膽小如鼠的東西，你們很快就會知道，跟我作對會有什麼下場。」

聽了斜疤的話，灰翅的心一沉。他看著清天，星花在哪裡？小貓呢？斜疤是不是又打算綁架星花？

清天眼裡盡是恐懼，「星花！」他衝上斜坡，橡毛、蕁麻、白樺緊跟在後，各個毛髮直豎。

灰翅一陣胸悶，抬頭看斜疤，只見斜疤抖動鬍鬚，一臉得意地看著這群驚恐的貓群。灰翅說：「要是你敢傷害星花或是她的孩子——」

斜疤打斷灰翅的話，「我為什麼還要把腦筋動到他們身上呢？我已經讓清天受夠了，我要對付的是你，是你把我的貓都拐跑了。」斜疤眼露兇光，惡狠狠地說。

灰翅聽了手腳冰冷，「你說這話是什麼意思？」

斜疤沒答腔，甩動尾巴從岩石上跳下來，領著他的爪牙消失在幽暗中。

灰翅開始顫抖，斜疤要找他出氣。

「不好，灰板岩和小貓。」風奔的驚叫聲把灰翅拉回現實。

灰翅對著雪地另一邊的風奔說：「斑毛和灰板岩在一起，」說這話的時候連灰翅自己都感到心虛，他知道斑毛寡不敵眾，「我們必須趕回家！」他走向斜坡，胸口好像被一隻看不見的爪子抓住，讓他喘不過氣。

風奔跑到灰翅旁邊，跟河波使個眼色，「快回去你的貓營，在我們弄清楚斜疤下一步採取什麼行動之前，找個最堅固的隱蔽處保護小雨和松針。」河波點點頭，風奔接著轉向雷霆，「你也帶你的夥伴回家，家才是最安全的地方。」

清天的夥伴消失在森林中，只有麻雀毛還留在原地徘徊，背脊的毛全都豎了起來。

雷霆抬起下巴，「如果灰板岩和小貓有危險，那我就必須跟灰翅在一起，」雷霆跟閃電尾示意，「把夥伴們帶回家，我不在的時候貓營都由你發落。」

葉青睜大眼睛說：「雷霆！你現在不能離開我們，斜疤會回來找我們報復的。」

「閃電尾會保護你們，」雷霆告訴這隻黑白公貓，「閃電尾是營裡最強壯的貓，我完全信任他，你們只要照他的吩咐去做就行了。」雷霆湊近閃電尾壓低聲音交代，「如果我沒有回來，那你就是首領，要照顧好夥伴讓大家團結在一起，未來就交在你的手裡。」

閃電尾訝異地看著雷霆，「你會回來的，不是嗎？」

在雷霆開口回答之前，紫曙走過閃電尾的身邊，把鼻子貼在雷霆的臉上輕聲說，「你必須要回來！」

灰翅在斜坡上等不及，「我們要走了！」斜疤現在可能已經到了我們的營地，灰翅掙扎著呼吸，跌跌撞撞地往蕨叢跑去。

「我也一起去，」礫心穿過空地爬上斜坡，用肩膀推著灰翅，同時回頭對高影大喊，「我會儘早回去的。」

高影對礫心點點頭喊著，「帶陽影一起去，」她下令道：「他可以幫你。」

「我會盡我所能協助。」陽影點頭快速衝向高地貓的隊伍中。

「我也來幫忙！」梟眼急忙跑到灰翅身邊，幫忙扶持。

梟眼的力氣很大，灰翅感到十分訝異。記得不久前，梟眼還是一隻小貓在灰翅身上爬來爬去，龜尾在一旁慈愛地看著。現在他感受到身旁梟眼強壯的肌肉支撐著自己羸弱的骨架。

風奔已經鑽進蕨葉叢，夥伴們走在身邊，塵鼻和蛾飛跟在後頭，地上的雪被貓群走過的腳步揚了起來。

「我也來幫忙！」麻雀毛的聲音讓灰翅嚇了一跳，看到這隻玳瑁色母貓擠了進來，他內心充滿感激，龜尾的孩子全都來幫忙了。

柳尾甩動尾巴說：「如果斜疤敢傷到他們一根汗毛，不管是天涯海角，我一定要他的命！」

蕨葉草齜牙嘶吼，「算我一份。」

他們鑽入蕨叢，梟眼和礫心扶著灰翅往上走。到了坡頂，紛飛的雪花飄進灰翅的眼睛，他在寒風中眨眼看著被白雪覆蓋的高地。

前方不遠就是高地貓營，月光照耀的坡地上有個身影站在那兒，風奔和其他夥伴急著跑上前。

灰翅搖搖晃晃，拚命想要跟上，礫心和梟眼緊靠著灰翅，幫他走過厚厚的積雪。灰翅覺得胸口像有火在燒，吸不到氣，眼睛發黑看不清。他心裡惦念著貓營，**拜託一定要讓灰板岩平安！還有小貓！**或許斜疤只是故意要嚇他。

其他的夥伴走在前面，他們黑色的身影襯著雪地顯得特別醒目，接著他們鑽進石楠叢，再從另一端鑽出去。

灰翅在後面走得很挫折，「拜託快一點！」他喘著氣。

礫心於是更加用力的頂著灰翅的肩膀，梟眼支撐著另一邊，幾乎像是把灰翅抬起來一樣走過雪地。灰翅無力地交換步伐，讓他們帶著往貓營前進。

當他們到達金雀花叢入口時，其他的貓早就已經進入貓營了。

灰翅聞到血跡，心跳加速，豎起耳朵聽看看有沒有打鬥的動靜。沒有，月光照耀的高地上，只聽見冷風淒楚。

灰翅擺脫了礫心和梟眼的攙扶，蹣跚地走進貓營，跌跌撞撞爬過草叢，看到在雪地上有血跡。

風奔和其他夥伴圍著地上躺著的兩具軀體。

灰翅幾乎無法呼吸，他從夥伴們的身邊擠進去。

斑毛和灰板岩像是兩隻被丟棄在雪地上的獵物，身上不斷流血。

他們死了嗎？灰翅看著眼前的景象，心跳幾乎停止。

這時斑毛發出呻吟，硬撐著從地上站起來，「我試著救他們。」他的喵聲沙啞，話剛講完，後腿就不支地癱軟跌坐在地。

礫心衝到斑毛身邊，焦急地聞著他金黃色的身體。

灰翅無視於周遭的一切，目光全投注在灰板岩身上。

她躺在地上一動也不動，夥伴們個個睜大眼睛嚇呆了。

蘆尾蹲在灰板岩身邊，不斷舔著她流血的脖子。

灰翅蹣跚走向前，想要開口喊「灰板岩──」但是喉嚨卡住，出不了聲。天上的星星閃爍著，灰翅心中默默向祖靈祈求，**不要帶走她**，祂們有在看嗎？灰翅感到一陣天旋地轉，悲傷有如倒鉤的爪子揪住他的心，**拜託不要又來一次**，他已經失去龜尾，難道這樣還不夠嗎？

灰板岩動了一下，「是灰翅嗎？」聲音小到幾乎聽不見。

灰翅躺到灰板岩的身邊，努力吸氣，灰板岩這時候睜開眼睛，無神地看著灰翅，沒過多久琥珀色的眼底露出驚恐的眼神，「孩子們！」灰板岩掙扎著站了起來，嚎叫聲響遍空地，「銀紋！黑耳！白尾！」

灰翅急著四下轉頭，他們在哪裡？

灰板岩的眼神像是要發狂一樣，「我們拚命保護他們！」她喘著氣，「你們走後不久，斜疤就帶著他的手下來這裡，我們要把他們趕出貓營，不過他們的數量太多。」灰板岩衝向前，在空地東找西找，大喊，「白尾！黑耳！」

「灰板岩？」金雀花叢圍裡傳出一個飽受驚嚇的聲音，接著樹枝抖動，葉子上的雪掉下來，一隻深灰色小公貓跑出來，後面跟著淡灰色虎斑小母貓，身上黏著許多樹枝。

「銀紋！」灰板岩跑向他們，受傷的腳在雪地上留下紅色足跡，「白尾！」

灰翅稍稍鬆了一口氣，至少這兩隻小貓是安全的。

灰板岩走到他們身邊，銀紋看著媽媽說：「我們躲了起來，按照妳之前交代的那樣。」

「連呼吸都不敢。」白尾小聲說完，顫抖著鑽到灰板岩的肚子底下躲起來。

「我們以為妳被殺死了。」銀紋放聲大哭。

白尾緊緊窩在媽媽的懷裡，灰板岩把銀紋攬到身邊說：「你們很勇敢，也聽話的把自己藏起來。」

「黑耳動作太慢，」白尾啜泣著：「他被惡棍貓抓走了。」

灰板岩把眼光轉向灰翅，滿臉驚恐，「黑耳！」

「我會把他找回來。」灰翅想要站起身，不過他呼吸急促，眼前一片黑。

雷霆走到灰翅身邊，用堅定的語氣說：「你待在這裡，灰翅，我去幫你找小貓。」

灰翅無助地看著雷霆，充滿挫折感，「可是他們是我的親骨肉！」他喘起氣來。

雷霆很嚴肅地看著他，「你幫過我那麼多忙，灰翅，現在輪到我報答你。」

灰翅看著雷霆好一會兒，這份溫暖讓他深受感動，「謝謝你。」

風奔甩動尾巴，「我們不知道他們往哪去了。雷霆、麻雀毛和梟眼！你們去松樹林，斜疤有可能把黑耳帶回他的舊貓營；迅鯉，你帶著蘆尾和塵鼻去河邊，檢查峽谷和蘆葦叢；我帶著陽影、金雀毛和蛾飛去橡樹林裡面搜尋。」

柳尾抬起下巴，「我跟妳一起去。」她告訴風奔。

「還有我。」蕨葉草站到朋友旁邊。

風奔露出懷疑的眼神。

灰翅全身緊繃，**都到這個節骨眼了，風奔應該不會拒絕吧？**

風奔甩動尾巴，「蕨葉草，妳的傷勢還沒復原，就留在貓營裡幫忙礫心。柳尾，」風奔轉頭對這隻淺色虎斑貓說：「妳可以加入我的巡邏隊，妳聰明強壯，又熟悉惡棍貓們經常走的路線，我們需要妳。」

柳尾驕傲地挺起胸膛，「我不會讓妳失望的。」

灰翅再度嘗試起身，但是四肢無力。他感到憤憤不平，**我連自己的小貓都保不住！**

礫心扶著灰翅，對蕨葉草點頭說：「妳知道款冬長什麼樣子嗎？」

蕨葉草點點頭。

「現在應該都被凍傷了，」礫心提醒，「不過妳應該找得到梗，有凍傷的也沒關係，妳去採一點過來，那會讓灰翅的呼吸順暢些。」接著礫心對灰板岩說，「把小貓帶進窩裡，注意保暖，我先處理斑毛的傷口，再過去看妳。」

此刻灰翅覺得天旋地轉，四周傳來雜沓的腳步聲，夥伴們正朝著貓營口準備出發。

雷霆的聲音在他耳裡聽起來很響亮，「我去找黑耳，一定會把他安全帶回家。」

灰翅感覺自己最後的一絲氣力滲入白雪皚皚的大地，眼前漆黑一片昏了過去。

第二十二章

雷霆目睹灰翅癱倒在地上，內心攪擾不安。**灰翅病得這麼厲害！黑耳失蹤了！沒有一件事情是對的！**一輪明月高掛夜空，這和不久前接納儀式時的月亮是同一枚啊，但為什麼在短時間之內，事情有這麼大的變化？

雷霆望著貓營出口，風奔、蛾飛、金雀毛和柳尾已經跟著蘆尾和塵鼻往外衝。麻雀毛和梟眼則在等他，尾巴不耐煩地甩動著。

「快走吧！」礫心推了一下雷霆，「我會確保灰翅平安的，你們只要找到黑耳就行了。」

雷霆對這隻年輕的公貓眨眨眼，接著跳過草叢，和梟眼和麻雀毛會合，領著他們走出貓營。風奔的棕色身影襯著雪地往橡樹林方向移動，迅鯉則衝往峽谷。

「你有發現任何蛛絲馬跡嗎？」雷霆向後面跟上來的麻雀毛喊著，不知惡棍貓們有沒有留下任何線索？

「這裡！」梟眼在他後面喊了一聲。

雷霆猛然轉身，停下腳步。

梟眼跟著雪地上的足跡追蹤，這足跡往上坡延伸到了山脊，然後下降。雷霆趕到梟眼旁邊，聞著地上的蹤跡，果然是惡棍貓的氣味。他跟著衝往山脊，然後跌跌撞撞地衝往山坡底部的坑地。

麻雀毛跟著衝到他旁邊，接著梟眼也跟蹌地跑過來。雷霆聞一聞被壓平的積雪，「他們在這裡停留過。」他從雪地上縱橫交錯的足跡推測，「也許他們在想，接下來要到什麼地方。」

麻雀毛皺起眉頭，「難道斜疤沒有事先想好要把黑耳帶到什麼地方嗎？」

「你們看！」梟眼沿著地上的腳印走到坑地的另一端，「他們一定是往這裡去。」

「可是這裡又有另一條走過的痕跡！」麻雀毛聞著地上的味道。

雷霆皺眉，「難道他們是兵分二路？」

梟眼看起來很困惑，「為什麼呢？」

雷霆皺著眉頭，推想其中的道理，「斜疤和他的夥伴去我們開會的地方，那時候身邊沒帶著黑耳。」雷霆看著麻雀毛，「所以斜疤一定是在我們剛離開貓營不久，就採取行動，不是在我們開完會之後，那樣時間不夠。」

麻雀毛豎起耳朵，「他們肯定是先把黑耳藏在某個地方。」

梟眼抽動尾巴，「那麼他就需要一個看守者。」

雷霆開始踱步，「剛剛開會的時候有一隻惡棍貓沒有到場。」雷霆這時突然想起一隻橘色母貓，那隻母貓在斜疤遺棄沼澤地貓營時，哀求斜疤帶她一起走。剛剛在四喬木會場沒有看到這隻母貓，「燕子沒跟斜疤一起去四喬木！」雷霆的思緒加快，但是麻雀毛腦筋更靈活。

「所以斜疤去四喬木鬧場時，看守黑耳的就是燕子！」這隻玳瑁色母貓睜大眼睛。

「所以他們真的是分頭進行。」梟眼看著一行足跡，再看著另外一條，開口推測，「斜疤和其他的貓去了四喬木空地，燕子則是把黑耳帶到別的地方。」

雷霆燃起一線希望，「我們必須找出小貓的藏身之處。」

「不管藏在哪裡，現在小貓一定又會被帶到別的地方。」梟眼說。

「斜疤和同夥必定會回來把小貓帶走，」雷霆推論，「這段路要花不少時間。」

麻雀毛的尾巴橫掃過雪地，「那就表示我們並沒有落後他們太遠。」

梟眼不耐煩的移動腳步，「那我們應該追蹤哪一條足跡呢？」

「這條會帶我們通往藏小貓的地方。」雷霆用鼻子指著地上僅一隻貓踩過的足跡。

「走吧！」麻雀毛衝出坑地。

雷霆緊緊跟著麻雀毛，沿著雪地足跡走向高地高處。寒風拂掠過雷霆的毛，帶來高岩山的冷冽氣息。雷霆不禁加快腳步，黑耳還太小不能在這樣的天候底下待太久，很有可能會被凍死在外頭。

這條足跡穿越雪地，通往山坡的岩石堆。雷霆超越麻雀毛，看到前方風化的光滑石堆中，有一個洞口，他頓時鬆了一口氣。至少燕子還有點腦筋，知道應該把黑耳藏在一個能躲避寒風的地方，等斜疤回來。

接著雷霆發現更多貓的足跡與他們追蹤的這一條交會在一起，雷霆放慢速度辨認味道，就在他聞出斜疤的氣味時，他發出一聲低吼。他們猜得沒錯，斜疤和他的同夥的確是從四喬木的會場，來這裡找燕子和黑耳。

麻雀毛超越雷霆，鑽進岩石堆中的洞口。

梟眼跟在麻雀毛後面，衝進黑暗的洞穴中。

「他們離開多久了？」雷霆跟著鑽進去，大聲地問。岩石遮住光線，一進洞內他就被黑影吞沒。洞內充滿恐懼的氣息，燕子蹲伏在這裡的時候一定非常緊張。雷霆與麻雀毛擦身而過，嗅著地上的氣味。

「黑耳一定在這裡待過沒錯，」麻雀毛說，「我聞到了他的氣味。」

雷霆低頭聞到小貓溫暖的氣息，如釋重負。**沒有血的味道**，這表示小貓沒受傷。

梟眼從岩石堆中擠到雷霆身邊，「他們才走沒多久，」他興奮地說：「我們很容易就可以追上他們，帶著一隻小貓一定走不快。」

雷霆抬起頭內心擔憂不已，他看過斜疤任由狗把一隻惡棍貓凌虐至死，他對一隻小貓會手下留情嗎？「我們該怎麼把黑耳毫髮無傷地救出來呢？」

「那就見招拆招，隨機應變。」麻雀毛的眼睛在黑暗中閃爍著。

雷霆點頭，首先必須先找到他們。

他朝洞口往外走。

突然聽見從外面傳來一聲咆哮。

雷霆嚇呆了，熟悉的惡臭撲鼻而來，黑影擋住照進洞口的月光，「是狐狸！」

梟眼僵在雷霆身邊，麻雀毛豎起身上的毛。

「這隻狐狸一定是追蹤貓的氣味來到這裡的，」雷霆小聲說：「牠現在在外頭等。」雷霆還在說話的當下，狐狸嘴就伸進洞口，接著看到齜牙咧嘴的一張臉。狐狸此時見獵心喜，興奮不已。

雷霆慢慢向後撤退，把麻雀毛和梟眼向後推。

那隻狐狸又擠又鑽，發出聲音想要更深入洞穴。

「他太大隻進不來。」梟眼說。

「可是我們一定要出去！」麻雀毛說。

「我們把他趕出去，」雷霆說：「然後逃跑。」

「狐狸一定會追過來。」梟眼邊說邊發抖。

「我們會把狐狸引到黑耳那裡。」麻雀毛說。

雷霆猶豫一下，氣得爪子發癢，時間緊迫，現在沒空跟這隻狐狸在這裡耗。在這裡多耽擱一刻，斜疤和他的同伴就會走得愈遠。但是又有什麼辦法呢？「我來把狐狸從洞口趕跑，」雷霆亮出爪子，「你們趕快溜出通道，梟眼出去之後就攻擊他的尾巴，麻雀毛妳攻擊他的背部。」這幾隻貓現在要冒著極大的危險，禿葉季的狐狸可不好惹，跟獾一樣兇殘。但是為了灰翅，他們沒有選擇的餘地。雷霆點頭看著梟眼和麻雀毛說：「準備好了嗎？」

「準備好了。」麻雀毛回答。

梟眼甩動尾巴跟著回答，「準備好了。」

雷霆向前衝，朝狐狸的嘴上狠狠抓了一把。

狐狸向後退，咆哮著。

雷霆感覺到麻雀毛和梟眼從他後面衝出去，沒有狐狸擋在洞口，雷霆看清楚月光照耀下的雪地，也跟著衝出洞口。

狐狸撲向雷霆，一口咬住雷霆的肩膀，硬生生扯下了一撮毛。雷霆痛得大叫，朝狐狸的鼻子一抓，這一招力道很重，耙在狐狸黑色的鼻子上，接著又打在牠的臉上。

狐狸氣得眼露凶光，張開大口衝向雷霆，雷霆背抵著岩石無路可退，連要出拳的空間都沒有。此時他渾身戰慄，眼角突然瞥見梟眼拚命拉住狐狸尾巴，麻雀毛緊緊扣住狐狸的肩膀，用後腳猛踢。狐狸紅色的毛襯托著發亮的白雪，看來特別醒目。

但是那隻狐狸看起來好像不痛不癢，反而更興奮，露出猙獰的牙齒。

我會被咬死！雷霆害怕極了，他想到紫曙還在貓營裡等他，還有閃電尾，**我死了以後就由你繼任首領！**雷霆心中默禱閃電尾會照顧他手下的所有夥伴。

這時一聲吆喝劃破天際。

狐狸猛一轉頭，露出驚恐的眼神。

有一隻肩膀寬闊的灰色公貓朝狐狸衝過來。

清天！

清天一聲怒吼向前飛撲，朝狐狸的脖子連環攻擊。狐狸重心不穩在雪地打滑，麻雀毛趁勢撲上去，大叫一聲咬住狐狸的身體，這麼一來狐狸的重心更加不穩，梟眼咬住狐狸的尾巴用力一扯，狐狸跌倒了。

雷霆跳到狐狸身上和他父親並肩作戰，不斷地連環猛攻。

狐狸驚聲尖叫，聽得出來很害怕。他掙扎著從攻勢凌厲的貓爪底下脫身。

雷霆向後退，狐狸趕緊站起來，用恐懼眼神看著這些貓，轉身朝山丘的方向逃跑。

「清天！」雷霆氣喘吁吁地問父親，「你怎麼會來這裡？」

清天也很喘，灰色的皮毛凌亂，眼裡映著星光，「我回到貓營發現星花平安無事，我就猜到了—」他看著雷霆，「斜疤去攻擊灰翅的貓營，對吧？」

雷霆點頭，「他抓走了黑耳。」

「其他的貓沒事嗎？」清天神情鎮定，眼光銳利。

「銀紋和白尾沒事，但是灰板岩和斑毛為了保護小貓身受重傷，不過礫心已經在醫治他們了。」

「那就好，」清天轉頭看著高地開口問：「你知道斜疤他們往哪裡走嗎？」

麻雀毛抖一抖身上凌亂的毛髮，「我們正在追蹤。」

梟眼跑向雪地，指著從岩石堆開始延伸的足跡，「斜疤到四喬木的時候，燕子把黑耳藏在這裡，」他解釋，「之後斜疤和同夥再回來把小貓帶走。」

清天跑向雪地嗅聞足跡，「他們才剛走不久。」

「那一定走不遠，我們—」

雷霆話還沒講完，清天就開始在雪地上奔馳，追蹤惡棍貓的足跡，雷霆趕緊跟上去。跑過月光照耀的山坡，到了下坡處，梟眼機警地左右觀望，麻雀毛速度飛快，雪地

幾乎沒留下什麼足跡。

高地的下坡處月光照不到的地方一片幽暗，只看得見前方是石楠和松樹林，惡棍貓的足跡就是通往那個方向。梟眼一馬當先衝進樹叢，麻雀毛跟在後面，雷霆緊跟著清天，冷空氣在胸腔燃燒，變成熱氣從身上冒出來。他們穿過石楠叢，梟眼領先衝出來。

這隻灰色的公貓停下來，循著足跡的方向望去，竟然是通往高影的營地，「他們往松樹林前進。」

雷霆急忙停下腳步。

石楠叢一陣抖動，麻雀毛接著跑出來。他循著梟眼的目光，往下方幽暗的森林望去，「他們一定是想要回到舊貓營。」

「那就一定要穿越轟雷路。」雷霆一驚，看著眼前隔開高地和松樹林之間的這條路，路上的積雪被怪獸壓得泥濘。雷霆的目光跟著足跡，想要看出惡棍貓是不是就在前方。但是前面太過陰暗，這時一隻怪獸呼嘯而過，濺起地上的爛泥，雷霆壓平了耳朵。

「或許他們沒有穿越轟雷路，」麻雀毛語帶希望，「會不會是沿著這條路走到橡樹林，那裡的林木茂密，是很好的藏身之處。」

「我們去看看。」清天往下坡奔去。

雷霆也跟著跑過去，到了坡底積雪比較深，雷霆的四隻腳全都陷在雪裡。惡棍貓的足跡在這裡轉彎，沿著轟雷路邊緣走。那氣味像是剛剛留下來，儘管轟雷路上傳來的惡臭充滿他的鼻腔，雷霆還是聞得出惡棍貓的氣息，他們才剛剛離開這裡。雷霆瞇起眼睛試圖透視黑暗，**他們到底在哪裡？**

前方一陣刺眼的光線照過來，是怪獸的眼睛。雷霆皺眉，辨認出前方不遠處有幾隻貓的身影，就在轟雷路的旁邊，其中一隻貓嘴裡還咬著小貓。

「是黑耳！」雷霆驚呼。

清天停下腳步，順著雷霆的目光看過去，這時怪獸呼嘯而過，清天趕緊把身體向後退縮，「我看到小貓了！」

怪獸的聲音震耳欲聾，雷霆壓平耳朵。麻雀毛和梟眼擠在一起，瞇起眼睛沿著路邊望去。

惡棍貓聚集在一起，顯然是等著要過馬路，他們被怪獸濺起的汙水，弄得滿身泥濘。斜疤繞著這些惡棍貓，甩動尾巴，接著停下腳步，目光投向雷霆。

「被斜疤發現了。」雷霆猛然一驚。

遠方又傳過來一陣亮光，另一隻怪獸又朝這裡衝過來。

「我們不能在這裡發動攻擊，」麻雀毛說：「太危險了。」

「我們讓他們先過馬路，再跟蹤他們到松樹林。」梟眼建議。

清天皺起眉頭，「松樹林裡面沒有雪，很難追蹤他們的去向，可能會追丟了。」

雷霆有同感，「我們必須在他們到達樹林之前阻止他們。」雷霆開始沿著路邊走向惡棍貓，既害怕又心虛，心想其實他們寡不敵眾。阿蛇、斜疤、小刺、餘火和甲蟲，各個豎起頸毛準備迎戰。燕子走到馬路邊緣，嘴裡咬著黑耳，小貓的四肢不斷在空中掙扎

扭動，怪獸朝他們衝過去，眼睛發出的強光把路面照得一片明亮。

「等等，」麻雀毛的聲音聽起來很緊張，「先等怪獸離開。」

「然後呢？」梟眼問。

「我們就出手攻擊。」清天怒吼。

雷霆看著斜疤的眼睛，這隻惡棍貓的眼裡透露出一絲喜悅，接著突然大叫一聲，帶頭衝上轟雷路，其他的惡棍貓尾隨湧上溼滑的路面。那隻怪獸發出轟天巨響朝惡棍貓們逼近，強光就照在惡棍貓的身上。

雷霆的心臟好像快要跳出胸口，「他們要逃跑了！」

就在雷霆說話時，燕子跌倒了，趴在地上。她驚恐地看著朝她迫近的怪獸，發出巨響，愈來愈近。燕子掙扎爬起，追上同伴到轟雷路的另一邊，沒多久就消失在樹林裡。

「黑耳！」麻雀毛的驚聲尖叫幾乎要蓋過呼嘯而來的怪獸。

雷霆循著她驚恐的眼神望去。

小貓就站在轟雷路的中間，怪獸刺眼的強光離他愈來愈近。他就像一隻受驚嚇的兔子，目瞪口呆全身的毛都豎了起來。

梟眼張開口，難以置信地倒抽一口氣，「怪獸會殺死他！」

第二十三章

清天盯著黑耳，被疾駛而來的怪獸強光照得視線模糊。頃刻間萬籟俱寂，時間變慢。清天向前飛奔，速度之快幾乎看不見腳掌移動。他朝轟雷路猛衝，路邊景象瞬間模糊，腳下的汙泥濺得滿身，但他絲毫感受不到寒意。他的視線專注在小貓身上，完全無視於朝他不斷逼近的怪獸，踩過泥濘積雪，一口咬住黑耳的脖子，就在千鈞一髮之際逃離現場。

一陣風就像石塊般甩過身旁，讓清天翻跌在轟雷路邊。怪獸呼嘯而過，快速轉動的爪子揚起地上的小石塊，打在清天的身上。清天的尾巴感到一陣火燒般的劇痛。清天滾到沾滿汙泥的草地上，這才想起嘴裡還咬著黑耳的脖子。**我救到他了。**清天感覺小貓一動也不動了，他幾乎不敢睜眼看。清天輕輕把小貓放下，用身體護著他。

「清天！」雷霆的聲音在耳邊響起。

雜沓的腳步聲踩著汙泥而來，他感到頸背部被咬著拖離轟雷路邊。清天緊緊抱著黑耳，張開眼睛時已經被拖到松樹林底下。

「清天？」雷霆再次驚恐地喊著。

原本咬著清天的嘴鬆開，清天抬起頭看見雷霆、梟眼和麻雀毛圍繞在他身邊。

「我們還以為你死了。」梟眼看著他，寒毛直豎。

「差一點就被怪獸撞到了！」麻雀毛說。

清天放下黑耳，「小貓還活著嗎？」他幾乎不敢問。剛剛怪獸呼嘯而過產生的風阻

氣流實在太猛烈，清天覺得尾巴隱隱作痛，身體失去知覺。

雷霆低頭聞一聞清天懷裡那團溼透了的小毛球。

黑耳小聲喵聲說：「我要回家。」

清天這才鬆了一口氣，儘管全身痠痛，他掙扎坐起來，強忍住尾巴的疼痛，聞一聞小貓。小貓脖子上盡是惡棍貓的臭味，渾身上下都是轟雷路刺鼻的汽油味。「惡棍貓有傷害你嗎？」

「他們不讓我回家。」黑耳抬頭看著清天，眼裡充滿恐懼，「灰板岩還好嗎？我看到惡棍貓傷害我媽媽，然後把我帶走。」

清天喉嚨一緊，「灰板岩沒事，」他安慰小貓，「她只是被抓傷了，礫心正在照顧她。」

「銀紋和白尾都好嗎？」黑耳問。

清天用鼻子緊貼黑耳的臉，「他們都平安無事。」清天開始發抖，溼透的身體感覺快要凍僵。但他救了黑耳，這隻小貓顫抖著爬起來，清天不由得想起自己的孩子微枝，他何其幸運，能安全地待在窩裡。「我們必須帶你回家找媽媽。」

「我們得先把小貓擦乾保持溫暖才行。先到高影那裡去吧，那兒離這裡最近。」麻雀毛咬起黑耳的頸背部。

「唉喲！」小貓掙扎，四肢亂踢，「我的脖子很痛！」

「來！」雷霆蹲在小貓前面，「我來背你。」

麻雀毛把黑耳輕輕放在雷霆的肩上，伸掌撫平雷霆背上濃密的毛，對小貓說：「你要抓緊。」

黑耳把臉深深埋進雷霆的肩膀，緊緊抓住雷霆。

清天看了雷霆一眼。

雷霆一臉擔憂，「你有辦法走路嗎？」

清天四肢疼痛，但他不想待在這裡。「我沒事，」他勉強站起來，試看看走不走得動。好像還行，雖然抖個不停。最疼痛的地方在尾巴，清天連看都不敢看，感覺好像已經被怪獸壓爛，「我的尾巴。」清天低聲呻吟。

麻雀毛聞一聞，「你的尾巴受傷了，試看看能不能動？」

清天試著抬起尾巴，但是劇痛難耐，根本使不上力。他垂墜的尾巴就像一隻死蛇，上頭沾滿了轟雷路的汙泥。

麻雀毛抖抖身上的毛，「你們去高影的營地，我去找礫心，同時跟灰板岩和灰翅說黑耳平安無事。或許礫心知道該怎麼醫治清天的尾巴。」

黑耳抬起頭，「我要回高地！」

麻雀毛看著小貓的眼睛，「你剛受到不小的驚嚇，需要待在安全的地方保持溫暖。如果灰板岩恢復的狀況良好，我就帶著她和礫心一起來找你。」

「你也會把灰翅帶來嗎？」黑耳充滿期待地看著麻雀毛。

麻雀毛和雷霆焦慮地互換眼色，清天皺著眉問，「灰翅怎麼了？」

雷霆抖動耳朵，「沒事，」他快速回答：「他或許還在到處找黑耳。」

清天瞇起眼睛，知道雷霆是在撒謊。他看了黑耳一眼，心想雷霆一定是有些事情不想讓小貓知道。清天用鼻子碰碰黑耳的頭，改變話題，「你很幸運，」清天說：「沒有幾隻小貓跟你一樣，還不到一個月大，就可以到其他貓營的。」清天試著不去理會尾巴的疼痛，他的腳掌其實也有刺痛感，應該是在轟雷路上磨破皮了。

麻雀毛轉向高地，「我會儘快回來的。」點頭道別後，就穿過松樹林離去。

梟眼走到清天旁邊，用肩膀撐住清天的身體，「靠在我身上。」

清天硬撐著拒絕幫助，但一陣劇痛襲來讓他倒抽一口氣，他這才不情願地，把身體靠在這年輕公貓的身上，一跛一跛地走向高影營地。

當他們接近貓營外的荊棘圍籬時，雪花片片從松樹上面落下來。地面上有零星的積雪，但是樹枝上則堆積了大量的雪。樹林裡的任何的聲響都被悶在裡面，林地裡也黑影幢幢。清天感覺自己像是走在一個奇幻的夢境裡，刺骨的寒冷讓清天忍不住直發抖。

「清天？」鋸峰訝異的聲音從樹木之間傳來。

清天在黑暗中辨識出鋸峰的身影。

鋸峰快步走向他們，「發生什麼事了？」他停下腳步，先看一看清天，接著又看雷霆背上渾身泥濘的小貓。

梟眼用力撐住清天，「我們到四喬木開會的時候，斜疤攻擊風奔的貓營，抓走黑耳，不過現在我們把他救回來了。」

鋸峰露出憤怒的眼神，「我們還會再看到這隻狐狸心腸的惡棍貓嗎？」

雷霆怒吼，「我想斜疤不會笨到又在這附近出現，」雷霆朝貓營點頭說：「我們必須先把黑耳安置在一個溫暖的地方，清天也需要休息，他被怪獸撞到。」

「怪獸沒有撞到我。」清天沙啞地說。

「有壓到尾巴。」雷霆咕噥地說，接著從鋸峰身邊走過，朝貓營前進。

黑耳在雷霆背上抬頭望著樹枝，「這裡一直都那麼暗嗎？」

「是因為天還沒有亮。」鋸峰從後面追上來。

「那為什麼你們都不睡覺呢？」黑耳問。

「因為我們在等消息。」

「是鋸峰嗎？」高影的聲音從貓營入口傳來，她探出頭來看見迎面而來的這一群貓，不禁睜大了眼睛。她快速地審度情勢，接著轉頭向貓營裡面喊，「鼠耳！我們需要你的貓窩，清天受傷了。冬青！黑耳跟他們在一起，看起來像是凍壞了。」

就在清天跟著雷霆走進貓營時，高影的貓已經全部在裡面集合。但是光線昏暗，清天只看得到裡頭貓影幢幢。

「跟我來。」鼠耳的聲音響起，招呼著他們往空地邊緣走。

雷霆先鑽進去，清天蹣跚地跟在後面，鋸峰和梟眼則留在外面。清天聞到了鼠耳窩裡的溫暖氣息，他一定是剛起床不久。清天走過去，滿懷感激地躺在鋪滿的青苔的床上，床鋪下層還墊了松葉。

雷霆把黑耳放在他身邊，小貓趕緊窩到清天旁邊取暖，這時冬青走了進來。

冬青蹲在他們旁邊，開始用舌頭舔著這溼答答的小貓。

黑耳立刻發出呼嚕呼嚕的震動聲，「妳聞起來很像灰板岩，但味道還是不一樣。」他告訴冬青。

雷霆走過來，「灰板岩已經出發要來這裡了，礫心也一道前來。」雷霆希望自己沒說錯。

冬青抬起頭，皺著鼻子，看了清天的尾巴一眼。

清天看到冬青吃驚的表情，他的心一沉，「很嚴重嗎？」

「我看過更嚴重的，」冬青故作鎮定，又立刻轉向小貓，「這孩子凍壞了，你可以多拿一些青苔過來嗎，雷霆？」

「當然。」雷霆點頭走出貓窩。

清天實在累壞了，「黑耳不會有事，對吧？」他聲音含糊地問。

「只要保暖就會沒事，」她看著清天，「在礫心到達之前，你為什麼不閉上眼睛好好睡一會兒？」

清天累到說不出話，身體很沉，像是死掉的獵物一樣。他的腳掌很痛，尾巴更是不用說，陣陣刺痛讓他根本無法思考。清天頭昏腦脹地把頭靠在窩邊，閉起眼睛就沉沉地睡了。

✦✦✦

溫暖的氣味充滿清天鼻腔，是老鼠，他張開眼睛，看到的卻是雷霆背光的身影。

「天亮了嗎？」他睡眼惺忪地問。

「太陽都快下山了。」雷霆挪動腳步，好像已經在那裡站了很久。

「你站在那裡很久了嗎？」清天抬頭問。

「夠久了。」

「你的夥伴難道不需要你嗎？」

「有閃電尾暫代我的職務，我不在，他們會自己管理自己，我必須要先確定你沒事才行。」

清天抖動耳朵，雷霆是在擔心他嗎？清天看一下自己的尾巴，已經沒那麼痛了，上面塗了許多的草藥。

「礫心幫你敷了藥，」雷霆解釋，順著父親的目光望去，「現在感覺怎麼樣？」

「感覺好多了。」

「礫心說你的尾巴斷成三截，一定是被怪獸直接輾過去，不過會好起來的。」

清天看著雷霆的眼睛，很訝異那對琥珀色眼睛裡竟流露出溫暖，「你看我的樣子好像我就快死了。」雷霆不自在地別過頭去。

「你救了黑耳，」雷霆說：「前一刻你還在我旁邊，一眨眼的功夫，你就已經衝到怪獸的前面，你有可能沒命的。」

「我不能讓黑耳有什麼閃失，」清天抬起頭，「灰翅救過我的孩子，我救他的孩子是應該的。」

「不顧自己的性命不是你該做的事。」雷霆低聲說。

「我現在不是好好的嗎，」清天在床上移動身體，這才發覺黑耳不在身邊，「他去哪裡了？」清天感到驚恐。

「冬青把他帶到自己的窩裡，」雷霆解釋，「冬青說有暴皮、露鼻和鷹羽陪他一起玩，身體比較容易熱起來，也比較快忘記之前恐怖的遭遇。」

清天想發出震動聲，不過喉嚨實在太乾。

雷霆把一片沾滿了水的青苔推到他面前。

清天感激地探頭，伸出舌頭舔青苔上的水，嘴巴這才感覺沒那麼渴。清天閉上眼睛享受喉嚨沁涼的滋味，眼睛依然閉著說，「我說灰翅救過我的孩子，不只是微枝、露瓣和花足，我指的還有你。」他滿懷感傷地繼續說：「在你需要我的時候，是灰翅代替我照顧你。對你來說，他比我更像是個父親，我對他非常感激。」

說完這番話，清天緊張地等待雷霆回應，但雷霆沉默以對。

清天張開眼睛看著兒子。

雷霆眼中充滿感情，「你已經盡力了。」他沙啞地說。

這時窩外面傳來急促的聲音。

「我必須帶黑耳回家。」是灰板岩，她的語氣焦急。

冬青憂慮地回答，「他現在的身體狀況還不適合旅行。」

「他已經吃飽恢復體力了，不會有事的。」礫心要她放心。

「他一定要趕回去見灰翅，」灰板岩語氣緊繃，「這可能是最後一次機會，要趕在來得及之前……」她的喵聲漸漸變小。

清天整個呆住了，「趕在什麼來得及？」他這才想起之前雷霆跟黑耳說謊，「灰翅病了，是嗎？」

雷霆悲傷的眨眼睛，「恐怕這次他是真的不行了。」

「他要死了嗎？」清天驚恐得連忙爬起來，「我必須見他一面。」

雷霆瞇起眼睛問，「你有辦法走到高地那麼遠嗎？」

「我必須見他。」清天大聲回答，他與雷霆擦身而過，逕自走出貓窩。雪地折射過來的陽光照得清天張不開眼，他看著灰板岩和她懷裡的黑耳。

「我跟妳一起回去。」

灰板岩點頭。

「我也一起去。」雷霆從貓窩出來，走到清天旁邊。

清天的尾巴還是隱隱作痛，站立不穩靠在雷霆身上。

「別擔心，清天，」雷霆用力頂著，肩膀靠過去支撐清天。就在灰板岩咬起黑耳一起走出貓營時，雷霆說：「我們一定來得及。」

灰翅每吸一口氣都痛得像刀插在胸口，如打仗般艱難，他實在很想放棄。但他不能，至少必須等到黑耳安全回到貓營。

風奔在他身邊坐立不安，「你應該待在貓窩裡，這裡太冷了。」

灰翅搖頭沒力氣說話，躺在兩堆草叢之間，頑固地看著貓營入口。雪花就飄落在他身上，高地上空烏雲密布。

第二十四章

「吃一點款冬草，」蘆尾把草推到他的嘴邊，「會讓你舒服一些。」

灰翅望著這隻個性溫和的公貓，款冬草早就對他沒效了，現在的他已經無藥可治，唯一能夠做的事就是撐到最後，再看看心愛的灰板岩和黑耳一眼。

「灰翅？」銀紋擠到他身邊說，「灰板岩已經走了好久，她會回來吧？」

「一定會回來。」灰翅喘著說。

白尾也擠進來，「黑耳也一樣，對吧？」

「麻雀毛說已經找到他們了，」灰翅無力地咳著，「灰板岩現在去帶他回家。」

「省點力氣不要說話，」迅鯉走近灰翅的身邊，用尾巴蓋住小貓的身體，免得紛飛的雪花落在他們身上，「風奔說得沒錯，你應該待在窩裡。」

灰翅沒有回答，不敢把目光從金雀花叢入口離開。回想起往事，那時他也是在等待龜尾從兩腳獸地盤回來，但是龜尾卻再也沒回家。**拜託讓灰板岩回來**。灰翅想念灰板岩和黑耳，想得心都痛了。

蛾飛從斑毛的窩裡走過來。

蘆尾看著她，「斑毛的狀況怎麼樣？」

蛾飛蓬起身上的毛，「他睡著了。」

「有發燒嗎？」

「沒有，」蛾飛告訴蘆尾，「我剛剛檢查過他的鼻子，是涼的，他的傷口都已經清理乾淨了，礫心敷的藥應該可以防止傷口發炎。」

白尾在灰翅的身邊扭動著，「我要找灰板岩，我肚子餓了。」

「她等一下就回來了。」灰翅無力地的喃喃低語。

迅鯉看著被雪花覆蓋的獵物堆，「你要不要吃老鼠。」

「他還太小。」風奔說。

「那要不我先嚼一嚼再給他吃──」

「別出聲。」灰翅豎起耳朵，雪地裡傳來腳步聲。灰翅努力想要站起來，但是腳不聽使喚，又癱了下去。**不行，絕不能讓灰板岩看到我這麼無助！**灰翅一緊張就吸不到氣，開始咳嗽起來。

「沒關係，」迅鯉舔著灰翅的身體幫他順氣，「灰板岩回來了，不會有事的。」

看到金雀花叢顫動著，灰翅的心跳加速了起來，灰板岩走進了貓營，黑耳就趴在灰板岩的背上。

黑耳一看到灰翅，立刻從媽媽的背上滑下來，「你為什麼待在雪地上，」接著衝向爸爸胸前撒嬌說：「斜疤把我綁架了，可是我逃跑了！現在我回來了！我好想你。」

看著白尾和銀紋從迅鯉的尾巴下面鑽出來迎接弟弟，灰翅突然喉嚨一緊。

「白尾說斜疤吃了你！」銀紋尖聲說道。

「我沒說過這話！」白尾把姊姊推到一旁，用鼻子磨蹭弟弟，發出歡迎的呼嚕聲。

灰翅愉悅地聞著懷裡小貓的氣味。

接著灰翅與灰板岩四目相接。

灰板岩離灰翅約有一條尾巴那麼遠，憂傷地看著灰翅。

對不起，灰翅感到很自責。他原本答應要跟灰板岩一起把小貓扶養長大的，現在他卻每吸一口氣都難，灰翅知道自己快走了，灰板岩必須獨力扶養孩子。

灰板岩故作輕鬆，「不要這樣子擠你爸爸。」灰板岩走向前，拎著白尾的脖子，把他帶開。

「黑耳沒事吧？」灰翅看著灰板岩的眼睛。

「他沒事，」灰板岩說：「不過他這一趟冒險實在夠精彩，我們回貓窩裡，再讓他慢慢告訴你，那裡比較溫暖。」

就在灰板岩說話的時候，灰翅發現雷霆、礫心、鋸峰和清天也都跟在灰板岩後面進入貓營。清天靠著雷霆走進來，凌亂的尾巴上頭還黏了許多雜草，灰翅看著自己的兄弟問，「發生什麼事了？」

可是灰板岩開始用鼻子推灰翅，「我們不要在雪地裡待著。」灰翅搖搖晃晃地，灰板岩趕緊在旁邊頂著，風奔立刻跑到另一邊，撐著灰翅走回貓窩。

進入窩裡之後，他們讓灰翅躺在床上，灰翅立刻感覺床鋪的柔軟與溫暖。這金雀花叢的窩裡一片幽暗，夜光從洞口透進來。灰翅靜靜躺著賣力呼吸，接著銀紋、黑耳和白尾通通衝了進來。

「雷霆說黑耳差點被怪獸殺死。」白尾擠到灰翅的身邊報告。

「可是清天救了他。」銀紋接著擠進來補充說明。

「有一隻惡棍貓把我丟在轟雷路的中間。」黑耳活靈活現地講著自己的遭遇。

灰翅的心也跟著緊張起來。

灰板岩走到他身邊，「不過你現在安全了。」她告訴黑耳，「沒事就好。」說完灰板岩把黑耳放到另外兩隻小貓旁邊。

孩子們都圍繞在身旁，灰翅快樂得想要發出呼嚕聲，可是實在沒有力氣，竟然咳了起來。

「灰翅是不是病了？」黑耳問灰板岩。

白尾抬起頭好像很懂似的，「爸爸鼻塞，蘆尾最近給爸爸吃的草藥，跟以前我鼻塞的時候吃的是一樣的。」

灰翅不敢看灰板岩，內心因悲傷糾結不已。

風奔走向前，看著灰翅，「很開心黑耳回來了。」她的眼神悲戚。

「我們不會再把他弄丟，我跟你保證你的孩子跟我們在一起會很安全。」風奔突然用鼻子碰觸灰翅的額頭，「再見了，老朋友。」

銀紋皺起眉頭搞不懂，「風奔為什麼這麼難過？」

灰翅的喉嚨一緊，「沒什麼，只是今天發生了太多事了。」風奔轉頭離開貓窩。灰翅看著風奔離去的背影，把黑耳拉近身邊，心裡想著風奔一定會信守諾言。她是勇敢而且令人敬重的首領，想想自己能夠受到信任，不禁感到非常幸運。不管以後發生什麼事情，他的孩子一定會很安全的。

當風奔離去後，雷霆探頭，「我可以進來嗎？」

灰翅朝他眨眼睛，「可以，」他喘著氣，「讓礫心、鋸峰和清天也都進來。」他想再看看他們，他們對他而言意義重大。

先進來的是鋸峰，灰翅用溫暖的眼神看著這天不怕地不怕的弟弟，當年就是因為他，灰翅才會來到這個地方。現在那肅穆的藍眼睛裡，還有那種冒險精神嗎？灰翅在昏暗的光線下搜索著，但卻只看到悲傷。

礫心也跟了進來，灰翅看到他很開心，內心充滿溫暖。麻雀毛和梟眼也應該在這裡，他們也幫忙救援黑耳，龜尾應該會非常以他們為榮。短短幾個月，麻雀毛跟梟眼就從愛玩的小貓，長成了勇敢、值得信任的貓。而礫心始終沒有改變，他是龜尾孩子裡，最安靜、同時也最嚴肅的，但是他在嚴肅當中卻帶著仁慈和智慧。「看。」灰翅把黑耳拉近身邊。

黑耳停止扭動身體，順著灰翅的眼睛看過去，「看什麼？不就是礫心嗎？」

「礫心是我認識的貓裡面最溫和的，」灰翅說，「以後如果你有麻煩就去找礫心，他總會有辦法的。」

雷霆走進貓窩，在昏暗中雷霆的白色大腳掌看起來很醒目。灰翅驕傲地看著他，這隻血氣方剛的年輕公貓已經成為一個強而有力的首領，他陣營裡的貓都很尊敬他，灰翅看過雷霆的夥伴仰望雷霆的眼神。

白尾站在床邊看著這隻森林貓，「灰翅，為什麼大家都跑來探望你？」

灰翅心想他們是來跟我道別的。灰翅舔白尾的頭卻說：「他們來看看黑耳是不是沒事。」

「但為什麼是他們呢？」白尾繼續追問：「他們是我們的親戚嗎？」

「是。」灰翅溫柔地回答。

白尾皺眉，「他們為什麼沒有住在我們貓營裡。」

「他們有自己的貓營。」

貓營。突然之間灰翅感覺「貓營」不足以形容自己和夥伴之間的親密關係。風奔、金雀毛、灰板岩、迅鯉、蘆尾和斑毛，他們對他就像是親人一樣。頃刻之間他的思緒開始翻騰，想要尋找比「貓營」更貼切的詞，更能反映出自己和這些一起並肩作戰及狩獵的貓之間的深厚情誼。「他們有自己的貓族。」灰翅突然想到了。

礫心眨眨眼，「貓族！」他的眼睛一亮，「這五支貓族，就像星形花的五個花瓣。」

黑耳豎起耳朵，「那我們這一族叫什麼？」

灰翅想了一下，有哪個名字可以反應出他們的背景和生活方式？灰翅想到了寬闊的高地，還有上頭不斷吹拂的風，「我們就叫風族。」

銀紋爬到灰翅身上，「那雷霆的貓族就叫雷族。」

白尾跳到姊姊身邊說：「高影的貓族就叫做影族。」

黑耳從灰翅身邊掙脫，「河波的貓族就叫河族。」

灰板岩走到灰翅的身邊，依偎在側，灰翅感到一陣暖流穿透全身。

「清天的貓族叫什麼？」白尾問。

灰翅看著清天，他兄弟身上的毛髮凌亂、臉頰消瘦，眼睛痛苦無神。儘管如此，灰翅還是一眼就能認出清天那從小就有的堅定眼神。他們在山裡同睡一個床鋪，一起探索洞穴。就是清天哄騙他，帶著他初次體驗到瀑布之外皚皚白雪的世界。灰翅生命裡所有的事情，清天幾乎都有參與。不管遇上什麼麻煩，清天總是用堅毅的眼神望著遠方的地平線。「天族。」灰翅喘息，看著自己兄弟，自知大限將至。

清天抖動鬍鬚，「天族，」他喃喃低語：「我的貓族就用你幫我們取的名字，我自己想不出來。」

灰翅看著清天的眼睛，「天空就在你四周，」他輕聲說：「你每天都走在天空底下，只是自己毫不自覺，」清天還沒來得及答腔，灰翅就繼續說：「你真的救了我的孩子嗎？」

雷霆搶著說，「他冒著生命的危險，把黑耳從怪獸腳底下搶救出來。」

「謝謝你。」灰翅的聲音哽咽沙啞。

突然間灰翅看到清天後面的黑暗中，有東西在移動，好像是天上閃爍的星星。接著貓窩裡的金雀花叢牆上出現一張臉，灰翅一眼就認出是誰，「亮川！」這隻母貓走到清天旁邊，有兩隻小貓站在她的腳邊，一隻虎斑紋，一隻淺灰色。

母貓跟灰翅眨眼睛，接著用鼻子碰這兩隻小貓的頭，「這兩隻小貓是我死掉的時候肚子裡懷的孩子。」祂低聲說。

灰翅看著清天，「你聽見了嗎？」

「聽到什麼？」清天歪著頭。

「亮川啊！祂就在你旁邊，身邊帶著你的孩子。」

「我的孩子？」清天不安地移動腳步，「你現在看到祂們了嗎？」

「對啊！祂死的時候，小貓還在她的肚子裡，」灰翅充滿幸福的感覺，「小貓們長得真漂亮。」

亮川發出呼嚕呼嚕的喵聲，鬍鬚裡閃耀著星光，「祂們將永遠跟我在一起。」

另一隻貓從貓窩深處的幽暗處走來，**蔭苔！**灰翅開心地認出祂來，還有**雨掃花！**更多過去死去的貓聚集在這裡，星光閃耀的形體，讓窩壁生輝。風暴，祂和清天都曾經愛過這隻貓，現在祂和祂的孩子站在一起。還有尖石巫師，祂正以溫柔的眼神迎向灰翅的目光，表示歡迎。靜雨和他的妹妹鷸鳥也在場。月影也向他點點頭，一身光澤的毛髮，絲毫看不出祂生前最後的痛苦掙扎。

龜尾！

龜尾看著灰翅，眼裡露出悲傷，特別是當祂看到白尾、黑耳和銀紋的時候，「灰翅，我真心希望你能留下來陪他們。」祂說：「但是你只能留在他們的記憶中，這是他們的宿命。」

灰翅的胸部疼痛劇烈，他的呼吸短促幾乎吸不到氣。但是黑暗中，熟悉的身影不斷地冒出來，鷹衝和寒鴉哭，祂們的尾巴交纏在一起，還有風奔的小貓緊緊依在龜尾身邊。灰翅認識的貓幾乎全員到齊，那些在過去的旅途裡，大戰役中，還有病死的貓兒們全都在這裡，等待灰翅加入祂們的行列。

「灰翅？」灰板岩在灰翅的耳邊呼喊，「你在看什麼？」

灰翅抽搐地吸了一口氣，「祂們來接我了，祂們沒有死，祂們一直在等我，」灰翅用鼻子碰灰板岩的臉頰，「別忘了我有多愛妳。」說完話灰翅碰觸小貓的頭，一隻接一隻，「銀紋，請勇敢照顧妳母親；白尾，要盡可能的學習，讓貓族以你為榮；黑耳，忘了你受過的傷害，對貓族的同伴展現你的仁慈，因為我們都在打一場艱難的戰爭，有時候最需要的就是仁慈。」

黑耳眨眨眼，用疑惑的眼神問灰翅，「怎麼聽起來你好像是在說再見。」

「我是在說再見。」灰翅舔他的臉頰。

「不！」黑耳爬上灰翅的身體，捶打灰翅的肩膀。

「不要走！」白尾的叫聲愈來愈遠，灰翅感覺最後一口氣離開了他的身體，他的胸口不再感到侷促，那隻無形的爪子，終於鬆手了。

灰翅深呼吸一口，站起來，輕盈地走下床，回頭看著灰板岩、銀紋、白尾和黑耳趴在他已經不再需要的身體上。

灰翅轉身走向這些星光閃耀貓群，祂們讓開一條路讓灰翅通過，灰翅和許多貓擦肩而過的同時，也聽到歡迎聲此起彼落。

灰翅與他們並肩而行，一起走入黑暗深處，直到金雀花叢圍籬展開成寬闊的地平線，上頭有山巒起伏，遠方太陽正要升起，金光四射灑滿大地。

這一路下來，我走了那麼遠的旅程，經歷了這麼多的愛，然而我還是要繼續沿著太陽之路走下去，去尋找我的新狩獵場。

系列叢書

貓迷們！還缺哪一套？

寵物貓羅斯提意外闖入籬笆外的世界，並成為雷族戰士「火掌」，最後運用勇氣與愛的力量，克服所有挑戰，並且成功勝任為雷族族長。

十週年紀念版首部曲

套書1~6集 定價：1500元

四族各方授命的戰士獲得星族賦予的預言，尋找「午夜的聲音」，展開漫長而險惡的旅程，為的就是尋找預言背後的真相。

暢銷紀念版二部曲－新預言

套書1~6集 定價：1500元

神祕的預言伴隨的火星的外孫們－獅掌、冬青掌和松鴉掌因應而生。但隨著種種力量的背後，隱藏著不為人知的危機。

暢銷紀念版三部曲－三力量

套書1~6集 定價：1500元

系列叢書

貓迷們！還缺哪一套？

黑暗勢力吸收各族成員，破壞和平，甚至分裂星族，以期在最後決戰中撲滅各族。而主角們則與黑暗勢力對抗，尋找星族預言的第四力量，以期在最後決戰中力挽狂瀾。

暢銷紀念版四部曲－星預兆

套書1~6集 定價：1500元

對於貓戰士的正文故事起到了補充或者是完整的作用，故事內容都是獨立的，讓讀者對故事中的角色有更深刻的認識。

貓戰士外傳

描述部族的族長與巫醫誕生的歷程，還有發現戰士守則的真諦，尋找預言以及預言實現的過程。深入了解貓族歷史，讓讀者一目瞭然，輕鬆探索貓戰士世界的知識。

荒野手冊

WARRIORS
貓戰士
外傳

國家圖書館出版品預編目資料

貓戰士五部曲. 六, 眾星之路 / 艾琳・杭特（Erin Hunter）著；約翰・韋伯（Johannes Wiebel）繪；鐘岸真譯. -- 初版. -- 臺中市：晨星, 2017.07
304面；14.8x21公分. --（Warriors；45）
譯自：Warriors : Path of Stars
ISBN 978-986-443-274-5（平裝）
874.59 106007787

貓戰士五部曲部族誕生之VI

眾星之路 *Path of Stars*

作者	艾琳・杭特（Erin Hunter）
譯者	鐘岸真
責任編輯	陳品蓉
校對	許仁豪、陳品蓉、林品劭、蔡雅莉
封面插圖	約翰・韋伯（Johannes Wiebel）
封面設計	柳佳彰
美術設計	張蘊方
創辦人	陳銘民
發行所	晨星出版有限公司 407台中市西屯區工業30路1號1樓 TEL：04-23595820 FAX：04-23550581 行政院新聞局局版台業字第2500號
法律顧問	陳思成律師
初版	西元2017年07月01日
再版	西元2024年04月15日（七刷）
讀者訂購專線	TEL：（02）23672044 /（04）23595819#212
讀者傳真專線	FAX：（02）23635741 /（04）23595493
讀者專用信箱	service@morningstar.com.tw
網路書店	http://www.morningstar.com.tw
郵政劃撥	15060393（知己圖書股份有限公司）
印刷	上好印刷股份有限公司

定價250元

（缺頁或破損的書，請寄回更換）

ISBN 978-986-443-274-5

Warriors: Path of stsrs